KB108508

위층집

위층집

초판 1쇄 인쇄 | 2021년 9월 10일
초판 1쇄 발행 | 2021년 9월 17일

지은이 | 박성신 · 윤자영 · 양수련 · 김재희
펴낸이 | 박영욱
펴낸곳 | 북오션

편　집 | 권기우
마케팅 | 최석진
디자인 | 서정희 · 민영선 · 임진형
SNS마케팅 | 박현빈 · 박가빈

주　소 | 서울시 마포구 월드컵로 14길 62
이메일 | bookocean@naver.com
네이버포스트 | post.naver.com/bookocean
페이스북 | facebook.com/bookocean.book
인스타그램 | instagram.com/bookocean777
전　화 | 편집문의: 02-325-9172　영업문의: 02-322-6709
팩　스 | 02-3143-3964

출판신고번호 | 제 2007-000197호

ISBN 978-89-6799-613-0 (03810)

어둠을 찢고 울려오는 의문의 소리

위층집

미스터리 연작소설집

박 성 신
윤 자 영
양 수 련
김 재 희

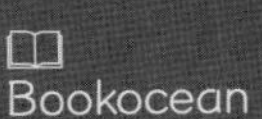

차례

위층집

박성신

금양연립

'이러다 신경쇠약으로 죽겠어.'

그녀는 모니터를 바라봤다. 아무것도 없는 흰 화면 위에 커서만이 깜빡인다. 시계는 새벽 2시를 가리킨다. 널찍한 책상 위에는 먹다 만 베이글과 커피를 마신 빈 잔이 놓여 있다. 길고 깊은 그녀의 눈이 침침하고 따끔거린다. 책상 오른쪽에 세워진 탁상 달력에는 10월 30일에 빨간색 볼펜으로 동그라미 표시가 되어 있다. 효비는 웹소설가다. 선보다 악을 위주로 한 스릴러를 썼고, 독자들의 반응이 좋았다. 한 달 후면 스무 살 생일을 맞이하게 된 그녀가 스스로의 힘으로 먹고살 수 있는 유일한 직업이기도 하다. 가명으로 활동하기 때문에 효비의 본명과 나이는 관계자 말고는 아무도 모른다. 운 좋게 새로운 작품을 연재하기로 했고, 10화까지는 10월 30일까지 주기로 한다는 조건이었다. 그런데 마감까지 20일밖에 남지 않았는데 아직 단 한 자도 쓰지 못했다.

효비는 휠체어를 팔로 밀어 냉장고로 갔다. 휠체어에 올린 두 다리는 감각이 없다. 대소변은 화장실 변기에 앉아 볼 수 있으니 다행이라고 해야 하나?

효비가 사는 집은 서울 외각에 있는 금양연립이다.

연립건물은 ㄱ 자 모양으로 되어있고 입구는 건물 왼쪽에 하나다.

「잠자다 죽긴 싫다」「공동주택 붕괴위험, 생존권을 보장하라」「도지사님 살려주세요」라고 쓰인 현수막이 군데군데 붙어 있다. 실제로 이곳은 무너져간다. 벽엔 굵은 금이 쩍쩍 가 있고 건물 전체가 한쪽으로 기울어진 게 육안으로도 보일 정도다. 벽 한쪽에 설치된 도시가스는 벽이 무너지면 언제 터질지도 모르는 상황이다. 위험시설물 안전 표지판이 설치되어 있고 한 달에 한 번 안전점검을 나온다고는 하지만 효비는 그들을 본 적이 없다. 거기다가 근처에 대형주상복합건물인 로열라이프타워가 한창 공사 중이라 대형 덤프트럭이 지나갈 때는 지진이 난 것처럼 집이 흔들린다. 건물이 이 모양이니 가격에 비해 내부가 넓다. 30평이 넘은 크기에 큰 방 하나 작은 방 하나 창고, 거실, 욕실에 베란다까지 딸려 있으니까. 가장 좋은 점은 자주 멈추긴 해도 건물에 엘리베이터가 있다는 것과 효비의 집 창밖으로 산이 보인다는 점이다. 마운틴 뷰에 엘리베이터까지 있는 주택은 이 돈으로 꿈도 못 꾼다.

효비는 냉장고 문을 열어 어제 인터넷으로 주문한 생수를 꺼낸다. 효비의 집, 거실 대부분을 차지하는 책장엔 스릴러와 미스터리 소설 책이 빼곡하다.

현관 입구에는 먹고 난 배달음식 용기가 깨끗하게 정돈되어 있고, 한쪽에는 배달 온 생수와 레토르트 식품이 일렬종대로 차곡차곡 쌓여 있다. 2021년 대한민국에선 집 밖에 나가지 않아도 살 수 있다.

효비는 하얗고 몽똑한 손을 뻗어 물과 함께 푸른 알약을 넘긴다.

쿵쿵-.

'대체 위층은 이 시간에 뭘 하는 걸까.'

쿵-쿵.

속에서 뜨거운 게 치밀었다.

'지금 새벽 2시야! 조용히 해라. 쿵쿵거리지 말라고!'

휠체어를 박차고 일어나 위층으로 뛰어가 소리치고 싶다.

'글을 쓸 수가 없어. 저 빌어먹을 소리 때문에 전혀 집중할 수가 없다고!'

효비는 등까지 내려오는 검은 머리카락을 두 손으로 쥐어뜯었다. 층간소음은 인터넷 기사로만 읽었을 뿐 자신의 이야기가 될 줄은 몰랐다.

그녀는 이곳에 산 지 3년이 넘었고, 위층집인 603호가 이사 온 지는 3개월 정도 되었다. 효비는 위층집이 이사 오던 그날을 똑똑히 기억한다. 무너져가는 이곳에 굳이 이사 오는 사람이 있나 해서 신기했었다.

지금으로부터 3개월 전인 7월은 장마였다. 그날도 비가 내렸다. 빗줄기는 이리저리 휘청거리면서 쏟아져 내렸고 바람이 휘몰아쳐 창문은 덜컹거렸다. 바람소리와 빗소리가 섞여 기묘한 소리가 났다.

흰색 다마스 한 대가 연립주택 앞에 섰다. 효비는 두꺼운 커튼을 살짝 열어 창문 틈으로 연립 입구를 내려다보았다.

'이 시간에 이사를 오는 건가?'

시계를 보니 밤 10시가 넘었다. 주택 입구의 가로등은 주황불이나 어두컴컴해서 잘 보이지 않았다. 효비가 좀 더 가까이 얼굴을 창문 쪽으로 가져가자, 다마스의 라이트 불빛에 사람의 실루엣이 보였다. 보통 키에 턱이 사각형인 인상이 사나운 50대 아저씨가 챙모자에 꽃무늬 옷을 입은 할머니를 부축하고 내려 휠체어에 태운다. 둘은 모자지간이겠지?

아저씨는 다마스 안에 실린 이삿짐을 하나씩 들어 옮겼다.

사람도 부르지 않고 직접 옮기려고? 이 비가 쏟아지는데?

아저씨의 머리 위로 비가 쏟아져 내렸다. 둘이 사는 것에 비해 짐이 많아 보였다. 그 속에 검은 대형 트렁크가 효비의 눈에 들어왔다.

쿵쿵.

그 소리가 처음 들린 것은 위층집이 이사를 온 다음날부터였다.

'짐 정리하는 거겠지, 며칠 지나면 괜찮아지겠지' 하면서 이해를 했다. 그런데 낮뿐만 아니라 밤에도 소음은 계속되었다. 소리는 종류도 다양했다. 쿵쿵- 하는 바닥을 치거나 물건을 두드리는 소리, 흐느끼는 듯한 가느다란 소리, 파이프를 타고 오는 떨리는 진동 소리.

소음은 점차 그녀를 갉아먹기 시작했다. 음악을 틀어놔도 티브이 소리를 크게 틀어놔도 이어폰을 껴도 소용없었다. 화장실 환풍기에서는 웅웅거리는 말소리까지 들려오는 듯했고, 가만히 벽에 손바닥을 대면 소리가 벽을 타고 내려오는 것 같았다. 특히 신경에 거슬리는 것은 바닥을 치는 듯한 쿵쿵 소리였다. 그렇게 지금까지 소음은 지속되었다.

어떻게 해서든 마감을 맞춰야 해.

쿵쿵-.

이대로라면 글을 쓸 수가 없다. 그녀는 다리를 내려다본다.

이 다리로 무슨 일을 할 수 있을까.

4년 전, 효비는 교통사고를 당했다. 당시 차에 타고 있던 부모님과 초등학생 남동생은 즉사하고, 중학교 3학년이던 효비만 살아남았다. 사고 이후 골반 밑으로는 감각이 없었다. 허리에 철심을 여섯 개 박는 대수술을 했지만, 여전히 두 다리에 감각이 없고 움직이지 못한다. 홀로 살아남은 효비는 친척들에게 죄인 취급을 받았고, 중3 때 사고가 났으니 고등학교 생활이 통째로 날아갔다. 학교를 다니지 않은 대신 효비는 글을 쓰기 시작했고, 틈틈이 써놓았던 글을 공모전에 내서 당선되었다. 그 후로 웹소설을 연재해 괜찮은 반응을 얻었다. 다리는 회복하지 못했지만 사고 이후에도 글 쓰는 일을 할 수 있으니 다행이었다.

사고 당시 효비는 미성년자였기 때문에 부모님의 보험금 모두 법적 보호자인 큰엄마가 가져갔다. 큰엄마는 성년이 되어 돈을 관리할 수 있을 때까지만 보관하면서 다달이 효비의 생활비를 용돈처럼 보내준다고 했다. 효비의 웹소설 수입 또한 큰엄마의 통장으로 들어간다. 조회수가 상당한 것으로 보아 수입도 만만치 않을 것인데 효비에게 보내주는 돈은 월 30만 원도 되지 않는다. 이 집은 큰아빠와 큰엄마, 두 딸이 살던 곳인데, 1년 전 큰아빠가 병원에 입원한 이후 효비에게 이곳에서 혼자 살라고 하고, 큰엄마와 딸들은 강남으로 이사를 갔다. 효비는 큰엄마가 부모님의 보험금을 가져간 것도, 쓰러져가는 집에 혼자 방치한 것도 별말 하지 않았다. 그나마 멀리 부모님과 동생의 납골당이 보이는 방향이었기 때문이다.

'스무 살이 될 때까지 기다리자.'

효비는 마음속으로 다짐했다.

또 다시 쿵-쿵 소리가 들려온다.

"나 윗집 소리 때문에 도저히 작업을 못하겠어요. 잠도 못 자겠고, 뭘 하는지 시도 때도 없이 쿵쿵 소리가 나요. 그때 윗집에 메모지 붙여놓고 왔죠?"

"얘, 니가 너무 예민한 거야. 우리가 여기 살 땐 옆집 물 트는 소리, 윗집 말소리, 아랫집 티브이 소리까지 다 들으면서 살았어. 예민하게 굴지 말고, 사람 사는 집이 다 그렇지, 하고 이해하고 넘어가라니까. 몇 번을 말해. 아참, 약은 잘 챙겨먹고 있니?"

큰엄마는 작은 눈을 치켜뜨면서 시계를 바라봤다. 늘 효비의 이름보다는 '얘'라고 부른다. 파마를 새로 했는지 생기 있어 보이고 피부도 반들거렸다. 큰아빠가 암에 걸려 입원하기 전까지는 효비는 지금보다 덜 외로웠다. 큰아빠는 진심으로 그녀를 걱정해주는 유일한 사람이었고, 처음으로 그날의 사고에 대해서 네 잘못 아니라고 말해주는 사람이었다. 언제 무너질지 모르는 집에 아픈 아이를 혼자 둘 수 없다고 큰엄마와 다투기도 했다. 그러나 1년 전 큰아빠가 병원에 입원하고 나서는 큰아빠에게 하는 모든 연락은 큰엄마를 통해서 해야 했다. 큰엄마는 화려해졌고, 씀씀이는 커졌으며 효비의 집에 오는 횟수는 점차 줄어들었다.

이곳에서 살고 싶지 않다는 말이 목구멍 앞까지 튀어나왔지만 꾹 삼켰다. 효비가 3년 전 자살시도를 했을 때, 큰엄마는 정신병원에 입원시키려고 했다. 만약 힘들다는 소리를 하면 우울증이니 정신 이상이니 하면서 또 병원으로 보낼지도 모른다.

'난 미치지 않았어.'

"사람들이 난리야. 집이 그렇게 쉽게 무너지니? 다 사람 살라고 지어놓은 곳인데."

큰엄마가 창밖의 현수막들을 보며 말했다.

그렇게 좋은 곳이면 큰엄마는 자식들과 왜 이곳을 나갔을까.

"사람은 쓸모 있는 사람이 되어야 해. 신세 비관해서 일 안하고 집구석에 누워만 있으면 그거 못 쓰는 거야. 글 쓸 수 있을 때 부지런히 쓰렴. 일도 좀 늘리고. 사람 죽이는 이야기 말고 좀 다른 이야기를 써봐. 내가 니 큰아빠한테 시집와서 고생

한 이야기 써라. 아주 시집살이부터 너까지 떠맡은 것만 봐도 파란만장하잖니."

큰엄마는 입술에 핑크 립스틱을 덧발랐다. 열 개의 손톱 위에는 분홍 매니큐어가 꼼꼼히 칠해져 있다. 이제 50대 중반을 넘어가는데 나이보다 젊어 보이고 움푹 들어간 콧대와 화살코는 강한 인상을 남겼다.

"위층에서 들리는 쿵쿵 소리만 없으면 더 잘 써질 거 같아요. 한 번만 더 전해주세요."

효비는 「너무 시끄러워요 조심해 주세요」라고 적은 포스트잇을 건넸다. 큰엄마는 귀찮다는 표정으로 포스트잇을 낚아채 간다.

"하여간 유별나다. 내가 가는 길에 붙이든지 한마디하든지 하마."

이 포스트잇을 효비는 직접 가서 붙이려고 마음먹었지만 그마저도 쉽지 않다. 효비가 밖으로 나가지 않은 지 오늘로 1년째가 된다. 처음부터 외출을 꺼린 것은 아니었다. 처음 이사 오고 1년 동안은 큰아빠와 외출도 했지만, 큰아빠가 병원에 입원한 후에는 자연스레 밖에 나가지 않았고, 그런 날이 늘어나면서 문밖에만 나가면 숨이 차고 가슴이 뛰었다.

작년에 용기를 내어 혼자 거리로 나가봤다가 휠체어가 보도블럭 턱에 걸려 쓰러지는 바람에 웃음거리가 되었다. 지나가던

학생들이 효비를 일으켜주었지만, 교복 차림의 빛나는 그들 앞에서 효비의 두 다리는 죽은 개처럼 늘어져 움직이지 않았다.

게다가 휠체어를 타고 갈 수 있는 곳은 생각보다 많지 않다. 이동시간도 곱절로 걸리고 계단이 있는 곳은 못 간다. 무엇보다 효비를 보며 수군거리는 소리가 가장 싫다.

큰엄마는 위층집에 포스트잇을 붙였을까? 아니 위층에 가긴 갔을까.

효비는 큰엄마의 딸, 효성의 SNS에 들어가 본다. 최근에 가족끼리 호텔 수영장에 간 사진이 보였다. 효성은 효비와 동갑인 사촌이다. 안색이 하얗다 못해 창백한 효비에 비해 효성은 피부도 보기 좋게 그을려 있으며 머릿결도 반짝거렸다.

원래 학창 시절에는 효비가 인기스타였다. 공부도 잘했고 외모도 예뻤고 춤도 잘추는 데다가 달리기는 매번 1등이었다. 효성은 효비의 사촌으로만 불렸다. 나이도 같아서 늘 비교대상이었다.

SNS 사진 속 효성이 명품 가방을 들고 큰엄마와 웃고 있다. 효성은 이번에 대학에 수시로 합격했다.

효비는 포크를 들어 허벅지를 쿡 찔렀다. 아무 감각도 없다. 아프지 않다.

한 번 더 쿡 지른다. 포크가 살에 박혀 거꾸로 꽂혀 있다.

왜 아프지 않아? 다리를 찔렀는데 왜 마음이 아픈 거야?

눈에선 뜨거운 눈물이 흘렀다.

위층집 아저씨의 나이는 50대 후반으로 보인다. 벗겨진 머리 때문인지 실제로는 더 젊을 수도 있다. 매번 밤색 계열의 옷차림과 낡은 운동화를 신고 배낭은 늘 메며 낡은 다마스로 출퇴근한다. 매일 오후 2시에 출근해서 오후 10시가 넘어 들어오고 쉬는 날은 금요일이다. 소음은 아저씨가 없는 시간에도 계속된다.

그렇다면 쿵쿵 소리는 혼자 남은 할머니가 내는 소리일까.

효비는 인터넷으로 주문한 망원경으로 창밖을 본다. 그녀는 이 집에서 3년간 살았고 아침마다 창밖을 보면서 커피를 마시는 게 일과며 취미로, 대부분의 사람들 얼굴과 특징은 다 외웠다. 이것은 모두 ㄱ 자 모양 연립주택이라 효비의 집에서 입구를 볼 수 있기에 가능한 일이었다. 한 층에 4가구씩 6층, 총 24가구가 살았고 3년 전엔 빈 가구 없이 복작복작했는데, 주택이 무너질 수 있다는 소문이 퍼지면서 사람들이 빠져나가기 시작했다. 주소지는 이곳으로 해두고 실제로 사는 집은 다른 곳에 있는 모양이다. 이제 실질적으로 사는 사람은 효비와 204호, 401호, 603호뿐이다. 효비와 새로 이사 온 603호 빼고는 모두 걷는 것이 불편한 노인들이다. 걷지 못하는 건 효비도 마찬가지지만.

효비는 위층집이 이사 온 이후 603호 할머니가 외출하는 것을 보지 못했고 누가 603호에 방문하는 모습도 보지 못했다.

효비는 「잠 좀 잡시다」라고 적었다가 다시, 「밤에는 조용히 해주세요」로 고쳐 적었다. 이번엔 일주일에 한 번 오는 도우미 아주머니에게 부탁해서 붙여달라고 했다. 그게 이틀 전. 그러고도 변한 게 없다.

쿵쿵-.

효비는 거칠어진 얼굴을 두 손으로 비볐다. 거울엔 동그란 눈에 고장 난 인형 같은 모습으로 앉아 있는 소녀가 보였다.

'가족이 있었다면 날 이렇게 내버려두지 않았을 거야.'

그녀는 치밀어오르는 울음을 삼켰다.

쿵쿵- 소리가 또 들려왔다.

'저 소음을 없애지 못하면 한 글자도 쓰지 못할 거야.'

마감을 지키지 않는 작가는 먹고살 수 없다. 효비는 위층으로 직접 올라가 보기로 마음먹었다.

목소리

"학생, 구조대가 올 거라고 생각해? 그런 믿음은 버리는 게 좋아. 대한민국 구조대가 그렇게 빠릿빠릿하게 움직일 정도면, 첨부터 이 큰 건물이 무너질 일이 없지. 안 그래? 학생. 얼굴은 안 보이는데, 콘크리트 더미 사이로 교복만 보이네, 체크무늬. 응. 그렇구나. 거기 K여고 교복 맞구나. 아직 열일곱 살이면 창창한데. 죽기 아쉬워? 여기는 가수 앨범을 사러 왔다고? 사람 운명 참 이상해. 나는 이곳에서 죽을 줄은 몰랐거든. 나는 좀 특별한 사람이야. 궁금하지? 그래 죽는 마당에 못할 말이 뭐 있겠어. 학생도 물 없지? 나도 없어. 만약 구조대가 우리 쪽까지 온다고 해도 이 무거운 돌덩이를 끌어올리다 까딱 잘못하면 그대로 죽는 거야. 구조대가 오기 전에 굶어 죽을 수도 있지.

지금 내 옆에 사람 하나 죽어 있어. 아줌마네. 나이는 40대

중반으로 보이고, 옷도 명품이고 시계도 좋은 거 찼어. 몸이 반쯤 콘크리트에 눌려 있고, 복부에 쇠창살이 뚫렸어. 그러면서도 얼마 전까진 살아 있었어. 처음부터 죽은 건 아니라고. 빌어먹을 이 건물이 무너진 지 며칠이 지난 건지 이제 알 수도 없어. 뭐라고? 학생 옆에도 있다고? 죽은 사람? 무서워? 무섭긴.

내가 비밀 하나 이야기해 줄게. 죽기 전에 이 이야기를 아무에게도 안 한다면 나는 후회할 거 같아. 학생이 내 얼굴을 봤다면 이렇게 허심탄회한 대화를 나눌 수 없었을 거야. 학생이 이때까지 한 가장 나쁜 일이 엄마 지갑 안의 돈 만 원을 훔친 거랑, 컨닝한 거라고 했지? 이제부터 아저씨의 비밀을 이야기해 줄게. 아니다. 내가 지금 스물일곱 살인데, 오빠라고 불러줄 수 있으려나? 뭐 어차피 우린 오늘을 넘기지 못할 거야. 죽는 거라고. 우니? 울지 마. 난 여자 우는 게 제일 싫어. 엄마가 그렇게 처울었거든.

그래 계속 이야기할게. 그때가 지금으로부터 6년 전이니까. 쿵. 1989년이야. 기억나니? 그때 왜 신상옥 감독이 북한에서 탈출해서 난리였잖아. 기자회견도 열고, 알지? 엄마는 텔레비전 앞에서 계속 눈을 떼지 못했지. 빌어먹을 텔레비전 소리는 얼마나 크게 트는지. 6년 전이면 넌 열한 살이니까 그땐 넌 너무 어렸나? 무튼 그해 여름이었지. 7월 15일이었어. 날짜도 기억해. 내가 머리가 좋아. 워낙 머리를 좋은 사람이 노력을 안

하잖아. 그날은 몹시 더웠어. 가만히 앉아 있어도 등짝과 겨드랑이에 땀이 축축하게 흐를 정도였어. 그때 나는 우이동에 살고 있었어. 마음이 답답해서 산을 올랐지. 엄마가 또 이래라저래라 잔소리를 해대면서 넌 뭐가 될 거냐는둥, 내가 장담하건대 넌 사람 구실 못할 거라는둥 지랄을 해댔거든. 자기는 헤픈 차림으로 손님을 받는 주제에.

여튼 열 받아서 산을 올랐지. 우이동 뒤에 북한산이 있거든. 한참 올랐는데 어디서 첨벙첨벙 물소리가 들리는 거야. 그 물소리를 따라가 보니 웬 여자가 목욕을 하고 있더라고. 통통하게 살이 찌고 머리는 어깨까지 오는 길이에 파마를 한 아줌마였어. 관광객은 아니고, 그 근처에서 사는 사람 같았어. 아주 천박하지. 사람들이 올 수도 있는데 옷을 벗고 목욕을 하다니. 쿵.

나는 호기심이 발동해 슬금슬금 다가갔지. 몰래 다가가니 나를 보고 도망치더라. 나는 뒤따라가서 아줌마의 머리를 그대로 물속에 처박았어. 아줌마는 팔다리를 퍼덕이더니 곧 잠잠해지더라고. 그거 있잖아. 옛날에 엄마가 쥐를 잡아 죽이는데, 쥐를 물에 넣어 죽이거든? 쥐가 파닥파닥 반항을 하다 곧 죽어. 잠잠해지지. 아줌마는 그 쥐하고 똑같더라. 그대로 파닥이다가 죽어버렸어. 원한이나 그런 것도 없었어. 전혀 모르는 사람인데 왜 그랬는지는 지금도 이해가 안 가.

그리곤 두려운 생각이 들어서 그대로 놓고 나왔지. 그날 밤

얼마나 떨었는지. 문을 박차고 들어와서 형사들이 내 팔을 비틀고 나를 끌고 갈 것만 같았어. 그때 내 나이가 스물한 살이었지. 학생이 지금 열일곱 살이니까, 내가 고작 학생보다 네 살 많았던 때네. 내 배짱 대단하지? 아무튼 어렸는데 그런 큰일을 저질러버렸지. 엄마는 내가 어디서 물놀이나 하고 온 줄 알았는지, 내 옷이 젖어왔는데도 별다른 말 없이 손님들을 받느라 정신없었어. 엄마는 동네에서 작은 술집을 했거든. 빌어먹을 짓이지. 아버지는 집 나가서 뒤졌는지 살았는지 여름 내내 돌아오지 않았고, 잘난 척만 하는 병신같은 형은 막 대학을 들어갔었어. 내가 사람을 죽이고 왔다고 생각도 못했을 거야.

그렇게 마음 졸이면서 하루하루를 지냈어. 악몽도 꾸고, 지나가다가 경찰을 보면 놀라서 다른 길로 돌아갔지. 그렇게 하루, 이틀, 일주일이 지났는데 아무런 반응이 없는 거야. 나중에 그 동네 가서 들은 이야기인데 아줌마는 목욕하다가 실수로 익사를 한 걸로 판명이 난 거야. 찾아보니 조그맣게 기사도 났더라고. 내가 그때 얼마나 기뻤는지 알아? 아마 살면서 가장 기뻤을 때였을 거야. 학생은 가장 기뻤던 때가 좋아하는 가수 듀스? 1위 할 때라고 했나. 나는 그때가 가장 기뻤어. 그렇게 걸리지 않을 줄 알았으면 좀 더 즐길걸, 뒤져버린 아줌마 목에 걸려 있던 반짝이던 금목걸이라도 가져올걸 하면서 후회했지. 세상을 처음으로 이긴 기분이었어. 응 맞아. 그때가 첫 번째 살인이야. 그 뒤로 두 번의 살인을 더 저질렀어. 총 세 번. 세 명을 죽였어. 그래 나는 살인범이야. 다른 여자들이 뒤진 것도 기사에 났지만 난 잡히지 않았지. 이렇게 죽을 줄 알았으면 더 마구잡이로 죽이는 건데, 안 그래? 후회 없는 삶을 살았어야 했어. 후회 없이 좀 더 죽일걸. 킁."

굵은 목소리, 사투리가 섞인 특이한 억양. 말 중간중간 목에 걸린 가시를 내뱉는 듯한 마른기침과 비염 특유의 막힌 코를 뚫는 듯한 킁- 소리. 그 목소리는 26년이 지난 지금까지 지한의 머릿속에 박혀 있다.

1995년 여름은 악몽이었다. 당시 지한은 고등학교 1학년이었다. 듀스의 3집 앨범을 사러 갔던 지한의 머리 위로 Y상가가 무너졌고, 10일 만에 구조되었다. 그 10일 동안 얼굴이 보이지 않던 한 사내는 당시 고등학생이던 지한에게 멋대로 자신이 죽인 여자들에 대해 이야기를 늘어놨다. 자신이 죽인 세 명에 관한 이야기를.

지한은 눈을 떴다. 또 그 꿈이다. 26년 전 있었던 그 일. 그녀는 머리맡으로 손을 뻗어 푸른 알약을 집어 삼킨다. 두근거리던 심장이 다시 느려졌다. 지한은 방을 둘러본다. 팔을 양쪽으로 쭉 벌리면 벽이 닿을 정도로 작은 방에 화장실이 하나 딸린 원룸이다.

지한이 시계를 보자 벌써 오후 4시다. 몸을 일으켜 푸석한 피부와 눈썹이 반밖에 없는 얼굴을 들여다본다. 광대뼈는 툭 튀어나오고 볼은 움푹 꺼졌다. 올해 마흔세 살이 된 지한은 또래보다 나이들어 보였다. 귀밑까지 오는 머리카락이 부스스해 금방이라도 끊어질 듯하다. 지한은 검은 티셔츠와 청바지를 입었다. 마른 몸매가 감춰지도록 사이즈는 큰 것을 걸친다. 이 일을 할 때는 눈에 띄지 않는 옷을 입는 게 좋다. 3분 요리를 전자레인지에 데워먹기 시작했다. 입안이 꺼끌거려서 모래알을 씹는 느낌이다.

'먹자. 그래도 먹어야 움직인다.'

지한은 돼지 누린내가 나는 3분 햄버그를 입안으로 밀어 넣었다.

책상 위에 놓인 사진에는 지한과 지한의 남편, 그리고 딸 예서가 찍혀 있다. 당시 세 살이던 예서는 미키마우스 머리띠를 하고 지한의 품에 안겨 있다. 가족 셋이 알콩달콩 놀이공원에 갔을 때 찍은 사진인데 벌써 10년도 더 지난 일이다.

지한은 예서가 네 살이 되었을 때 이혼을 했고, 아이는 남편이 키웠다. 이혼 사유는 지한의 약물중독, 알코올중독이었다.

지한은 가끔 예서가 다니는 초등학교 앞에 숨어 귀가하는 아이의 모습을 훔쳐본다.

초등학생이 된 예서는 지한을 지나쳐도 알아보지 못한다.

동그란 얼굴에 귀여운 콧방울이 어렸을 적 지한을 닮았다. 그녀는 딸에게 다가가지 않는다. 그저 멀리서 바라보는 것뿐이다. 그녀에겐 목표가 있다. 근사한 여자가 되어 딸을 만나는 것.

이 꼴로 나타날 수는 없다. 그러기 위해선 돈을 벌어야 한다.

현관 한쪽에는 쌓인 고지서가 보였다. 밀린 전기세를 내지 않으면 전기를 끊는다는 마지막 통보였다.

지한은 운동화를 꿰어 신고, 현관문에 단 잠금장치 세 개를 열고 밖으로 나갔다. 거리에는 지한과 다른 세상에 살고 있는 사람들이 보였다.

아무 일도 겪지 않은 평범한 사람들은 무슨 생각을 하며 살까.

가장 번잡한 M 지하철역에 다가오자 지한은 손의 움직임이 굳지 않도록 오므렸다 폈다를 반복한다. 퇴근시간이 되자 지하철 안에는 서둘러 집으로 가려는 사람들로 가득했다. 지한이 사는 세상과는 다른 세계에 사는 사람들. 그 사람들은 놀랍게도 무방비하다. 불행은 다른 사람에게 벌어지는 일같이 생각하는 모양이다.

지한은 어느 30대 정장 입은 남성의 뒤에 섰다. 가방 속 지갑의 위치를 확인한다. 주변을 살피고 지하철이 급커브를 돌 때 지한은 상체를 자연스럽게 남자의 등에 부딪치면서 손을 가방 안으로 집어넣었다. 그리고 재빨리 검지와 중지 사이에 지갑을 끼워 수직으로 빼낸다. 주변을 돌아보지만 꽉 찬 지하철 안에서 그녀를 쳐다보는 사람은 없었다.

지하철 화장실로 들어가 지갑 안을 확인한다. 고급명품 지갑 안에는 현금 만 원이 들어 있다. 신용카드가 들어 있었지만 쓰레기통에 버린다.

'이래서는 밥값도 안 나오겠네.'

요즘엔 현금을 가지고 다니는 사람이 별로 없다. 그래서인지 최근엔 소매치기를 전문으로 활동하는 이들도 줄었다.

지한도 빈집털이로 노선을 잠깐 바꿔 탔다가 소매치기로 다시 돌아왔다. 아무래도 빈집털이는 여자 혼자 하기 무리가 있어 조직적으로 행동하는데 남과 어울리지 못하고 명령을 싫어하는 지한의 성격과는 맞지 않았다. 그러나 나이가 들수록 손이 느려지고 감각도 더뎌지면서 점차 수익이 줄어들고 있어 이 일도 언제까지 할 수 있을지 모른다.

벌써 시간은 8시가 다 되어간다. 퇴근시간이 지나면 눈에 뜨일 확률이 높다.

한 번만 더 하고 가자.

지한은 손가락이 마르지 않도록 미리 주머니에 넣어둔 젖은 손수건을 손끝으로 만졌다.

지한이 K역을 지나는 지하철 안에서 20대 여성의 지갑을 빼

내는데, 대각선 좌석에 앉은 여자가 소리를 질렀다.

"소매치기야!"

여자의 비명에 사람들이 술렁였다. 여자는 지한을 손가락으로 가리키며 지하철 경비대에 신고했다. 때마침 지하철 문이 열리고 지한은 빠른 걸음으로 내렸다. 훔친 지갑은 CCTV를 피해 쓰레기통에 던졌다.

'손이 녹슬었나 봐. 젠장.'

때마침 출동한 지하철 경비대가 지한을 추격해왔다. 양손을 주머니에 찔러 넣고선 인파에 섞여 계단을 뛰어올랐다. 지한은 지하철역에서 빠져나오자마자 출발하려는 버스에 탔다. 버스가 출발하고 자리에 앉아 뒤를 돌아보니 경비대가 두리번거리는 모습이 보였다. 창밖에는 비가 쏟아지기 시작했고, 버스 안은 인파의 텁텁한 습기로 가득 찼다. 자리에 앉은 지한은 긴장이 풀린 탓인지 얼마 안 가서 꾸벅꾸벅 졸기 시작했다.

얼마나 지났을까. 자다 깬 지한은 놀라서 버스 문이 닫히기 전에 뛰어내렸다.

여기가 대체 어디야?

낯선 풍경 속, 길 건너편에 L시장이라는 입구가 보였다. 핸드폰으로 위치를 검색해보니 지한이 사는 곳과는 정반대 방향으로 와버렸고, 집까지 가려면 족히 2시간은 걸린다.

지한이 이끌리듯 시장 안으로 들어서니 구수한 냄새와 참기

름 냄새, 도넛 냄새가 풍겨왔다. 상점 쇼윈도에 비친 자신의 모습이 눈에 들어왔다. 헝클어진 머리에 좀비 같은 모습. 그녀는 고개를 돌린다.

멋진 엄마는 영영 될 수 없을까.

온몸에 힘이 빠진 채 터덜터덜 시장 안을 걸었다.

"비키쇼. 쿵."

지한은 온몸이 얼어붙었다.

저 목소리.

지한의 뒤통수에서 들린 굵고 허스키한 저 목소리는 26년 전, 붕괴 사고 현장에서 있던, 자신이 살인범이라 고백했던 그 남자의 목소리였다.

의문의 검은 트렁크

"아직도 위층에서 소리가 납니꺼? 내도 저번 주에 종이 붙이고 안 왔는교."

도우미 아주머니가 효비를 들어 욕조에 넣고는 말했다. 효비는 목욕을 하려면 누군가의 도움이 필요하다.

"미치겠어요. 아무래도 제가 올라가서 직접 이야기를 해봐야할 거 같아요."

"안 그래도 층간소음 때문에 칼부림도 난다카이, 참으이소."

"이래선 내가 칼을 휘두르겠어요."

"효비 학생, 내가 딸 같아 하는 소린데. 여서 이사 가이소, 오늘 올 때 보니까 이 건물 안에 사람들 꼬빼기도 안 보입니더. 보상금이라도 받을라꼬 주소만 여다 해놓고 다들 여 안 사는데 정 여사님 너무 한 거 아닙니꺼, 몸도 성치 않은 아를……."

도우미 아주머니는 효비의 안색을 살피면서 말끝을 흐린다. 정 여사는 효비의 큰엄마를 말한다. 도우미 아주머니는 큰엄마가 구한 사람으로 고향 동생이라고 했다. 그녀는 효비의 자세한 사정은 모르지만 사고 때문에 가족들이 모두 사망했다는 것은 알고 있다.

"우쨌든 여기서 버티지 말고 이사 가는 거 생각해 보이소. 내도 이번 주가 마지막인데. 맘이 안 좋네예. 들었지예? 정 여사님이 이제 효비 학생, 본인이 돌보겠다꼬 오지 말라꼬. 어린 학생을 여 혼자 두는 게 아무래도 마음에 걸려가꼬, 내가 더 봐주겠다 캤는데도 정 여사님 고집을 우예 꺾는교."

거짓말.

큰엄마는 이곳에 효비를 방치하고 버릴 생각이다. 그녀의 돈을 가로채고. 게다가 이 건물로 보상금까지 받을 계획이겠지? 그렇게 되게 두진 않을 테다. 성년이 되면 돈을 받아 이곳을 탈출하리라. 가족은 스무 살까지만 필요하다.

효비는 입술을 꽉 깨물었다.

창밖으로 차 한 대가 천천히 들어왔다. 효비는 휠체어를 움직여 창문에 바짝 몸을 붙였다. 망원경으로 차를 관찰하는데, 낡은 다마스. 차 번호가 위층집 아저씨가 맞다. 시계를 보니 새벽 2시가 넘어간다.

왜 이렇게 늦은 시간에 돌아오는 걸까.

아저씨가 차에서 내리고, 뒷좌석에서 검은 트렁크 가방을 내린다. 사람 허리까지 오는 큰 트렁크였다.

'이 시간에 웬 트렁크?'

효비는 아저씨를 주시했다. 트렁크를 꽤 무거운지 두 손으로 간신히 들어바닥에 내려놓았다. 효비는 휠체어를 팔로 밀어 베란다에 몸을 밀착시켰다. 그때, 효비가 앉아 있던 베란다의 센서 등이 켜졌다. 입구로 들어가려던 아저씨가 멈춰서더니 그녀 쪽을 돌아본다. 놀란 효비는 황급히 상체를 숙였다.

이쪽을 본 건가? 아니다. 그럴 리가 없다.

연립주택 입구부터, 5층인 효비의 집까지는 대각선으로 5미터나 떨어져 있는데다가 효비는 암막커튼 뒤에 숨어 있었다. 저 아저씨가 봤을 리가 없다.

혹시 커튼 틈 사이로 불빛이 보였을까?

효비는 두근거리는 심장을 가라앉혔다. 잠시 후, 망원경을 들고 입구를 바라봤을 때 아저씨는 사라지고 없다. 그제야 베란다의 센서 등이 꺼졌다.

집으로 들어간 걸까?

아… 놀래라.

'큰엄마가 오면 베란다 전구를 빼달라고 해야겠어.'

효비는 냉장고를 열어 물을 꺼냈다. 냉장고 안에는 몇 달 전에 큰엄마가 가져온 김치가 곰팡이를 피웠다. 김치 냄새가 퍼져서 냉장고 문을 얼른 닫아버렸다.

그런데 그때, 현관문 앞 복도 불이 켜졌다.

이상하다.

복도는 센서 등이라 사람이 지나가야만 켜지는데, 혹시, 옆집 사람이 잠시 들렀나? 이 새벽에? 효비의 기억에 의하면 그녀의 집 503호 양옆인 502호. 504호는 살지 않는다.

누구지?

효비는 하마터면 비명을 지를 뻔했다. 그녀의 집 현관문 틈으로 검은 그림자가 한참 서 있는 게 보였기 때문이다. 누군가 효비의 집 앞을 서성거리고 있다!

경찰을 불러야 하나?

효비는 숨까지 죽이고 가만히 현관 앞에 서 있는 그림자를 노려본다. 그림자는 움직임이 없다. 그때 띠- 하고 효비의 집 현관문 디지털 도어락 커버를 올리는 소리가 난다. 그리곤 연달아 번호를 누르는 소리가 들린다.

띠디디딕-.

번호가 틀렸을 때 나는 음이 울렸다.

현관문 밖에 서 있는 누군가는 또 한 번 비밀번호를 누른다. 또 다시 띠띠딕- 소리가 울린다. 세 번 틀리면 경고음이 울린다. 현관문 앞의 누군가는 잠시 서 있더니, 이내 멀어져간다.

효비의 심장은 크게 고동쳤다. 손이 덜덜 떨렸고, 식은땀이 흘렀다. 누군가 새벽 2시가 넘어 그녀의 집에 침입하려 한 것이다.

'대체 누구지?'

이곳 금양연립에 산 지 3년 만에 이런 일은 처음이었다.

그때 효비의 머릿속에 스치는 생각, 윗집 아저씨!

'만약, 윗집 아저씨가 커튼 너머의 나를 봤다면, 그래서 우리 집에 찾아왔다면?'

효비는 이제껏 봐왔던 소설과 영화가 머릿속을 스쳤다. 지금 연재하는 웹소설이 스릴러 장르라 더욱 예민해진 걸까. 큰엄마 말대로 내가 유별난 걸까.

또 다시 쿵쿵- 소리가 들렸다.

효비는 심호흡을 하고 양팔을 이용해 휠체어에 내려와 침대에 누웠다.

'어차피 오늘도 글 쓰긴 글렀어. 그 트렁크 안에 무언가 들어 있는 게 분명해. 예를 들면 시체. 시체가 들어가기 딱 좋은 사이즈잖아.'

어쩌면 치매에 걸렸다는 할머니는 죽은 채 방치되어 있고, 트렁크 안에는 시체가 들어 있을 수도 있다.

쿵쿵- 소리가 또 난다. 효비의 온 신경은 천정으로 가 있다.

'지금은 작은방에서 쿵쿵거리는군. 지금은 욕실로 옮겼어. 지금은 큰방이야.'

쿵쿵 소리는 점차 커져 쿵쿵쿵쿵쿵 소리로 돌변한다. 효비는 비명을 지르고 싶은 것을 참고 베개로 양쪽 귀를 틀어막았다.

"112입니다. 무엇을 도와드릴까요."

전화기 너머에서 상냥한 여자의 목소리가 흘러나왔다.

"위층집, 603호가 이상해요. 매번 쿵쿵 소리가 들리고요. 어제는 저희 집에 들어오려고 했다구요. 그 새벽에 큰 트렁크를 들고 왔어요. 위험한 인물 같아요. 아, 제가 신고했다는 걸 알면 안 되니 비밀로 해주세요."

효비는 뜬눈으로 밤을 새고 아침이 돼서야 경찰에 신고를 했다. 그녀의 홀쭉한 얼굴은 뺨이 더 패이고, 눈 밑엔 다크서클이 가득했다. 오전 9시, 경찰차가 출동했다.

"어른 안 계시니?

젊은 경찰관이 효비에게 건넨 첫마디였다.

"여행가셨어요."

"언제 오시는데?"

젊은 남자경찰관은 효비를 살피더니 나이 든 경찰관에게 눈짓을 한다. 효비의 앳된 얼굴에 휠체어까지 탄 것에 놀란 눈치다.

"글쎄요. 좀 길게 가셔서."

"603호 아저씨 만나봤는데, 앞으로 층간소음 조심하신다고 하네. 치매 어머니가 안 주무시고 밤낮으로 방바닥이며 벽이며 두드리는 모양이야. 곧 치매 전문 요양원으로 옮기신다니까 학생이 양해 좀 해."

"할머니가 정말 치매에요?"

경찰관은 고개를 끄덕였다.

"할머니 직접 보신 거예요?"

"응. 방에서 주무시고 계셨어."

경찰관은 너무 걱정 말라고 하고 전화번호를 적어주고 돌아갔다. 또한 효비의 이름과 보호자 연락처 또한 적어가는 것도 잊지 않았다.

'정말 치매에 걸렸다는 할머니가 내는 소리일까.'

효비는 경찰이 했던 말을 되뇌며 한숨을 내쉬었다.

"울 엄마 거기 안 왔냐?"

전화기 너머의 효성은 다짜고짜 소리를 꽥 지른다.

"전화를 안 받아. 연락도 안 되고. 한 번도 이런 적은 없었는데. 너네집 간다고 나갔단 말이야. 엄마한테 무슨 일 생기면 너 진짜 죽어!"

사촌 효성은 신경질을 내더니 효비가 뭐라고 하기도 전에 전화를 끊어버렸다.

'큰일을 당한 건 나야.'

효비는 비공개설정으로 해둔 자신의 페이스북에 들어갔다. 엄마, 아빠, 남동생과 함께 제주도 올레길에서 찍은 사진, 온천 갔던 사진, 스키장에서 웃으면서 가족들과 함께 찍었던 사진들이 눈에 들어왔다. 4년 전 효비는 밝고 활기찬 중학생의 모습이었다. 그곳에는 옛 친구들의 근황도 고스란히 올려져 있다. 사진 속 친구들은 몰라보게 변해 있다. 중3 때 친구들이 이젠 대학생이 되었다. 화장도 하고, 미니스커트도 자유롭게 입었다. 자동차 운전면허증을 딴 친구들도 보였다. 그녀들의 다리는 하나같이 아름다워 보였다. 연락을 먼저 끊어버린 것은 효비였다. 친구들은 사고 후에도 똑같이 효비를 대했지만 그녀가 벽을 쌓고 그들을 밀어냈다.

효비는 갑자기 사라져 버린 가족들의 빈자리를 찾으려 큰아빠에게 살갑게 굴기고 하고 큰엄마의 비위를 맞추기도 했고, 사촌 효성의 동정 어린 시선도 참아냈다. 하지만 끝내, 그들의 가족이 되지 못했다.

효비는 한숨이 신음처럼 새어 나왔다. 핸드폰을 덮었다. 뜨거운 눈물이 볼을 타고 흘렀다. 책상 위에 놓인 푸른 알약을 꺼내 삼킨다. 오늘은 잠을 푹 자야겠다.

눈을 감았다. 온몸이 바닥으로 가라앉는 기분이 들면서 의식이 멀어져 간다.

효비가 눈을 뜬 것은 빗소리 때문이었다. 왜 하필 그 타이밍에 잠이 깼을까.

살다 보면 운명적 순간이 있다. 효비가 교통사고를 당하던 순간. 아마도 그때 효비가 5분 늦게 일어나서 그 시간에 차를 타고 가지 않았더라면. 당하지 않았을 사고 같은 순간 말이다.

이상하다.

이상하게 위층이 조용하다. 정신을 차리고 귀를 쫑긋 세워 본다.

'경찰까지 찾아갔으니 조심하는 건가?'

효비는 쾌재를 불렀다. 위층집에선 아무 소리도 나지 않았다. 대신 밖에서 내리는 빗소리만이 요란했다. 효비는 거센 빗소리에 이끌려 휠체어에 올라 창문으로 향했다. 빗줄기가 유리창에 부딪친다. 가로등 하나뿐인 어둠 속을 효비는 한참 바라보았다. 핸드폰 시계는 벌써 새벽 2시다.

'아. 조용하네, 정말 좋다. 지금부터 부지런히 써서 이번 달 마감을 맞춰봐야겠다.'

효비가 이렇게 마음먹고 책상으로 휠체어를 돌리는데 누군가 입구로 내려오는지 연립입구 센서 등이 켜졌다. 효비는 암막 커튼 뒤에 숨어 밖을 응시했다. 비옷을 입은 한 남자가 검은 트렁크 가방을 들고 내려왔다. 망원경 속에 보이는 얼굴은 위층집 아저씨다. 그는 세차게 내리는 비를 뚫고 검은 트렁크를 다마스에 싣는다. 두 손으로 겨우 실을 정도로 무거워 보였다. 그리고 그 길로 다마스는 빗길을 뚫고 주차장을 빠져나간다.

트렁크를 가지고 이 시간에 어딜 가는 거지?

아저씨가 돌아온 건 3시간 후였다. 새벽 5시. 비는 그쳤고, 아저씨는 비옷을 벗었다. 희끗하게 벗겨진 정수리가 보였다. 검은 트렁크를 드는 아저씨의 동작이 아까보다 가벼워 보인다. 아저씨가 집으로 들어가고 나서 동이 트기 시작했다. 효비는 동트는 것을 보며 고요한 위층을 주시했다.

남겨진 사람

"영주… 영주는?"

지한이 구조되어 가장 먼저 내뱉은 단어는 영주였다. 그녀가 의식을 차렸을 때는 병원이었다. 소독약 냄새가 코끝을 파고들었다.

"정신이 드니?"

지한은 그제야 엄마의 따뜻한 손길과 아빠의 걱정스런 얼굴이 눈에 들어왔다.

그녀는 벌떡 몸을 일으켰다.

"영주는?"

"무사해. 너보다 먼저 구조됐어. 너 회복되면 보러온대. 그러니까 걱정 말고 푹 쉬어."

엄마가 지한의 눈을 피하면서 말했다. 지한은 가장 친한 친구가 살았다는 말에 안도의 한숨이 나왔다. 그 후 여러 검사와 치료를 받았다.

그렇게 지한은 살았다. 열흘 만에 구조대에 의해 발견되어 살아난 것이다.

"영주 하늘나라 갔어."

지한이 영주의 죽음을 알게 된 것은 구조된 후 한 달이나 지난 후였다. 연이어 친구들이 면회를 왔지만 영주만은 오지 않았다. 영주는 왜 자신을 만나러 안 오냐고 재촉하는 지한의 물음에 지한의 아버지가 영주의 죽음을 알려준 것이다. 함께 듀스 앨범을 사러 갔던 영주는 끝내 구조되지 못하고 죽었다. 그날 앨범을 사러 Y상가에 가자고 졸랐던 것은 지한이었다.

지한이 죄책감에 힘들어하는 것과 상관없이 그녀는 기적이 되었고, 기자들이 앞다투어 찾아왔다. 부모님은 지한에게 절대 안정이 필요하다고 판단했기 때문에 모든 인터뷰를 거절했다. 그쯤 나간 기사에는 지한이 사고의 충격으로 사건을 기억하지 못한다고 되어 있었다. 그 당시 지한은 사고 기억이 정말로 없었다.

지한이 살아남은 후 학교에 복귀했을 때는 모든 이의 관심이 쏠려 있었고, 영주의 친구들은 원망스런 눈으로 지한을 바라보았다. 영주의 엄마 또한 마치 지한이 영주를 죽인 것처럼 달려들었다. 지한의 얼굴에 영주 엄마의 손톱이 파고들었고,

영주의 아빠는 "건물 무너진 게 왜 얘 때문이야. 진정해"라고 소리쳤으나 말리진 않았다. 이내 눈길을 거두고 담배에 불을 붙였을 뿐.

최지한의 예전 이름인 최성희는 어느새 생존자 이름이 되었고 언론의 관심은 줄어들 줄 몰랐다. 그녀는 개명도 하였고 성형수술도 했다. 부모님의 권유였다. 지한은 학교를 그만두고 이사도 세 번이나 했다. 3년이 지나자 아무도 생존자 지한을 찾아오지 않았다. 지한은 미용학원부터 요리학원까지 여러 학원을 전전했다. 친구들을 만나 앞에서는 웃고 떠들어도 집에 돌아오면 불도 켜지 않고 어두운 방에서 꼼짝하지 않았다. 지한은 공부에 집중할 수 없었다. 좁은 공간에 있으면 그때가 생각났다. 검정고시는 매번 떨어졌으며 잠을 이룰 수 없었다. 두통과 소화불량, 위통을 달고 살았고 작은 소리에도 깜짝깜짝 놀랐다. 그럼에도 불구하고 지한은 온종일 밖에 돌아다니고 밤이 돼서야 지친 몸을 이끌고 집으로 돌아왔다. 제대로 먹지 않아 몸무게도 10킬로그램 줄었다.

'더는 살기 싫어.'

지한은 구조된 지 6년째 되는 날 자살을 시도했고, 그녀의 엄마가 발견해서 살아났다.

'왜 내 마음대로 할 수 있는 게 하나도 없을까.'

죽지도 못하게 하는 세상에 대해 분노가 치밀었다. 의사는 외상 후 스트레스 장애(PTSD) 진단을 내렸고 약도 처방했지만 나아지지 않았다. 몸은 구조되었지만 마음은 아직 무너진 그곳에 영주와 있었다.

그리고 다음해 뉴스에 사망 소식 하나가 보도되었다. 모두가 월드컵으로 들떠 있던 그때였는데, 지한이 살던 동네 아줌마가 물탱크에 빠져 사고로 죽었다는 소식이었다.

지한은 그때 왜 그 남자를 떠올렸을까.

"으음- 4년 전이니까 91년도네. 쿵. 그때 오로라 탐험대가 돌아왔다고 떠들썩했어. 북극점에 도착해서 11번째로 태극기를 꽂았다고. 그게 뭐라고. 내가 그랬잖아. 기억력이 좋다고. 그날도 엄마 때문에 열 받았어. 내 물건들을 다 모아서 아궁이에 넣고 다 태워버렸거든. 그러고는 잔소리를 잔뜩 해댔어. 이 모양 이 꼴로 사는 게 다 나 때문이라고! 가게에 남자들을 불러 술을 따르고 노래를 해대는 주제에. 화는 나는데 할 일은 없고 동네 개를 유인해서 잡아 죽이려다가 주인한테 걸려 도망쳤지. 돈도 없고 정처 없이 걷는데 어떤 아줌마를 봤어. 어깨까지 오는 단발에 진한 화장이 딱 우리 엄마 같더라고. 특히 분홍립스틱. 그 번들거리는 입술 사이로 미끈거리는 혀를 낼름거리면서 잔소리를 해대면 그 혀를 뽑아버리고 싶은 생각에 미칠 거 같았어. 개를 잃어버렸다고 저수지 쪽으로 그 아줌마를 유인했지. 그리곤 목을 졸라 기절시키고는 저수지에 빠뜨렸어. 목을 졸린 그 여자의 얼굴이 얼마나 우스꽝스럽던지. 킁. 학생 그거 알어? 영혼이 빠져나간 육체는 드럽게 무거워."

특유의 가래 모으는 소리가 벽 너머에서 들려왔다. 처음에는 서로가 응원하면서 힘내자고 한 사람들의 목소리가 여러 명이었는데 이젠 그와 지한 둘뿐이었다. 지한은 더 이상 듣고 싶지 않았으나 대꾸할 힘도 없었고, 의식도 가물거렸다.

"그제야 분이 풀리더라고. 정신을 차리고 나서는 후회가 됐지만 기분은 최고였어. 내가 뭐라도 된 거 같았지. 콧노래가 저절로 나더군. 돌아온 집에서 티브이를 보다가 잠들었어. 생생해. 그때 '대추나무 사랑 걸렸네'를 했거든. 두 번째 살인이 끝난 후에는 자신감이 완전 붙었지. '수사반장' 최불암은 현실에 없고 경찰들은 죄다 병신이라는 사실을 알았거든.

나는 정신감정 때문에 군대도 면제를 받아서 엄마는 잔뜩 화가 났어. 돈도 못 버는 쓰레기 같은 새끼. 나라에서도 안 데려간다고. 그 당시에 웨이터가 돈을 번다고 해서 그거나 돼볼까 했는데 면접 보는 족족 떨어졌어. 내 인상이 안 좋다나? 지랄 옘병, 사실은 이 손 때문이야. 세 살 땐가? 엄마가 옥수수 삶은 물만 내 손에 들어붓지 않았어도 이렇게 살진 않았을 텐데. 이 손 때문에 여자들이 나만 보면 슬금슬금 피한단 말이야. 그 눈빛을 볼 때마다 실패한 인생처럼 느껴졌거든. 그 엄마란 여자 말대로 말이야. 옥수수 삶은 물! 그거 실수 아니야. 내 인생 조질려고 작정한 거지. 킁-. 으음.

이제 슬슬 세 번째 살인이 궁금하지? 이제 시간이 얼마 없는 거 같으니까 이야기를 빨리 해야겠어. 나도 말할 힘이 점점 떨어지고 있거든. 목도 마르고 그때가 보자……, 아, 생각났다. 부산앞바다에 서해훼리호가 침몰했다고 난리였어. 사람들 200명 정도가 실종됐다고. 그땐 엄마가 하던 가게도 슬슬 망하기 시작해서 집구석에서 잔뜩 부업꺼리를 늘어놓고는 나에게 잔소리만 퍼부었지. 똑똑히 기억해. 내 생일 다음날이었으니, 10월 20일이었어. 내 생일에 미역국 한번 끓여준 적 없었어. 난 엄마의 잔소리를 피해서 산으로 갔지. 아끼는 엄마의 매니큐어를 훔쳐서 말이야. 어느새 숨어서 나는 엄마를 닮은 여자를 찾고 있었어. 엄마를 죽여버리고 싶었지만 죽이면 내가 용의선상에 오르잖아. 그러면 안 되니까 참고 참았어. 나도 참을만큼 참았다고. 반짝이 청바지를 입고 향수 냄새가 코를 찌르는 아줌마가 걸어갔어. 그 역겨운 냄새. 살금살금 거리를 두고 뒤따르다가 등을 확 밀어버렸지. 그 여자 벼랑 밑으로 나풀거리며 떨어졌어. 맥을 못 추고 사지가 부러져서는 날 올려다보는 거야. 글쎄, 살려달라고 애원을 하더라니까. 나는 돌아서 아줌마가 있는 곳까지 내려갔지. 한방에 안 죽고 살아가지구 귀찮게 말이야. 우리 엄마를 닮은 그 여자. 손가락에 아무것도 안

발랐더라고. 죽어가는 여자의 손톱에 엄마 화장대에서 훔쳐온 진분홍색 매니큐어를 발랐어. 그제야 엄마랑 똑같아졌지. 그대로 여자의 몸을 뒤집었어. 떨어져서 머리가 깨진 것처럼 보이도록 돌로 뒤통수를 내리쳤어. 그랬더니 그 아줌마가 꽥! 하고 돼지 멱따는 소리를 내는 거야. 크크크크. 그때 기분 참 짜릿했지. 킁."

지한은 그 물탱크에 빠져 죽은 여자의 기사를 봤을 때, 허스키하고 쇳소리 같은 독특한 억양의 남자 목소리가 갑자기 생생하게 기억이 났다.

왜 갑자기 그를 떠올렸을까.

지한은 인터뷰 당시 아무것도 기억나지 않는다고 대답했는데 한동안 정말 기억이 없었다. 머리회로의 불이 꺼져버린 것처럼 사고 당시의 기억이 나지 않았다. 기억이 돌아온 것은 시간이 한참 지난 후였다.

지한의 기억은 청각과 후각이었다. 눈앞이 컴컴했으니까. 축축한 바닥의 감촉, 매캐한 먼지 냄새, 콘크리트의 차가운 느낌, 습도, 컴컴한 어둠 속에 들려오는 죽어가는 소리, 사이렌 소리, 바짝 마른입과 희미하게 풍기는 지린내와 암모니아 냄새, 피비린내까지. 절규가 멈춰버린 어느 날, 가까이서 들리는 소리는 그 남자의 목소리뿐이었으니까.

'갑자기 멀쩡하던 상가가 무너져 버렸잖아. 그 아저씨도 외롭고 무섭고 그러니까 아무 말이나 지어낸 거겠지. 거짓말이야.'

지한은 애써 지어낸 이야기일 거라며 생각을 떨쳐냈다. 하지만 떨쳐내면 낼수록 달라붙어 지한을 옭아맸다. 그 남자의 말은 생생했고 막힘이 없었다.

'그래, 확인해보자. 진짜인지 아닌지.'

지한은 도서관으로 향했다. 그가 말한 첫 살인은 1989년 7월 15일이라고 했다. 지한은 89년도 7월 15일부터 신문 기사를 쭉 뒤졌다.

"선봐. 결혼해."

"싫어. 내가 무슨 결혼을 해."

"너 벌써 스물일곱이야."

열일곱 살의 지한은 정신을 차려보니 이미 스물일곱 살이 되어 있었다. 아침에 일어나 도서관으로 가는 차 안에서 지한의 엄마는 사진 한 장을 보여주었다. 평범하게 생긴 남자 사진이었다.

"싫다니까."

"아버지가 많이 아프셔. 아버지 소원이 니 결혼식에 손잡고 들어가는 거야. 부탁이다."

그렇게 지한은 사진 속 그 남자와 선을 보았고, 만난 지 세

번 만에 결혼을 하기로 했다.

생긴 것처럼 평범하고 모나지 않고 야망도 없는 세탁소를 하는 서른세 살의 남자였다. 남자는 천성이 따뜻한 사람이었다. 결혼 후에도 지한을 이해하고 위했는데, 지한은 그런 남편이 전부 못마땅했다.

사랑, 결혼, 행복, 희망 같은 감정 따위, 지한에게 존재하지 않았다.

1989년. 7월 23일 기사가 지한의 눈에 들어왔다.

'우이동 물가에서 40대 여성 익사. 목욕하다 발을 헛디뎌서 사망. 사망추정일은 7월 15일.'

지한은 신문 기사를 덮었다. 심장이 밖으로 튀어나올 정도로 뛰었다.

'진짜야. 진짜로 그 남자가 말한 날짜와 장소에 여자가 죽었어.'

지한은 침을 꿀꺽 삼켰다.

그렇다면 그가 말했던 두 번째, 세 번째 살인은 진짜일까.

두 번째는 1991년. 저수지에서 여자를 밀어버렸다고 했다. 그가 한 말을 떠올리며 오로라 탐험대가 돌아온 날을 검색했다. 오로라 탐험대가 돌아온 날은 5월 16일. 지한은 5월 16일부터 신문기사를 뒤지기 시작했다. 정확한 날짜가 없었기에 이번에는 쉽지 않았다. 아침을 먹고 도서관으로 나와 하루 종일 기사를 찾았다. 그렇게 찾기를 일주일째 마침내 5월 22일, 저수지에서 40대 여성이 자살했다는 기사를 찾아냈다.

지한은 온몸에 소름이 돋았다.

'두 번째도 맞아. 이게 우연일까.'

지한은 세 번째 살인도 확인해보기로 했다.

세 번째 살인은 부산 서해훼리호가 침몰했을 때라고 했으니까 1993년이다. 날짜는 그 남자의 생일, 그러니까 10월 20일 다음날이라고 했다. 지한은 93년 10월 21일 기사를 뒤지다가 비명을 지를 뻔했다.

Y산에서 '50대 여성 추락사'라는 기사를 발견했기 때문이다.

'세 명의 죽음 모두 그 남자의 말과 정확하게 일치해.'

반복되는 우연은 우연이 아니다.

지한은 주변을 둘러보았다. 희끗한 아저씨들이 책을 펼쳐놓고 보거나 기사를 보고 있었다. 조용한 도서관 안에는 사람들이 걷는 발자국 소리, 책 넘기는 소리만 가득했다.

그가 한 말은 지어낸 게 아니야! 만약 어디서 들은 이야기라면 이토록 생생할 수 있을까. 그럼 정말로 그 남자가 이 여자들을 죽였을까. 그는 지금 뭘 하고 있을까.

"엄마, 나 구조되었을 때 혹시 함께 구조된 남자 있었어?"

"갑자기 그걸 왜 물어?"

엄마는 티브이를 보다가 지한이 한 질문에 눈을 커다랗게 떴다.

"그때 옆에 같이 있던 아저씨가 날 많이 도와줬어. 지나고 나니까 꼭 찾아서 고맙다고 하고 싶어서."

지한은 엄마에게 거짓말을 했다. 엄마는 빤히 지한을 바라보았다.

"그걸 지금 어떻게 알아. 10년이나 지났잖아."

"엄마 그 모임 있었잖아. 생존자 가족 모임. 거기 한번 알아봐주라. 응?"

"알았어."

만약 그녀처럼 살았다면 어디서 뭘 하고 있을까. 몰래 또 다른 살인을 하고 있는 건 아닐까.

지한은 Y상가 붕괴사고 생존자에 대한 기사를 찾기 시작했다. 1995년 7월 10일 지한이 구조되었으니 만약 그가 구조되었다면 그즈음일 것이다.

지한은 또 다시 매일 기사를 뒤졌다. 어깨가 뻣뻣해지고 눈이 침침했다. 그렇게 열흘 넘게 뒤졌을 때였을까. 신문 한쪽의 난 작은 기사를 발견했다.

'Y상가 건물 붕괴' '구조 작업 중 20대 남, 생존자 발견' '구조 성공' 같은 단어가 보였다.

그 신문 기사에는 구조대의 모습과 들것에 실려 나오는 희미한 남자의 사진이 있었다. 사진은 작고 희미해서 인상착의를 알아보기 힘들었다. 지한이 혹시 몰라 그 앞뒤로도 생존자를 찾아봤지만 19세 남자, 34세 여자, 27세 여자가 있었고, 이들은 그와 성별도 나이도 맞지 않았다.

만나서 목소리만 들으면 알 수 있을 텐데.

그러면? 그다음은? 모르겠다.

"너랑 같이 구조된 젊은 남자가 있었는데, 사라져버렸대. 치료받다가 어느 날 병원에서 없어졌대."

그 사람이다. 지한은 엄마의 말을 듣고 나서 확신했다.

지한의 옆에서 이야기했던 남자는 꿈이 아니라 실제 인물이었다.

그가 살인범이 아니라면 왜 치료받다가 도망갈까.

지한은 사고 이후 1년쯤 지났을 때를 떠올렸다. 그날은 집에 아무도 없었고 집요하게 울리는 전화벨에 지한이 전화를 받았다. 수화기 너머의 사람도 아무 말이 없었다. 지한은 말을 내뱉고 싶은 것을 참고 가만히 수화기만 들고 있었다. 상대방의 숨소리가 들려오는 듯하다가, 쿵- 하는 소리가 들렸다. 지한은 온몸이 떨려왔고, 그대로 수화기를 내려놓았다.

그가 분명하다.

그녀 집에 전화를 걸어 목소리를 확인한 것으로 보아 그 또한 그녀를 찾고 있던 건 아닐까.

그 후로 지한은 이름도 얼굴도 모르는 그 남자를 추적하지 않았다. 추적할 길도 더 이상 없었다. 지한은 결혼을 했고 아이를 낳았다. 그러고도 그녀는 알코올에 의존하고 우울증이 함께 나타났다. 아버지는 돌아가시고, 엄마는 아팠다. 그녀의 생활이 안정될수록 심리는 불안정해졌다. 그러다 절도를 시작하게 되었다. 다른 이의 가방 안에서 손가락 끝으로 지갑을 집어 들면 신경은 불안정했으나 마음은 안도감을 느꼈다. 그렇게 훔친 돈으로 술을 마시며 자신을 끊임없이 괴롭혔다. 아이를 유치원에서 데려오는 것을 잊고, 냄비를 태우는 날이 늘어났다.

"이혼하자."

경찰서에 잡혀 있던 지한을 남편이 데리러 왔을 때 건넨 말이었다. 지한은 순순히 그러자 했다. 그해 지한의 엄마마저 돌아가셨다. 그렇게 폐인처럼 소매치기와 도둑질을 하면서 몇 년을 살아왔다.

그런데, 우연히도 오늘, 그 남자의 목소리가 똑똑히 들려왔다. 지한이 기억하던 그대로였다.

'침착하자. 확인하자. 확인만 하자.'

지한은 목소리가 들린 그곳으로 향했다. 중형마트 뒷문에 한 남자가 서 있었다. 남자는 50대 후반에서 60대 초반의 나이에 머리는 희끗하고 정수리가 비어있었다. 170센티 정도의 키에 마른 체격. 가는 눈에 오뚝한 콧날. 눈썹이 짙고 사각턱에 얼굴선이 군데군데 무너지고 볼이 쏙 파인 수염 없는 사나운 인상의 얼굴이다.

"비키쇼. 비켜. 킁."

남자는 방수 앞치마를 하고 생선을 옮겼다.

'그 목소리가 분명해.'

지한은 눈에 띄지 않게 골목에 숨어 그 남자를 주시했다. 남자는 마트 안으로 생선을 나르며 들어갔다. 지한은 한참을 기다렸지만 남자는 나오지 않았다. 그녀는 모자를 눌러쓰고 마트 앞문으로 들어갔다. 장바구니를 하나 집어 들었다. 쇼윈도에 비친 지한은 영락없는 퇴근 후 반찬거리를 사는 여자처럼 보였다. 그녀는 채소 몇 개를 손에 집히는 대로 바구니에 넣고 천천히 생선코너 쪽으로 다가갔다. 그 남자는 양손에 장갑을 낀 채 사시미칼로 아가미를 쑤셔 떼어내고 내장을 발랐다. 환한 조명 아래에서 본 남자는 50대쯤으로 보였다. 1995년도에 27세라고 했으니 26년이 지난 세월을 생각하면 53세. 얼추 비슷한 나이다. 왼쪽 가슴에 붙은 이름표에는 천동식이란 이름이 쓰여 있다.

장바구니를 든 지한의 손이 덜덜 떨렸고, 남자가 눈치챌까 봐 고개를 숙이며 진열된 생선을 고르는 척했다. 그때 남자가 장갑을 벗더니 탁탁 두드렸다. 지한은 천천히 그의 왼손으로 시선을 옮겼다. 손등에는 화상 자국이 선명하고, 왼손 약지와 새끼가 뭉그러져 붙어 있다.

'맞아. 옥수수 삶은 물에 데여 화상 입었다고 했어.'

애써 꽉 다문 입꼬리에 경련이 일었다. 순간 천동식이 고개를 들어 지한을 본다.

"아줌마."

천동식이 그녀를 부른다.

지한은 다리가 후들거렸다.

집이 지옥이 될 때

"그럼유. 열쇠를 따면 아예 열쇠를 새로 바꿔야쥬. 다 뜯어 버리는 거니께."

수화기 너머로 열쇠집 사장님의 목소리가 들려왔다. 효비는 위층집 아저씨가 출근한 후 603호의 열쇠를 몰래 따서 집 안으로 들어가 볼까 생각했다. 그런데 열쇠를 바꾼다면 위층이 알아차릴 것이고 그럼 여러모로 곤란하다.

효비는 "다음에 다시 전화할게요"라는 말을 남기고 전화를 끊었다.

위층집을 한번 들어가 보면 속 시원할 텐데. 그 안에서 무슨 일이 벌어지는지. 수상한 검은 트렁크 안에는 무엇이 들었는지.

오늘은 10월 24일. 마감까지 일주일도 남지 않았다. 위층집 할머니는 전혀 외출을 하지 않는지 보이지 않는다. 아무리 치매에 걸렸다고 한들, 어르신들이 자주 가는 센터에 한번 가거나 사회복지사 한번 방문하지 않는 게 정상일까.

그날 오후 10시가 가까워오자 효비는 습관처럼 창문에 달라붙었다. 위층집 아저씨의 모습은 보이지 않았다.

이상해.

그날 무거운 트렁크를 가지고 나갔다 돌아오면서부터 위층에서 아무 소리도 들리지 않았다.

효비는 모처럼 맞은 평온함에 글을 쓰려고 노트북 앞에 앉았다. 또 다른 의문이 머릿속을 파고들었다. 왜 조용한 거야?

다마스의 덜덜거리는 엔진소리가 들렸다. 그날 밤 12시가 되어서야 아저씨는 돌아왔다. 아저씨가 다마스에서 내렸다. 뒤이어 휠체어를 내리고 누군가를 휠체어에 태운다. 효비는 망원경을 통해 그 광경을 뚫어져라 주시했다. 휠체어에 탄 사람은 백발에 모자를 쓰고, 꽃무늬 치마에 낡은 조끼를 입었다.

'아니. 할머니를 모시고 언제 외출을 했어?'

'이 밤에 어딜 다녀오는 거야?'

효비는 아무리 기억을 더듬어 봐도 할머니와 아저씨가 함께 나간 적은 없었다.

아저씨는 할머니가 쓴 모자를 푹 눌러 씌운다. 몸이 삐뚜름해진 할머니를 실은 휠체어를 아저씨는 밀기 시작한다. 할머니의 양손은 모두 배 위에 가지런히 놓여 있다.

401호 노인 부부가 엘리베이터에서 내려 603호 아저씨와 휠체어 옆으로 지나간다. 노인 부부가 고개인사를 하지만 아저씨는 별 반응이 없다. 노인 부부는 가끔 밤 산책을 한다. 자식들은 미국에 산다는 소문을 들었다. 이 무너져가는 연립주택에 남아 있는 몇 안 되는 주민이다.

효비는 망원경으로 엘리베이터에 타는 아저씨와 휠체어를 끝까지 주시했다. 그때 할머니의 손이 툭- 하고 바닥으로 떨어졌고, 아저씨는 주변을 쓱- 살피고는 손을 다시 주워 올린다.

'뭐야! 방금?'

효비가 눈을 크게 치켜떠봤지만 아저씨와 할머니는 엘리베이터 안으로 사라지고 말았다.

그녀가 망원경을 당겨 천천히 다마스를 살폈다. 트렁크 뒤쪽에 검붉은 색의 핏자국이 묻어 있는 게 보였다. 피는 차 트렁크 쪽에서부터 흘러나와 굳어 있었다. 효비의 심장이 빠르게 뛰었다.

효비는 경찰이 적어준 전화로 전화해서 수상한 정황을 목격했다고 했다. 금양연립의 주소와 다마스 차번호를 이야기하니 경찰관이 "또 학생이야?"라고 되물었다.

얼마 후 저번에 출동했던 경찰관 둘이 도착했고 연립 앞에 세워진 다마스를 살폈다. 효비는 숨죽인 채 위에서 몰래 그 광경을 내려다보았다. 이 모습을 지켜봤는지 위에서 603호 아저씨가 내려왔다. 그는 경찰의 지시로 다마스를 열었다. 경찰은 랜턴을 켜고 다마스 내부를 살핀다. 그 행동을 바라보는 603호의 미간이 구겨졌다. 뒤쪽 아이스박스에는 생선들이 가득 들어 있다. 바닥에 깔린 비닐 위에 생선들이 축 늘어져 있고, 아가미에서는 내장과 피가 흘러나와 있었다. 경찰관은 고개를 끄덕이면서 아저씨와 몇 마디 나누고 들여보냈다. 아저씨가 들어가자 나이 든 경찰관은 못마땅한 표정으로 효비가 있는 503호 쪽을 올려다봤다. 젊은 경찰관은 담배를 꺼내 피웠다.

"오늘도 어른은 안 계시고?"

사람들은 어른이 없으면 불안해한다. 불안한 어른들이 더 많은데.

"네."

"저번에 적어준 보호자 연락처 그거 아니던데? 왜 거짓말 했니?"

경찰은 아까부터 말을 놓았다. 저번에 경찰이 보호자의 전화번호를 적어달라고 했고, 효비는 가짜로 적어주었다. 행여나 큰엄마에게 전화를 해서 꼬치꼬치 묻는 게 싫어서였다.

경찰관 둘은 집안을 살펴보더니 효비가 글 쓰는 데 참고하는 책들에 시선이 멈췄다. 책장에는 연쇄살인마, 범죄 프로파

일링 같은 참고 자료가 가득했다. 젊은 경찰관이 마침내 찾아냈다는 듯 효비의 푸른 알약에 시선을 멈췄다. 젊은 경찰관이 나이든 경찰에게 소곤거린다. 효비는 그때 알았다. 경찰들은 자신의 말을 믿지 않는다는 것을.

쿵쿵.

경찰이 돌아가고 난 후 10분 후 위층집에는 다시 쿵쿵 하는 소리가 났다. 짜증이 밀려왔다.

쿵쿵.

심호흡을 해보며 모니터에 눈을 돌렸다.

쿵쿵.

전보다 큰 소리였다.

아! 비명이 터져 나왔다.

'도저히 못 참겠어!'

효비는 체크무늬 셔츠 위에 후드점퍼를 걸치고, 핸드폰을 집어넣었다. 거울 속의 효비는 햇빛을 보지 않아 허옇게 뜬 얼굴을 하고 있다. 무릎 담요를 덮어 그 사이에 과도를 숨겼다. 이대로 신경쇠약으로 죽는다면 위층집 아저씨와 한판 뜨고 죽는 편이 마음 편할 듯했다.

죽는 것은 살아갈 날보다 두렵지 않다.

현관문 잠금 도어를 열고 문을 열었다. 복도로 휠체어 바퀴를 밀었다. 복도에 나가자 바람이 얼굴을 스치고 살갗에 닿았다.

효비의 귀에 벌레 소리, 바람소리를 비롯한 온갖 소음이 밀려들어온다. 온갖 냄새도 코로 쳐들어온다. 10월의 밤공기는 축축했다. 쾅- 하고 그녀의 등 뒤의 문이 저절로 닫혔다. 등에는 땀이 솟구쳤다.

후-.

효비는 심호흡을 하고 휠체어 바퀴를 밀었다. 복도를 쓸고 가는 쇠바퀴가 끼익끼익 울부짖었다. 효비가 움직이는 복도에는 센서 등이 켜져서 그녀를 비췄다. 속이 울렁거리고 가슴이 요동친다. 그녀는 침을 삼키고 엘리베이터 앞으로 다가가 버튼을 누른다. 6층에 멈춰 있던 엘리베이터가 밑으로 내려온다. 후-후 낮게 심호흡을 한다. 멀리서 개 짖는 소리가 들렸다.

엘리베이터 문이 열리고 휠체어를 엘리베이터 안으로 옮겼다. 덜컹 소리가 나면서 안으로 들어가고 문이 닫혔다. 희미한 약품 냄새와 물비린내가 났다. 6층을 눌렀다. 엘리베이터가 출렁이며 올라간다. 문이 6층에서 열렸다. 휠체어를 밀고 복도로 나왔다. 6층 복도바닥은 먼지가 그득하고 버려진 우산, 세발자전거, 깨진 화분이 보였다. 효비의 기억에 의하면 6층에 실질적으로 사는 가구는 603호뿐이다. 그녀는 603호 앞으로 천천히 다가선다. 주먹으로 문을 두드리려했지만 식은땀이 줄줄 나고 속이 울렁거렸다.

효비는 603호에 설치된 도어경을 보았다.

'어쩌면 이 구멍으로 나를 보고 있는 게 아닐까.'

복도 쪽에 난 창문으로 티브이 소리가 흘러나왔다. 효비는 두 팔로 휠체어를 눌러 힘을 주고 상체를 세웠다. 엉덩이가 휠체어 의자 바닥에서 조금 떴다. 팔이 부들부들 떨렸지만 창문틀은 효비의 시야에서 한 뼘 더 위에 있었다. 떨리는 팔에 좀 더 힘을 주며 목을 뺐다. 창문까지 고개를 뻗어보았지만, 창문이 닫혀 있는데다가 불투명해서 밖에서 안은 보이지 않았다.

그때 안에서 발자국 소리가 가까워져 왔다. 효비는 휠체어 방향을 얼른 틀어 603호에서 도망쳤다. 속이 메스껍고 울렁거리고 귀에서 삐- 하는 소리가 울렸다. 문이 벌컥 열리더니 효비의 등 뒤로 훅- 하고 환기가 되지 않은 공기가 섞여 나왔다.

"뭐야. 거기."

603호 남자의 얼굴이 험악하게 구겨졌다. 효비가 직접 본 603호는 머리숱이 없고, 사각턱에 광대가 나왔고 눈 코 입이 불균형을 이루면서 묘한 느낌을 받았다. 손목을 덮는 셔츠와 긴바지를 입었다. 셔츠의 단춧구멍이 한 개 어긋난 것으로 보아 급하게 걸쳐 입은 거 같았고, 머리도 헝클어져 이리저리 땀에 붙어 두피에 달라붙어 있었다. 효비의 시선이 장갑 낀 그의 양손으로 옮겨가자, 그는 눈알을 굴리며 효비의 아래위를 훑어보았다.

"집을 잘못 찾았어요."

그녀의 작은 주먹이 애꿎은 604호의 문을 두드렸다. 603호 남자는 거기 아무도 없는 데라는 표정을 짓는다.

"아무것도 아니라니까요. 엄마!"

그는 집안 쪽으로 그렇게 소리치더니 집 안으로 들어가 버렸다. 탕! 하고 문이 닫히고, 그녀의 앞머리가 휙 하고 바람에 날렸다. 효비는 무릎 안 과도를 움켜쥐었다.

기분 나빠.

자신을 훑던 시선도, 집안에서 나는 매캐한 냄새도, 누렇게 뜬 눈빛과 기름기 없는 그의 맨살과 장갑 낀 양손도, 목덜미에 솟은 굵은 핏줄도 다 기분이 나빴다.

효비는 보았다. 603호의 문이 닫히는 찰나, 거실 한편에 누워 있는 할머니의 실루엣을. 그 모습이 어딘가 부자연스러웠다. 효비의 입안이 바싹 말랐다.

'이곳에서 벗어나고 싶어.'

복도를 돌아보자 그녀 혼자였다. 휑한 바람만 불어왔고, 센서 등은 예전에 꺼져버려 어둠 속에 그녀 혼자 남겨졌다. 효비는 비상구를 향해 휠체어를 굴리기 시작했다. 끽끽하는 휠체어 소리만이 복도에 울려 퍼졌다. 금방이라도 문이 벌컥 열리고 우악스러운 603호 남자의 손이 그녀의 목덜미로 뻗어올 것만 같았다. 효비가 엘리베이터의 버튼을 누르고 기다리는데,

603호의 문이 열리더니 아저씨가 빠른 걸음으로 걸어 나왔다. 엘리베이터 문이 열리고 효비가 재빨리 움직였지만 휠체어가 턱에 걸렸다. 심장이 고동치고 식은땀이 흘렀다. 어지럽고 가슴이 답답했다. 숨이 쉬어지질 않는다. 그대로 엘리베이터 문이 닫히고 휠체어가 문 사이에 끼어 부딪쳤다. 603호 아저씨는 성큼성큼 효비에게 다가온다.

'안 돼…….'

효비의 시야가 컴컴해지더니 의식을 잃고 말았다.

끽끽- 끼익끼익.

효비는 눈을 떴다.

끽끽- 끼익끼익.

휠체어가 굴러가는 소리가 들린다. 휠체어는 저절로 움직인다. 눈을 뜨니 5층 자신이 사는 복도다. 바람을 타고 생선 비린내가 풍겼다. 정신을 차려보니 머리가 띵한 게 기절했던 모양이다. 효비는 천천히 고개를 돌려 뒤를 돌아봤다. 603호 남자가 그녀의 휠체어를 밀었다. 그에게서 희미한 물비린내가 났다. 그는 503호 앞에 휠체어를 멈추더니 말없이 효비에게 무언가를 건넨다. 그녀가 가지고 갔던 과도였다.

니가 어디 사는지, 누군지도 다 알아.

603호 남자의 눈빛이 그렇게 말했다.

그녀는 턱이 덜덜 떨리는 것을 참아냈다.

효비는 집 안으로 들어와 문을 잠그고 한참을 서 있었다. 아직도 온몸에 소름이 사그라지지 않았다. 효비는 과도를 바닥에 집어던지고, 두 눈에서 울음이 터져 나오는 것을 손바닥으로 막아냈다. 온몸이 후들거리고 머리털이 쭈뼛 섰다. 효비는 다급하게 푸른 알약을 입속에 털어 넣었다.

그때 천장에서 쿵쿵 소리가 다시 들려온다. 효비는 고개를 젖히고 울음을 터트렸다.

어떻게 하나.

편안해야 할 집, 효비에겐 유일한 도피처였던 집이, 지옥이 되어버렸다.

핸드폰 연락처를 뒤졌다. 고작 열댓 명의 전화번호가 저장되어 있다. 효비는 달리 갈 곳이 없다. 누구에게도 전화 걸 사람이 없다. 최근 통화목록은 함께 일하는 편집장뿐인데, 전화하고 이런 이야기를 늘어놨다가는 마감은 맞출 수 있는지 언제 되는지 독촉을 할 것이다.

큰엄마에게 전화를 걸었다. 큰엄마의 전화기는 여전히 꺼져 있다.

'큰엄마는 대체 어디로 간 걸까. 설마.'

효비는 고개를 흔들었다.

하루라도 빨리 이곳을 벗어나고 싶다. 효비는 다리를 내려다보았다.

이 다리만 아니었어도 지옥 속에 나를 가둔 채 하루하루 살아가지 않아도 될 텐데.

나는 잘못이 없어.

효비는 중얼거린다.

내 잘못이 아니야.

사고가 난 그날이 효비의 머릿속에 주마등처럼 스쳤다.

불행은 전조 없이 찾아온다. 그날은 그릇을 깨뜨린다든지, 그래서 손에서 피가 난다든지 하는 어떤 징조도 없었다. 중3이었던 효비는 늦잠을 잤고, 동생과 부모님과 함께 서둘러 차에 탔다. 저녁 공연을 맞춰 보기 위함이었다. 효비의 엄마는 뮤지컬을 좋아했고, 몇 달 전부터 벼르던 공연이었다. 서둘러 차에 탄 효비의 가족은 저마다 이야기를 하면서 W아트홀로 향했다. 시간이 조금 촉박했지만 속도를 내지 않고 안전운전을 했다.

그렇게 적정속도를 지키면서 가는데 갑자기 앞차가 멈춰 섰다. 아버지가 브레이크를 밟자 효비의 가는 몸도 앞으로 쏠렸다.

"아빠 왜 그래?"

효비의 아버지는 상황 파악이 어려웠다. 다들 괜찮은지 묻는 아버지의 목소리는 크고 떨렸다. 갑자기 앞차가 또다시 멈쳤다. 앞차와 사고를 냈던 1톤 화물차는 그대로 멈춰 서지 않고 이번엔 효비가 탄 승용차를 향해 무서운 속도로 돌진했다. 효비가 타고 있던 승용차의 높이에서는 화물차 운전자의 얼굴이 보이지 않았다. 효비는 비명소리와 함께 의식을 잃었다. 사고가 아니었다. 화물차는 일부러 달려오는 차들을 향해 돌진한 것이다.

화물차 운전자는 40대인 신춘섭이라는 남자로, 그 남자가 다니던 건축현장이 부실공사로 인해 무너져 허리를 다쳐 아무 일도 못하게 되었다. 직장이 외면하고 사회가 외면한 그는 허리를 쓰지 못해 일도 못하고 결국 이혼당한 남자였다. 사회와 가족에게 버려져 사망선고를 받은 남자는 효비의 가족에게 사망선고를 내렸다. 신춘섭은 누구든 다 죽이고 자신도 죽으려 마음먹었고, 하필이면 그때 효비 가족이 탄 차가 그곳에 있었다. 그 사고로 효비의 부모님과 남동생이 사망하고, 앞차에 탄 신혼부부도 그 자리에서 즉사했다.

신춘섭은 법정에서 잘못했다고 빌었지만, 사과는 효비의 부모님과 남동생을 돌려놓지 못했다. 신춘섭에게 사과한 사람 또한 아무도 없었다.

'살의.'

위층집 아저씨의 눈동자에서 효비는 살의를 느꼈다. 법정에서 순간순간 번뜩이던 신춘섭의 눈빛과 닮아 있다. 그 살기 가득한 눈빛에 압도당해서 조용히 해달라는 말 한마디 꺼내지 못했다.

왜 누워 있던 할머니의 모습이 부자연스러웠을까?

"아무것도 아니라니까요. 엄마!"

603호 사내가 안쪽을 보면서 소리를 질렀을 때 효비는 일순 보았다. 문틈 사이로 본 현관 바닥에 할머니 신발은 없었다. 거기까지 떠올렸을 때 효비의 눈은 무거워지고, 깊은 잠속으로 빨려들었다.

만나고 마는 사람들

"내가 사람을 죽인 거. 그거 잘한 일은 아니지. 내가 말이 많아지네. 나는 말이 없는 사람이야. 나도 곧 죽는다고 생각하니까 말이 많아지네. 만약 나나 학생이 살 가능성이 있다면 내가 이런 말을 하겠어? 곧 죽으니까 이런 말을 하는 거지.

우리 애비랑 형은 간질이었어. 간질에 좋다는 건 다 찾아먹고 다녔어. 큼- 으음- 나도 간질 때문에 정신병원에서 치료받은 적도 있어. 엄마는 나보고 미쳤대. 내 눈엔 엄마가 미쳤어. 물론 사람은 다 정상이 아니지. 정상이란 게 대체 뭔데? 이 사회에 정상인 사람이 있기나 있어? 울 아비는 어떻게 죽었는지 이야기했나? 신세 한탄만 하면서 맨날 술만 먹더니 어느 날부터 정신을 차렸는지 눈을 뜨면 공장에 나갔어. 그 공장 대표란 여자가 아주 유명해서 티브이도 나왔지. 어떻게 죽었냐고? 자살. 것도 열 명 넘는 사람들이 다락방에서 다 같이 자살을 했어. 그때 신문에도 기사가 났지. 난 믿질 못했어. 그 양반 얼마나 생존력이 강했는데. 누굴 죽이면 죽였지, 자살할 양반이 아니라고. 여튼 나야 고맙지. 내가 아비란 인간을 안 죽여도 되니까.

형? 그 병신 같은 새끼도 얼마 안 있다가 자살했어. 나약하지 뭐. 엄마는 정신을 놓아버리고 나만 공격해댔지. 다 내 잘못이라고. 나 때문에 자기 인생 망쳤다고. 형 대신 내가 죽었어야 한다고. 그때 정말 죽일 뻔했어. 큭.

학생은 이름이 뭐야? 목표나 꿈이 있어? 난 엄마를 죽이는 거야. 늘 꿈꾸지. 어떻게 가장 잔인하고 고통스럽게 죽일 수 있을까? 가장 살고 싶을 때 죽여버릴까 생각 중이야. 죽는 게 뭘까. 누구든 언젠가는 죽고, 그 죽음은 결국 잊히기 마련이잖아. 학생은 죽는 게 뭐라고 생각해?"

죽는 것. 잊을 만하면 그의 물음이 지한의 머릿속을 지배했다.

인생은 고통이다. 그렇다면 왜 죽지 않고 살아야 할까. 꽤나 오랫동안 고민했지만 결론을 내리지 못했다.

지한은 손에 든 아이스커피를 빨대로 쭉 들이마셨다. 위가 쿡쿡 쑤셨다.

천동식. 그가 정말 살인범일까.

지한은 어제 마트에서 그를 본 후 정신없이 도망쳤다. 천동식은 지한을 아줌마라고 부르며 갈치 두 마리를 만 원에 가져가라고 소리를 질렀다. 지한은 심장이 멈추는 듯했으나 최대한 자연스럽게 고개를 돌렸다. 지한이 목소리를 듣고 바로 알아챈 것처럼, 천동식도 그녀의 목소리를 들으면 알아챌 것이다. 지한은 끝까지 대답하지 않았다. 어제는 어떻게 집으로 왔는지 기억도 나지 않았다. 집에 돌아온 지한은 냉장고 문을 열어 맥주부터 들이켰다. 차가운 맥주가 목구멍으로 넘어가자 숨이 트였다. 한 달 동안 금주에 성공했는데 또 마시고 말았다. 이미 창밖은 컴컴해져 있다. 문을 꽁꽁 잠그고 창문을 닫고 촛불을 켠 채 이불을 뒤집어썼다. 몸살이 오는지 턱까지 덜덜 떨려왔다. 세상에 안전한 곳은 없다. 지한은 푸른 알약인 신경안정제를 찾아 털어 넣었는데 의식은 더욱 또렷해지고, 귓가에는 26년 전 그날의 목소리가 들러붙어 떨어지지 않았다.

지한은 13년 친구와 나눴던 대화가 떠올랐다.

"그게 말이 돼? 그 목소리를 어떻게 아직 기억해?"

"아직도 생생해."

"그 남자가 거짓말한 걸 수도 있잖아."

"내가 다 확인했어."

미영은 지한이 인터넷 채팅창으로 대화를 나눈 마지막 친구였다. 미영은 고등학교 동창으로 서른이 되어도 연락하는 유일한 친구였다. 영주의 죽음으로 힘들어한 지한에게 싸이월드 쪽지를 보내왔고, 그 후로 가끔 인터넷 채팅을 하게 되었다. 미영은 타인의 고통을 자신의 위안으로 삶는 타입이었다.

"목소리 하나 가지고 그 사람을 어떻게 찾아. 지한이 넌 그냥 잊어."

"날 찾아오면 어떻게?"

"니가 찾지 못하는 것처럼 그 사람도 널 못 찾을 거야. 너 쌍꺼풀 수술도 하고 이름도 바꿨잖아. 널 무슨 수로 찾아. 그나저나 아직 잠도 못자고 그래? 죽고 싶고?"

"괜찮아. 이제 잠도 잘 자."

지한은 일부러 거짓말을 했다. 밝은 척, 괜찮은 척, 행복한 척.

"다행이네."

채팅 친구 미영은 그렇게 말하고 채팅창을 나갔다. 친구가 원하는 대답이 아니었던지 다시는 그 친구로부터 말을 걸어오는 일이 없었다.

니들이 대체 뭘 알아.

지한은 또 다시 분노가 들끓었다.

하늘을 보니 날이 잔뜩 흐렸다.

또 비가 오려나.

지한은 남은 아이스커피를 목구멍으로 삼키고 렌트카에서 내려 마트 뒤쪽으로 걸어간다. 그곳에 낡은 다마스가 주차되어 있다. 지한은 주변을 살피고 다마스 안을 들여다보았지만 썬팅이 되어 있어 잘 보이지 않았다. 트렁크 부분에 눅진한 검붉은 피가 말라붙은 게 눈에 들어왔다. 비릿한 생선 냄새도 풍겼다. 마트 직원들은 뒷문으로 다녔고 안쪽에는 남녀 직원 탈의실이 보였다. 남자 탈의실로 몰래 들어가 천동식의 소지품을 살펴보려했지만 CCTV가 있어서 되돌아왔다.

오후 10시가 넘어가자 천동식이 나왔다. 가로등 아래서 남자의 볼이 더 옴폭 들어가 보였다. 지한은 마시던 아이스커피를 내려놓고 운전대 밑으로 상체를 숙였다. 오늘은 꼭 어디 사는지 따라갈 작정을 하고 렌트카까지 빌려왔다. 그는 낡고 군데군데 칠이 벗겨진 다마스에 올랐고, 차는 덜덜 소리를 내면서 천천히 주차장을 빠져나갔다. 지한은 렌트카의 시동을 걸고 뒤를 따랐다. 다마스는 골목을 빠져나가 도로로 접어들었고, 지한은 거리를 둔 채 다마스를 따라갔다.

다마스는 도로를 달려 외각으로 빠졌다. 지한이 탄 차와 다마스 사이에 차가 끼어들었다 빠졌다 했지만 놓치지 않고 뒤를 쫓아갔다. 집중하느라 눈이 뻑뻑해지고 손에 땀이 날 정도였다. 차 창문 위로 하나둘 빗방울이 떨어지기 시작했다. 라디오에서는 철 지난 팝송이 흘러왔다. 지한은 룸미러로 자신의 얼굴을 바라봤다. 만약 그가 지한의 사진을 본 적이 있더라도, 성형까지 하고 26년이나 지나버린 지한의 얼굴을 알아보지는 못할 것이다.

그렇게 생각하니 그녀의 마음이 조금 편해졌다.

'난 뭘 확인하고 싶은 걸까.'

"인생이 꼬인 건, 첫 단추를 잘못 끼워서 그래."

M교도소 방장인 애숙 언니가 말했다. 그 말을 들은 지한은 속으로 그녀의 첫 단추는 Y상가가 무너진 것이고, 두 번째 단추는 그 남자가 멋대로 살인을 고백한 것이다.

지한의 인생은 그전엔 아무 문제가 없었다. 불행은 소나기처럼 찾아오고 그것은 인간의 의지와는 상관없이 벌어지는 일이다. 그렇다면 삶을 열심히 살 이유도 없지 않은가. 이런 결론에 도달했다. 그녀는 목표를 갖고 노력하기보다는 하루하루를 버티기 위해 술을 마셨다.

술이라는 지우개는 고통을 잠시 지워줬고, 운이 나빴다는 말로 스스로를 위안했다.

30분 정도 달렸을까.

다마스는 한 건물로 들어서더니 멈췄다. 그곳은 오래된 연립주택이었다. ㄱ 자로 생겼고 원룸 건물보다는 크지만 아파트 한 단지보다는 작은 건물로 겉의 벽돌이 군데군데 깨지고 허물어진 낡은 건물이다. 「생존권을 보장하라.」「잠자다 죽기 싫다!」라고 붉은 글씨로 쓰인 거대한 현수막이 보였다. 화단은 시들었고, 개똥이 아무 데나 널브러져 있다. 금양연립이라고 붙여놓은 조형에도 칠이 벗겨져 있다. 주차장 한 켠에는 버려진 어린이 자전거와 옷걸이 더미도 보였다. 몇몇 집은 비어 있는 듯 창문에는 녹이 슬고 먼지가 가득 보였다. 입구에는 경비원이 있었을 법한 공간이 있었지만 지금 안에는 청소도구와 빈 종이컵들만이 나뒹굴고 있는 걸 보아 전혀 관리가 되지 않는 연립주택이다. 벽면에 굵다란 금이 쭉쭉 간 곳이 보이자 지한은 손에서 땀이 나고 심장이 두근거리기 시작했다. 눈을 질끈 감고 공포를 밀어내려 애썼다. 그녀가 차 안에서 연립주택을 둘러보는데 그때, 입구에서 대각선 5층 창문의 커튼이 살짝 움직였다.

'누군가 내려다보고 있는 거 같은데? 기분 탓일까.'

다마스에서 천동식이 내렸다. 건물 입구로 들어가 엘리베이터 안으로 사라져버렸다. 지한도 차에서 내려 연립으로 재빨리 들어가 엘리베이터 앞에 섰다. 엘리베이터 알림판은 숫자 6에서 멈췄다. 지한은 얼른 몸을 숨기며 601호, 602호, 603호 우편물을 차례로 뒤졌다. 603호의 우편물에 천동식이란 이름이 보였다.

지한은 다시 대각선 5층을 보았는데 그곳 커튼이 찰랑거렸다. 저곳은 천동식이 사는 603호 아래층인 503호일 것이다. 지한은 우편물에서 503호를 찾아보았다. 우편물이 가장 수북하게 꽂혀 있는 집이었다. 우편물 수신인 이름은 안효비. 이 낡은 건물과 어울리지 않은 앙증맞은 이름이다.

"관찰력은 생존이다."

지한이 처음 물건을 훔쳐 교도소에 들어갔을 때 애숙 언니는 말했다. 이 바닥에 먹고 살려면 관찰력이 중요하다는 거다. 그런데 관찰력보다 더 중요한 건 운이라고 했다.

"여기 우리가 이러고 모여 있는 건, 운이 나빠서야."

애숙 언니는 늘 십자가 목걸이를 하고 도둑질을 하고 나면 죄를 빌었다. 안 잡히게 해달라고.

운이 나쁜 거라면 지한도 뒤지지 않았다. 지한은 슈퍼에서 클렌징을 훔치다가 여주인에게 들켰다. 지한은 초범인데다가 훔친 물건의 가격도 만 원이 넘지 않았기 때문에, 이런 경우 보통이면 벌금이나 집행유예로 풀려날 일이었다. 그러나 지한은 그녀의 머리채를 잡으려던 여주인을 뿌리쳤고, 그 과정에서 여주인이 넘어져 바닥에 머리를 부딪쳤다. 이 일로 지한은 절도가 아닌 특수강도가 되어 징역 7년을 받았고, 고의가 없었다는 점이 인정되어 5년으로 감형되었다.

좁은 감방 안은 무너진 Y상가의 콘크리트 밑과 닮았다. 지한은 이내 차갑고 딱딱하고 네모나고 좁은 그곳이 편안하게 느껴졌다. 그곳에서는 죽은 친구 영주에게 죄책감이 덜 들었다.

스스로를 불행하게 하는 것. 지한이 내릴 수 있는 벌이었다.

이렇게 살 바엔 왜 사냐.

많은 사람이 지한에게 물어왔다. 그저 죽을 타이밍을 놓쳐서 살뿐, 그녀도 정확한 답을 모른다.

교도소에서 좋았던 것은 그곳의 모두가 왜 사는지 몰랐다는 것이다. 다들 보통의 삶을 살지 못했다는 점에서 지한에겐 어느 정도 위로가 되었다.

같은 방 사람들은 지한이 Y상가 붕괴 생존자인지 몰랐다. 그곳의 여자들은 지한을 초보 절도범이라 알고 여러 이론을 늘어놓았다. 지한은 교도소 안에서 더 많은 지식과 범죄기술 방법에 대해 터득하게 되었고 듣고 본 기술로 교도소에 나와서 써먹었고, 실제로 타율이 더 좋아졌다.

지한은 오늘이 어쩌면 그 갈고 닦은 기술을 써먹는 날이라고 생각했다. 그녀는 밤새 차 안에서 꼿꼿한 자세로 앉아 있었지만 잠이 오질 않았다. 혹시나 해서 챙겨온 주머니 속 호신용 스프레이만 만지작거렸다. 이 작은 화학 용액이 그녀를 지켜줄 것이라는 생각은 하지 않는다. 다만 뭐라도 만지면서 불안을 잠재워야 했다. 밤새 가는 비가 내렸다. 지한은 차 안에서 603호만 바라보며 밤을 샜다. 오전이 되자 비는 그쳤고, 팔다리가 저려 왔지만 눈에 띄면 좋지 않았기 때문에 일어서 스트레칭을 하는 대신 차 안에서 팔다리를 주물렀다. 게다가 마트에서 얼굴을 마주했으니 혹시라도 알아보면 곤란하다.

천동식은 오후 2시 30분 전 다마스에 올라 집을 나섰다. 지한은 그의 다마스가 시야에서 사라지자 차에서 내려 연립으로 향했다. 바람이 강하게 불어 이리저리 걸려있는 현수막에서 기묘한 울음소리가 났다. 다리가 저렸고 온몸이 두둑 소리를 냈지만 지한은 서둘러 연립으로 들어가 출렁이는 엘리베이터에 몸을 실었다.

띵-.

엘리베이터 문이 6층에서 열렸다. 지한은 앞에 펼쳐진 먼지 가득하고 조용한 복도를 바라보았다. 후- 심호흡을 했다.

'돌아가.'

마음속 지한이 말을 걸었다.

'돌아서 도망쳐.'

싫어. 더 이상 도망치고 싶지 않다. 아니 도망칠 곳이 없다.

지한은 천천히 걸어가 603호 앞에 섰다. 다행히 자물쇠는 디지털 도어락이 아닌 아날로그식 이중 잠금장치다. 디지털도어락이면 해체해야 하고 장비도 필요하고 시간이 많이 걸린다. 무엇보다 원상태로 복귀가 불가능하다. 똑똑 문을 두드렸다. 안에서는 희미한 라디오 소리가 들렸으니 인기척은 없었다. 다시 한 번 문을 두드렸다. 주변을 돌아보고는 지한은 주머니에서 가져온 일자 드라이버를 꺼냈다. 이중이라도 아날로그식 열쇠라 그녀에겐 식은 죽 먹기다. 미리 준비해온 드라이버와 철사를 사용해 문을 열었다. 철문은 끽- 소리를 내면서 열렸고 지한은 컴컴한 집안으로 발을 들여놓았다. 퀴퀴한 냄새와 물비린내가 났다. 현관 입구에는 신발이 하나도 없다. 문이 닫히고 내부는 또 다시 어두워졌다. 신선한 공기는 들어온 적 없는 낡은 장롱 냄새와 땀 냄새가 훅- 하고 끼친다. 비릿한 냄새가 섞여 역겨운 기분이 들었다. 꽤 널찍한 내부였는데 커튼으로 가려져 안이 잘 보이지 않았다. 지한은 손끝으로 전기 스위치를 찾아 눌렀다. 딸각.

지한의 눈에 가장 먼저 들어온 것은 이불이 아무렇게나 쌓여 있는 거실이었다. 부엌 한쪽에는 설거지가 쌓여 있고 날파리가 들끓었다. 집안에는 이렇다 할 사진 하나 걸려 있지 않다. 욕실 문을 열자 남자 면도기가 하나와 솔이 벌어진 칫솔이 하나 보인다. 큰 방문을 열자 그곳에서 희미하게 라디오가 흘러나왔고 이불 위에는 옷이 입혀진 마네킹이 누워 있었다. 작은 방문을 열자 모기향, 오래된 카메라, 녹슨 낚싯대와 먼지 쌓인 등산화 등 잡동사니가 가득했다. 낡은 물건은 죄다 모아둔 것처럼 보였다.

대체 무슨 짓을 하는 거야.

그가 살인범이라는 증거라도 찾으려고?

이만하면 됐어. 아무것도 없잖아. 그냥 비슷한 목소리일 뿐이야.

지한이 뒤돌아서 걸었다. 쿵쿵.

무슨 소리지?

지한은 소리가 나는 곳으로 걸어갔다. 그녀의 눈에 작은 방과 큰 방 사이에 창고가 보였다. 쿵쿵 소리는 그 창고 안에서 들려오는 듯했는데 창고는 비밀번호가 달린 자물쇠로 굳게 잠겨있다.

탕탕.

그때 문 두드리는 소리가 들린다. 지한은 발걸음을 멈추고 문 쪽을 바라보았다.

'누구지?'

만약 천동식이었다면 두드릴 필요 없이 바로 열고 들어왔을 것이다. 지한은 문가로 다가가 밖을 보았다. 도어경으로 보이는 현관문 너머에는 휠체어를 탄 한 소녀가 다급한 표정으로 문을 두드렸다.

지한은 문을 열었다. 누구냐고 묻기도 전에, 소녀는 지한의 손을 잡아끌었다.

"그 사람이 돌아와요. 빨리."

지한은 순간 그 사람이 누군지도, 빨리 이곳에서 벗어나야 한다는 것도 단번에 알아챘다.

"빨리. 휠체어 밀어요."

문을 닫고 나온 지한은 효비의 휠체어를 밀고 엘리베이터로 향했다. 지한은 괜히 모자를 한 번 더 눌러 쓰고 주변을 살폈다. 엘리베이터는 1층에서부터 올라왔다.

"비상구! 비상구에 숨어요!"

효비의 말에 따라 지한은 휠체어를 끌고 비상구 철문을 열고 비상구에 숨었다.

띵- 하는 소리와 함께 엘리베이터 문이 열리더니, 누군가 내린다. 지한은 비상구의 틈으로 남자의 뒷모습을 살폈다. 출근했던 천동식이다. 그리고 복도를 걸어가 603호의 열쇠를 열고 집안으로 들어갔다.

"지금이에요."

소녀는 지한을 보고 엘리베이터를 누르라는 손짓을 했다. 엘리베이터 문이 열리고 지한은 휠체어를 밀고 탄다. 5층 버튼을 누른 소녀의 안색은 금방이라도 쓰러질 것처럼 창백하다. 5층의 문이 열리자마자 휠체어를 밀며 내렸다.

"지금 나가면 들킬 거예요."

지한이 닫힘 버튼을 누르고 돌아가려는 것을 느낀 듯 효비가 말했다.

눈치가 빠르다. 그녀처럼. 지한은 이 소녀가 궁금해졌다.

효비는 503호 문 앞에 섰다.

아, 안효비.

지한은 우편물로 확인했던 503호의 이름을 떠올렸다.

"들어가요."

효비는 잠시 지한을 의식하는 듯 현관문의 비밀번호를 눌렀다. 효비는 문을 닫고 들어오자마자 심호흡을 하고 창밖으로 빠르게 이동해 창문에 붙어서 망원경으로 밖을 봤다. 지한이 효비를 따라서 밖을 내다보니 하얀 다마스가 어느새 돌아와 서 있다.

"금요일은 603호 아저씨가 쉬는 날이에요. 쉬는 날도 항상 그 시간에 나가서 식료품을 사고 돌아와요."

'이 아이가 알려주지 않았다면 천동식에게 들켰을 거야.'

지한은 두근거리는 심장을 진정시키며 효비의 집을 둘러봤다. 집 안은 쌓아둔 레토르트 식품, 배달 생수, 여러 책으로 가득했고, 지한이 먹는 약과 같은 신경안정제가 책상 위에 놓여 있다.

가족 사진은 있는데 가족은 없다. 이 집에서 혼자 사는 건가? 그것도 언제 무너져 내릴지 모르는 건물 안에?

불행은 고독이다. 지한이 겪어봐서 안다.

창밖에는 거센 비가 쏟아지기 시작했다.

엄마의 아들

“엄마. 그 아이가 날 찾아온 거 같아요. 왜 있잖아요. 95년도에 Y상가가 무너졌을 때, 내가 죽을 줄 알고 죄다 떠벌린 아이. 나는 구조된 이후, 혹시나 정체가 발각될까봐 병원에서 치료받다가 도망쳤지요. 그때 엄마가 내 꼴을 보더니 뭐하다 보름 만에 처들어왔냐고 했잖아요. 다들 기적이니 뭐니 떠받드는데, 하여간 티브이 보면서 니가 저기 깔려 뒤졌어야 했어, 라고 말했잖아요. 아들이 거기서 죽다 살아난 것도 모르고. 기억 안 난다구요? 참나.

아무튼 난 그 아이를 찾아다녔어요. 내가 먼저 찾으려고 했는데 완전히 숨어 버렸죠. 한참을 추적했어요. 그런데 그 아이 인터뷰를 보니까 사고기억이 없대요. 경찰도 조용했고, 생각해보면 뭐 목소리밖에 모르는데. 목소리로 사람을 어떻게 찾아요. 내 이름이나 얼굴도 모르잖아요. 그래도 확인할 겸 한 번은 만나려고 했어요. 내 얼굴을 안다면, 그 아이도 날 보고 반응이 올 거 아니에요. 그런데 끝끝내 만나지 못했어요. 그게 평생 찜찜함으로 남았죠. 혹시 날 알아내서 경찰에 신고하는 건 아닐까. 그 아이만 아니면 아무도 내가 죽인 여자들에 대해 모를 텐데.

빌어먹을 놈이라고요? 엄마. 늘 고운 말 쓰라고 그래놓고 말투가 그게 뭐예요. 처음엔 여자들을 사고사로 위장해서 죽였는데, 어느 날 실수로 여자의 머리를 망치로 내리쳐서 죽여버린 거예요. 집안에 며칠 놔뒀다가 물탱크에 갖다 버렸어요. 쿵. 몇 개월이 지나 발견됐는데 범인을 못 잡더라구요. 또 깨달았죠. 죽이고 증거만 남기지 않으면 경찰은 날 잡지 못한다. 그때 왜, 난 다른 일 때문에 교도소 들어가 있었잖아요. 그래서 8년이나 살고 나왔죠. 8년 동안 면회 한 번 안 왔죠? 엄마 기억하죠? 아마 그 일에 대해서는 입이 열 개라도 할 말이 없을 거예요. 엄마가 신고해서 잡힌 거잖아요.

그때 나 사실 결심했어요. 나가자마자 엄마를 죽여야겠다. 그 생각 하니까 몸이 근질거리고 기분이 좋아지네요. 너무하다고요? 너무한 건 내가 아니라 엄마예요. 얼마 전 내 생일인 것도 또 기억 못했죠? 아 참, 요새 들어 아래층 꼬맹이가 눈에 거슬려요. 엄마도 봤잖아요. 드럽게 불쌍한 애. 두 다리까지 못 쓰는 어린년을 이 무너져가는 주택에 버리고 갔나봐요. 신경 안 쓰려고 했는데, 귀찮게 자꾸 경찰을 부르잖아요. 시끄럽다고. 엄마! 내 탓이 아니에요. 귀찮게 굴면 개도 죽여버려야죠. 엄마와 닮은 여자만 죽인다는 규칙에선 벗어나지만 귀찮은건 딱 질색이니까요.

아참, 그 아이 이야기를 하다 말았죠? 촉이라는 게 있잖아요. 어제 어떤 여자가 내가 일하는 마트에 왔어요. 말라비틀어져 금방이라도 쓰러질 거 같은 여자였는데 슬금슬금 내 눈치를 보더라구요. 일부러 장갑을 벗어보았죠. 아니나 다를까 내 왼손을 살펴보는데 눈빛이 떨고 있었어요. 그 눈빛이 어디선가 본 여자 같았죠. 어디더라? 말을 시켜봤는데 대답을 안 하네? 목소리 들으면 바로 알 거 같은데. 집에 돌아오는 길에 백미러로 보니 렌트카 한 대가 따라오더라구요. 혹시 몰라 습관적으로 번호판을 외웠죠. 내가 또 머리가 좋잖아요. 그리곤 기억났어요. 그 아이. 맞아요! Y상가 생존자. 걔! 내가 살인 고백한 그 최성희 그 아이! 큥. 신문기사 사진을 몇 개 오려서 보고 또 보고 간직했었는데. 맞아요. 길가다가도 만나면 죽여버려야지 하고 눈빛을 기억해뒀죠. 네, 얼굴은 시간이 지나서 사진이랑 많이 달라졌지만 눈빛은 그대로더라구요. 잘됐죠? 제 발로 나한테 찾아왔으니."

천동식은 집에 돌아와 그의 엄마에게 오늘의 일과를 털어놓았다. 머리가 하얗게 센 엄마는 말이 없다.

처음부터 이렇게 조용했으면 좋았을걸.

천동식은 딱딱한 그의 엄마의 손톱에 분홍 매니큐어를 바른다. 아. 엄마 냄새.

쿵쿵. 창고 안에서 쿵쿵 소리가 들려왔다.

"넌 603호가 왜 궁금한데?"

"믿지 않겠지만 위층집 아저씨는 살인범이에요."

효비의 말에 지한의 심장이 쿵 내려앉았다.

"왜 그렇게 생각하는데?"

지한의 물음에 효비는 지난 세 달 동안 벌어진 일을 이야기했다. 층간소음 때문에 힘들었던 일, 마감에 쫓겨 603호 아저씨를 관찰했던 일, 밤에 옮기는 검은 트렁크, 경찰이 말했던 치매 할머니의 이야기, 한밤에 누군가 효비의 집 문을 열려고 한 것, 집 안에서 풍기는 묘한 냄새.

"그리고 이거 보세요. 얼마 전 서울, 경기에서 벌어진 실종 사건이에요. 이 사람들이 실종된 날짜와 그날 아저씨가 늦게 온 날을 비교해봤는데, 봐요. 일치해요. 그리고 여기 실종자 사이트에 최근 3개월간 서울·경기 지역에서 사라진 여성을 검색했더니 이 두 명이 나왔어요."

효비가 보여준 기사에는 8월 30일 김선자 실종, 10월 15일 홍명희 실종이라는 문구가 보였다. 둘 다 나이는 50대 정도 되었고, 어깨까지 오는 단발에 가는 눈, 실종 당시 화려한 옷을 주로 입었다.

지한은 두 중년 여자의 얼굴을 뚫어져라 쳐다봤다. 사진을 보니 나이 치곤 화려한 화장과 옷차림으로 실종자 둘 다 어딘가 닮아 있었다.

"여기 10월 20일 시신이 발견되었는데 신원은 김선자. 이날이 아저씨가 트렁크를 들고 나간 날이에요. 여자들을 납치, 감금, 그리고 고문한 다음에 죽여서 트렁크에 넣어 갖다 버리는 게 분명해요. 내 계산대로라면 지금 위층에는 이 홍명희 아줌마가 감금되어 있을 거예요."

"그러니까 여자를 납치해 트렁크에 넣어오고, 그 여자들을 죽인 후 트렁크로 다시 옮겨 갖다 버린다는 거야?"

효비는 고개를 끄덕였다.

"트렁크를 들여오고 나간 날이 실종된 날이나 시신이 발견된 날짜와 일치하잖아요. 반복은 우연이 아니에요."

지한은 효비를 바라봤다. 허리까지 오는 부스스하고 검은 머리에 눈이 충혈된 소녀. 동그란 눈망울과 유난히 긴 속눈썹이 열일곱 살 영주를 닮았는데, 생기 하나 없는 눈빛과 말라붙은 입술에서 나이에 어울리지 않는 우울함이 보였다.

"위층집에서 할머니 봤어요?"

욕실이든 집안 곳곳에 생활 흔적은 남자뿐이었다. 칫솔도 한 개. 수저도 한 벌. 할머니는 보이지 않았다. 있었다면 흰 가발과 여자 옷이 입혀진 마네킹뿐이었다.

"나는 위층집 아저씨 스케줄에 대해 빠삭하고 아줌마는 그 집 문을 딸 수 있으니까. 우리 둘이 힘을 합치면 뭐든 알아낼 수 있지 않을까요."

"나는 끼고 싶지 않아."

"아줌마도 603호 아저씨 미행했죠? 어제는 우편물을 뒤지고 하루 종일 차안에서 기다렸다가 집에 몰래 들어간 거 알아요. 평범한 절도범이라면 좀 더 좋은 집을 털 테니까 그건 아닐 테고, 603호에 문까지 따고 들어간 진짜 이유가 뭐예요?"

효비는 어제 이곳에 차를 세우고 위층집 아저씨를 주시하는 여자, 지한을 보았다. 그녀는 603호의 우편물을 뒤지고 503호 효비의 우편물도 뒤졌다.

603호 아저씨를 미행한 사람일까. 대체 누굴까. 아는 사람?

효비는 창문에 붙어 지한을 관찰했다.

다음 날 오후 603호 아저씨가 다마스를 끌고 나가자, 차에서 내린 그녀가 두리번거리더니 연립주택으로 들어갔고 효비는 603호가 돌아오기 전에 지한을 데리고 나온 것이다.

"너랑 같은 이유라면 믿겠니?"

"그럼 아줌마도 아저씨가 살인범이라고 생각하는 거예요?"

효비가 반짝이는 검은 눈으로 지한을 바라본다.

지한은 숨을 깊게 들여 마시고는 처음으로 26년간 간직했던 이야기를 했다. 지한의 이야기를 듣던 효비의 눈이 점차 커다래졌다. 지한은 효비가 믿지 않을 거라고 생각했다.

"내가 그럴 줄 알았어. 그럼 그 연쇄살인범이 603호 윗집 아저씨라는 거네요?"

효비는 주먹을 움켜쥐었다.

"내 말 믿어?"

"믿어요. 그리고 살인죄에 대한 공소시효는 2015년 7월 31일에 폐지되었어요."

그 순간 지한의 마음속 무언가 딸깍 녹아내렸다. 상처받은 사람은 상처받은 사람을 알아본다.

"자기가 한 일 아니면 그렇게 자세하게 이야기할 순 없어요. 거기다가 여자들이 사망한 날짜랑 아저씨가 여자들 죽였다고 고백한 날짜들과 일치한다면서요."

"모르겠어. 증거가 없어. 천동식 집에도 시체나 납치된 여자 흔적은 없었어. 그냥 엉망이었고. 창고는 자물쇠가 달려서 못 열어봤어. 근데 정말 이 사건들이 천동식의 짓이라고 생각하는 거야?"

지한은 효비가 찾아낸 실종자의 얼굴을 살펴보며 말했다.

"그 아저씨가 죽인 건 세 명만이 아닐 거예요. 보세요. 이 실종자 여자들 특징이 아줌마한테 이야기했던 자기 엄마하고 비슷하잖아요."

지한은 26년 전 그의 목표가 엄마를 죽이는 것이라는 목소리가 떠올랐다.

"그 집에 잠겨 있는 창고를 열어서 증거를 확인해요. 우리."

지한은 우리, 라는 단어를 떠올려본다. 영주가 자주 내뱉던 단어였다.

우리.

위에서 쿵쿵 소리가 들린다. 효비와 지한은 신경이 천장으로 향했다.

"저 소리. 저 소리. 위층집 저 소리요. 납치된 아줌마들이 도와달라고 하는 거라구요."

효비가 확신에 찬 눈으로 말했다.

다음날 2시 30분 전 천동식은 다마스를 타고 집을 나섰다. 다마스가 길을 빠져나간 후에 효비와 지한은 서둘러 위층으로 향했다.

지한은 어제와 같은 방법으로 603호의 문을 열었다. 안에는 퀴퀴한 냄새가 물비린내가 났다. 효비는 휠체어를 밀어 안으로 이동했다. 그리고 문을 닫았다. 낮인데도 암막 커튼 때문에 내부는 컴컴하다. 스위치를 찾아 불을 켰다. 내부는 쓰레기들로 뒤엉켜 있다. 효비의 눈에 안방 티브이 앞에 누워 있는 마네킹이 들어온다. 마네킹은 실크 잠옷을 입었고 손 끝에는 분홍 매니큐어가 칠해져 있다. 효비가 마네킹을 건드리자 손목이 덜렁 떨어져 나갔다.

지한은 창고 문을 두드렸다. 안에서 희미하게 쿵쿵- 소리가 났다. 창고 문에 달린 자물쇠는 숫자 하나씩 비밀번호 네 개를 맞춰야만 하는 번호 자물쇠다. 이렇게 되면 손의 감각만을 이용해서 열어야 한다.

"시간 좀 걸려."

지한은 자세를 고쳐 잡고 자물쇠 번호를 맞추기 시작했다. 먼저 고리를 힘줘서 잡아당기고 가장 윗부분의 숫자를 천천히 돌렸다. 7에서 고리가 살짝 느슨해지는 것이 손끝에서 느껴졌다. 숫자는 총 네 개이기 때문에 앞으로 세 번을 더 해야 한다. 밑으로 내려갈수록 고리에 감각이 덜 전해지기 때문에 고도의 집중력이 필요하다.

효비는 휠체어를 밀면서 방 안을 살폈다. 바닥에 쓰레기와 옷가지가 많아 휠체어는 몇 번 굴러가지 못하고 멈추기를 반복했지만 효비가 한쪽 책장 밑, 구석에 놓인 상자를 발견했다.

그 상자 안에는 천동식의 면동기 소지 면허증과 병역수첩이 보였다. 병역수첩 안의 젊은 천동식의 사진도 보였다. 효비의 눈에 초등학생으로 보이는 남자아이와 엄마로 보이는 여자가 함께 찍은 사진이 보였다. 천동식의 초등학교 입학사진 같아 보였는데 엄마의 빨간 정장 재킷에 잎사귀 모양 브로치가 달려 있다.

또 상자 한쪽에는 그가 모아둔 기사들이 보였는데 그 두께가 한 뼘이 넘었고 그 숫자는 스무 명에 달했다. 대부분 신문기사는 여자들의 실종과 사망 기사였는데 1989년부터 2021년까지 연도별로 정리되어 있었다. 마지막 21년도 기사는 김선자의 시신 발견에 대한 것과 홍명희 실종에 관한 기사였다.

효비는 떨리는 손으로 상자 밑에 접힌 비닐봉지를 뒤졌다. 그 안에는 비녀 모양 머리핀, 잎사귀 모양 브로치, 진주 귀고리, 향수, 십자가 목걸이, 분홍 매니큐어 등 죽은 여자들의 물건이 들어 있다. 그 물건을 보던 효비의 눈동자가 파르르 떨렸다. 아까 초등학교 졸업식 사진을 다시 들어본다. 효비는 비닐봉지 안에서 발견한 브로치와 사진 속 브로치를 비교해 보았다. 똑같다. 효비는 이를 악물었다.

지한의 손이 숫자 5에 도달했을 때 미세한 느낌이 전해졌다.

제발.

천천히 왼손으로 고리를 잡아 빼자 철컥 소리가 났다. 드디어 자물쇠가 열렸다.

효비는 휠체어를 굴려 지한 쪽으로 다가갔다. 두 사람의 눈빛이 공중에서 마주쳤다. 지한이 떨리는 손으로 창고 문을 열었다. 창고 안쪽에서 더운 바람과 함께 피비린내와 지린내가 훅하고 풍겼다. 전기 스위치가 만져져서 눌렀지만 조명이 빠져 있는지 켜지지 않았다. 랜턴으로 창고 내부를 비추자 어둠 속 구석에 검은 트렁크가 보였다. 효비가 빗속에서 봤던 그 검은 트렁크 가방이다.

쿵쿵.

그 소리에 효비의 눈이 번뜩였다.

지한은 떨리는 손으로 트렁크 가방의 지퍼를 열었다. 주름진 흰 손이 삐쭉 나왔다. 그다음에 보인 것은 아무렇게나 흐트러진 가는 머리카락과 검붉은 피 묻은 얼굴이었다. 50~60대 정도 되는 단발의 중년 여성이었다. 게슴츠레 뜬 눈동자는 초점이 없었고 입가에는 침이 흘렀다. 맑은 공기를 들이마신 여인이 그대로 바닥에 구토를 했다. 꽃무늬 프린트 셔츠와 망사 레깅스에 청스커트. 실종자 홍명희였다. 효비와 지한은 홍명희를 보고 사진으로 본 실종자라는 것을 알아챘다. 효비는 놀라 112에 전화를 걸었으나 발신이 되지 않는다.

지한은 홍명희를 끌어내어 상태를 살폈다. 군데군데 구타당

하고 긁힌 상처가 보였다.

"저기요! 정신 차리세요."

지한이 홍명희의 처진 볼을 톡톡 두드렸는데 혼탁한 눈동자는 초점이 없었다.

"여기서 전화가 안 돼요. 안 터져요."

효비가 떨리는 목소리로 말했다.

지한이 밖으로 나가 옆집 문을 두드렸다. 아무 반응이 없다. 또 다른 옆집을 두드렸다. 누구 하나 창문을 열고 내미는 사람이 없었다.

"여기 사람들 안 살아요. 빨리 병원에 가요. 가면서 경찰에 전화해요."

지한은 알았다고 고개를 끄덕이면서 홍명희의 상태를 살폈다. 효비는 휠체어를 밀며 복도로 나갔다. 지한은 홍명희를 일으키려 했지만 바닥에 픽픽 쓰러져 옮기기가 쉽지 않았다. 효비는 휠체어 바퀴를 힘차게 굴려 엘리베이터 버튼을 눌렀다.

"저 금양연립, 503호 안효빈데요!"

효비가 핸드폰으로 전화를 걸었다. 저번에 연락처를 받은 경찰번호였다.

수화기 너머의 경찰관이 장난치지 말라는 소리를 하고는 끊어버렸다. 지한은 홍명희를 업고 엘리베이터에 탔다. 1층에 멈춘 엘리베이터의 문이 열리고 지한은 홍명희를 데리고 내리려고 했다. 밖은 비가 또 오려는지 대낮인데도 구름이 잔뜩 끼고 어두웠다.

그때 효비의 눈에 멀리 다마스가 들어왔다. 칠이 벗겨진 다마스가 금양연립 쪽으로 달려왔다. 효비와 지한의 눈동자가 커다랗게 벌어졌다. 엘리베이터에서 지한이 세워둔 차까지 거리는 3미터. 지한이 효비와 홍명희까지 데리고 가면 천동식에게 발각된다.

"올라가요. 집으로 가요."

효비가 휠체어 방향을 틀며 말했다.

지한은 발목이 접질렸는지 절뚝거리면서도 홍명희를 끌고 다시 엘리베이터에 탔다. 효비가 5층을 눌렀다. 1. 2. 3. 올라가는 숫자를 보는 효비와 지한은 심장이 쿵쾅거렸다.

엘리베이터가 5층에 도착하자마자 효비는 휠체어를 굴러 얼른 그녀의 집 문을 열고 지한은 홍명희를 끝까지 놓치지 않았다. 집 안으로 들어온 효비가 가쁜 숨을 내쉬면서 문을 닫았고 지한은 홍명희와 함께 바닥으로 쓰러졌다.

"여기 금양연립주택인데요. 사람이 감금 납치당했어요. 지금 저희가 구조해서 503호에 있어요. 빨리 와주세요."

효비는 112에 직접 전화를 걸었다. 경찰은 금방 출동하겠다는 말과 함께 전화를 끊었다. 효비는 얼른 창가에 붙어 밖을 살폈다.

"이봐요. 정신 차려요."

지한은 홍명희의 몸을 흔들었다.

쿵-쿵. 위에서 발자국 소리가 들렸다. 끼익- 하는 소리, 문을 닫는 소리, 여는 소리, 뭔가 찾아다니는 소리가 들린다. 지한과 효비는 숨을 죽이면서 온 신경을 위층으로 집중했다.

"갑자기 왜 돌아온 거야?"

천동식은 온 방을 돌아다니는 듯 쿵쾅거리면서 왔다 갔다 한다.

"모르겠어요. 한 번도 이런 적은 없었는데."

효비는 입을 앙다물고 울음을 꽉 참는다.

"경찰 올 때까지 좀만 기다리자. 지금은 그 방법밖에 없어."

지한은 잠금장치를 확인하며 말했다.

효비는 고개를 끄덕였다.

'맞잖아. 내가 예민하게 아니라, 당신들이 틀린 거라고.'

지한이 덜덜 떨고 있는 효비의 손을 잡았다.

그녀들은 603호에 휠체어 바퀴 자국이 남겨져 있다는 것을 알지 못했다.

그때, 쾅쾅 문 두드리는 소리가 들렸다.

지한이 현관문에 달린 도어경을 통해 밖을 보니 천동식이 서 있었다. 비에 흠뻑 맞고 잔뜩 성이 난 얼굴로 망치를 들고 있다. 그가 들고 있는 망치는 깎기 망치로 한쪽은 도끼처럼 되어있고 한쪽은 망치처럼 평평하다.

'그 자식이야.'

지한이 입 모양으로 효비에게 말했다. 효비 또한 대답하지 않고 조용히 숨을 죽였다.

'제발 가라.'

지한은 주방을 둘러보더니 프라이팬을 집어들고 문 옆에 섰다. 바닥에 쓰러진 홍명희는 의식을 차리면서 신음소리를 냈다.

천동식은 문고리를 망치로 쾅쾅! 내리치기 시작했다. 지한과 효비는 놀란 얼굴로 서로를 바라본다.

창밖에서 경찰차의 사이렌 불빛이 보였다. 효비가 창문 밖을 보자 경찰차가 이쪽으로 오는 게 보였다. 효비가 홍명희에게 쉿- 하고 제스처를 보냈지만 소용없었다. 비명을 질러대기 시작하면서 문 쪽으로 달려 나갔다. 지한은 홍명희의 허리를 잡고 말렸지만 그녀는 상대가 되지 못하고 나동그라진다.

"밖에 그놈이 있다니까!"

지한이 홍명희의 따귀를 후려치며 버럭 소리를 질렀다. 그녀는 놀라 주저앉고 만다. 초점 없는 눈으로 덜덜 떨기만 하는 그녀는 제정신이 아닌 듯 보인다.

문밖의 천동식이 그 소리를 들었는지 망치를 더 세게 내리쳤다. 문고리가 덜렁거리고 경첩이 흔들거렸다.

그때 창밖으로 경찰 둘이 차에서 내리는 게 보였다.

"여기에요! 살려주세요!"

경찰들이 효비의 비명에 연립주택 안으로 뛰어든다.

"왜 이러세요. 진정하세요."

젊은 경찰이 천동식을 말린다. 천동식이 한숨을 푹 내쉰다.

"제 말 좀 들어보세요. 우리 엄마가 제정신이 아니에요. 그걸 가지고 아래층이 시끄럽다 뭐다 난리잖습니까. 제가요, 오늘 해고를 당했거든요? 저요, 진짜 속상해 죽겠습니다. 경찰관님, 저 어뜩케 살아야 합니까."

"선생님, 진정하시고, 서에 가서 이야기합시다."

나이 든 경찰이 천동식의 팔을 잡는다. 천동식이 놓으라며 뿌리친다.

지금 문을 열고 나갈까. 얼른 홍명희의 존재를 알려야 한다.

지한이 현관문 손잡이를 잡고 열려는 그 순간, 억! 하는 남자의 비명소리가 들렸다.

도어경으로 밖을 보니 천동식의 얼굴에 붉은 피가 튀어 있다. 눈썹이 잔뜩 치켜 올라간 천동식이 바닥에 쓰러진 경찰의 머리를 망치로 무자비하게 내리쳤다.

천동식은 다시 망치로 덜컹거리는 문고리를 내리치기 시작한다. 이윽고 문고리가 부서지고 문이 열렸다. 그가 씩씩거리며 효비의 집 안으로 들어왔다. 천동식의 뒤로 쓰러진 경찰 둘이 보였다. 효비는 자신의 눈을 믿을 수가 없었다.

지한은 효비 앞에 섰다. 쓰러져 피를 흘리는 젊은 경찰이 겨우 손을 뻗어 무전기를 잡았다. 천동식은 저벅저벅 걸어가 경찰의 머리통을 망치로 내려치고 무전기를 발로 밟는다. 홍명희는 천동식을 보더니 으아아악! 소리를 지르면서 도망간다. 지한이 홍명희를 말려보지만 그녀는 천동식이 휘두른 망치에 머리를 맞고 꼬꾸라졌다.

"안 돼!"

지한의 목소리를 들은 천동식의 얼굴에 미소가 번진다. 마치 '찾았다'라는 표정이다.

그가 천천히 효비와 지한에게 다가온다. 망치 끝에선 뚝뚝 피가 흘렀다.

"도망가! 어서!"

지한이 효비를 막아서며 주머니에 넣었던 호신용 스프레이를 천동식 얼굴에 뿌렸다.

악!

순간 기습당한 천동식이 눈을 비비며 당황하는 사이, 지한이 효비의 휠체어를 입구 쪽으로 밀었다. 휠체어는 몇 번 굴러갔지만 효비의 앞에는 죽은 홍명희가 쓰러져 있어 휠체어가 넘어서질 못했다. 효비는 양팔에 힘을 주고 휠체어를 밀어보지만 꼼짝도 하지 않았다. 결국 휠체어에서 내려 양팔로 기어갔다. 그사이, 천동식이 휘두른 망치를 지한이 피하면서 바닥으로 쓰러졌다. 지한이 이를 악문다. 주먹을 쥐어보지만 더 이상 힘이 들어가지 않았다.

"저 아이는 보내줘. 제발 부탁이야."

지한은 천동식의 발목을 껴안듯 잡았다. 그는 지한의 머리채를 잡아 내동댕이쳤다. 힘없이 쓰러진 지한을 효비가 울면서 바라봤다.

"하지 마."

천동식의 번들거리는 시선이 효비에게 향했다.

"가만히 있었으면 별일 없었잖아! 너 때문에 이게 뭐냐. 이게 정말."

천동식은 소리를 꽥 질렀다. 효비는 그를 쏘아보았다.

"하지 말라고."

"세상엔 죽어야 할 여자들이 너무 많아."

"이제 그만해. 아저씨 엄마는 죽었어."

천동식의 인상이 험악하게 일그러졌다.

"죽긴 누가 죽어! 내가 죽이기 전엔 절대 못 죽어!"

부르르 떨며 고함을 지르는 천동식의 머릿속에 한 장면이 스쳐갔다.

천동식의 눈앞에 붉은 치마가 펄럭인다. 그의 엄마가 입은 블라우스 가슴께에는 잎사귀 브로치가 달려 있다.

"엄마, 움직이지 마세요."

천동식이 엄마에게 천천히 다가간다. 손엔 망치가 들려 있었다.

"엄마, 제발, 엄마 거기 계세요."

엄마는 천동식을 바라보고 피식 웃는다.

"내가 니 맘대로 하게 놔둘 거 같냐. 이 머저리 같은 놈아."

천동식의 엄마가 남긴 마지막 말이었다. 그리곤 그대로 허공으로 뛰어내렸다. 바닥에 떨어진 엄마의 몸에서 붉은 피가 흘러나오고, 브로치에 스며들었다.

주먹을 움켜쥔 천동식이 짐승처럼 포효한다.

"죽어!"

천동식이 망치를 꽉 움켜쥐고 효비에게 다가간다. 지한이 쓰러진 몸을 일으켜 효비를 공격하려는 천동식의 허리를 감싸안고 쓰러진다. 앞으로 자빠진 천동식이 바닥에 떨어진 망치를 발견한다. 효비가 재빨리 망치를 잡아들고 천동식의 발등을 찍는다. 으악! 천동식이 효비의 팔을 밟는다. 팔이 부러진 효비가 비명을 지르며 망치를 떨어뜨린다. 눈썹이 올라간 천동식이 효비의 머리채를 잡고 주먹으로 내리친다. 그녀의 하얀 얼굴에 붉은 피가 번진다. 윽 하는 비명소리를 내며 고통에 몸부림친다.

지한이 천동식의 발을 양팔로 잡아 감싼다. 균형을 잃은 천동식이 이번엔 지한의 머리채를 잡고 주먹으로 내리친다. 지한의 코에서 뜨뜻하고 검붉은 피가 쏟아진다. 천동식이 숨을 몰아쉬며 귀찮다는 듯 널브러져 꿈틀거리는 지한과 효비를 바라본다. 천동식이 지한의 머리채를 잡고 망치를 머리에 갖다 댄다. 뾰족한 쇠 부분이 관자놀이에 닿아 차가운 감촉이 전해졌다. 온몸에 힘이 빠진다.

이대로 죽는 걸까.

죽기 싫어.

살고 싶어.

천동식이 쥔 망치가 거대한 포물선을 그리며 지한에게 돌진한다. 망치의 뾰족한 부분이 지한의 관자놀이를 뚫기 직전, 천동식의 등 뒤로 거대한 굉음과 함께 거대한 어둠이 이들을 덮친다.

"지은 지 40년이 넘은 경기도의 한 연립주택이 붕괴되었습니다. 최근 내린 연일 내린 폭우로 지반이 약해지면서 건물 전체가 무너져 내린 사고였습니다. 입주민들은 그전부터 붕괴 위험을 인지하고 있어 대부분의 주민은 살고 있지 않은 것으로 밝혀졌습니다. 하지만 건물에 남아 생활하던 몇 가구 주민들이 매몰된 것으로 보고 구조를 하고 있습니다."

멀리서 뉴스 속보가 들렸다.

지한이 눈을 떴다. 코로 먼지가 가득 밀려들어 왔다. 무너진 철골과 콘크리트 사이로 효비가 엎드려 있다. 지한은 효비를 흔들어 깨웠다. 지한의 눈에서 뜨거운 눈물이 효비의 얼굴 위로 떨어졌다. 효비가 콜록거리며 눈을 떴다. 코와 입에서 한 움큼의 먼지가 튀어나왔다. 멀리 사이렌 소리가 들렸다. 건물의 반 이상이 무너졌지만, 운 좋게 효비와 지한은 콘크리트 틈새에 몸을 숨기는 바람에 살았다. 세상이 이번엔 그녀들의 편을 들어준 모양이다.

"주, 죽었어요?"

쓰러진 천동식을 바라보는 효비의 목소리가 떨려왔다. 지한이 그녀의 발밑에 엎드린 천동식을 흔들어봤다. 그의 다리 양쪽이 콘크리트에 깔려 피가 새어 나왔고, 여자 옷을 입힌 마네킹은 산산조각이 나있다. 그의 주변으로 위층에서 떨어진 상자와 그곳에서 쏟아져 나온 수십 명의 실종자, 사망자들의 기사가 흩어져 있다.

천동식이 눈을 뜬다. 그는 막힌 숨을 토해내며 피가 흐르는 눈동자로 지한과 효비를 노려본다.

"니들 다 죽여버릴 거야…. 끝까지 찾아서 갈기갈기… 찢어버릴 거야!"

천동식은 눈을 부릅뜨고 입가에 침이 고인 채 악에 받쳐서 망치를 바닥에 휘둘러댄다.

효비와 지한은 공포에 질린 눈으로 그를 쳐다본다.

"괜찮아요?"

"다쳤어요? 움직일 수 있어요?"

멀리서 구조대의 목소리가 들렸다.

효비와 동시에 서로를 마주본다. 지한은 바닥에 떨어진 콘크리트 덩어리를 집어 들어 천동식의 머리를 힘껏 내리친다. 퍽- 하고 피가 튄다. 머리에 피가 흐르는 천동식이 이를 악물고 지한의 가는 목덜미를 움켜쥔다. 효비가 바닥에 떨어진 비닐봉지 쪽으로 손을 뻗는다. 잎사귀 모양의 브로치를 꺼내들고, 천동식의 목을 내리찍는다.

윽.

지한의 목덜미를 움켜쥔 그의 손이 힘없이 풀어지고, 험악하게 일그러진 얼굴이 그대로 굳어진다. 피범벅이 된 그의 움직임이 멈추자, 효비는 깊은 숨을 토해낸다. 지한이 바닥에 주저앉는다. 지안의 무릎이 후들거린다.

"거기 몇 명 살아 있어요?"

구조대원의 목소리가 콘크리트 너머로 들렸다.

"두 명이요."

지한과 효비가 동시에 대답했다. 구조대의 다급한 발자국 소리가 가까워오고, 지한이 기어가 죽은 홍명희의 눈꺼풀을 손으로 감겨주었다.

무너져 내린 콘크리트 틈 사이로 비가 그친 하늘이 보였다. 지한이 고개를 들어 하늘을 올려다봤다. 검푸른 하늘은 지는 태양으로 붉게 물들었고, 태양은 구름 사이로 찬란하게 반짝였다. 효비는 말없이 지한의 눈물을 닦아줬다. 지한은 효비의 손을 꽉 잡았다.

"나가자."

카오스 아파트의 층간소음 전쟁

윤자영

형사1

황재혁 경사는 새벽에 울리는 핸드폰 벨 소리에 잠에서 깼다. 액정화면을 확인한 그의 얼굴이 찡그려졌다.

전 팀장님.

발신자는 강력수사1팀 팀장이었다. 그는 수신 버튼을 누르며 시계를 봤다. 새벽 5시 30분을 지나고 있었다. 밤새 사건이 벌어진 것이다.

"네, 팀장님"

- 야 인마! 전화를 빨리 받아야 할 거 아냐?

목소리에서 큰 사건이 터진 것을 짐작할 수 있었다. 가령 살인사건이라든지 말이다.

"네, 죄송합니다. 밤새 무슨 일이 있었나 봐요?"

- 사건이야, 사건. 카오스 아파트 경비원이 새벽 순찰하다가

14층에 사는 아줌마인지 할머니인지가 잔디밭에서 쓰러져 있는 걸 발견했대.

"투신인가요?"

- 그럴 가능성이 높겠지. 하지만 말이야, 경비원 말이 노부부가 같이 산다고 했어.

"음… 그렇다면 뭔가 이상하군요."

경비원이 새벽에 투신한 것 같은 노부인을 발견했다. 남편은 집에 있는데 부인의 투신을 모르는 것일까?

- 그러니까 새벽에 전화한 거야. 지금 소방서에서도 출동했으니까 사람들 깨기 전에 빨리 가서 현장 조사를 마치라는 거야.

"네, 알겠습니다. 근데 서에서는 또 누가 현장으로 갔습니까?"

- 김정훈 보냈어. 잘 가르쳐.

"신참을 보내면 어떡합니까?"

전화는 이미 끊겼다. 일단 서둘러 가려고 침대에서 일어난 황재혁은 대충 세수했다. 식탁 위에 놓인 식빵을 집으려다가 어제 먹은 소주병을 보자 구역질이 올라와 관두기로 했다. 주차장으로 나와 이제 곧 17년이 될 승용차를 타고 카오스 아파트로 향했다.

5월 초의 새벽 날씨는 싸늘했다. 토요일 이른 새벽이라 그런지 거리가 한산해 10여 분 만에 카오스 아파트 단지로 들어섰다. 카오스 아파트는 황재혁의 자동차보다 더 오래됐다. 21년

된 아파트라는 걸 증명이나 하듯이 곳곳에 페인트가 벗겨져 있었다.

이미 구급차와 소방차가 경광등을 번쩍이고 있어서 현장을 쉽게 찾을 수 있었다. 황재혁은 차를 소방차 뒤에 대충 주차하고 현장으로 갔다. 김정훈 순경이 몇몇 소방관의 도움을 받아 노란 폴리스라인을 설치하고 있었다.

"어이! 신참!"

김정훈은 폴리스라인 설치를 하다 말고 경례했다.

"네, 황 경사님 오셨어요? 일단 이것 좀 마무리하고요."

김정훈은 폴리스라인을 서둘러 설치하고 황재혁에게 다가왔다.

"변사자에게서 이상한 점은?"

"대충 봤는데, 이곳저곳 깨지고 터졌습니다. 전 아직 이런 시체는 적응되질 않더라고요."

김정훈이 지구대에서 수사과로 온 것은 3개월 전이다. 뭐, 요즘 젊은이들은 강력범을 다루는 형사가 되는 것을 기피하고 있으니 잘 대해줘야 한다.

"시체에 단서가 있는 거야. 눈을 부라리고 봐야 해!"

황재혁은 폴리스라인 가운데 흰 천을 보았다. 그 속에는 투신한 시체가 있을 것이다.

"따라와."

황재혁은 안으로 들어가 흰 천을 들췄다. 깨진 머리에서는 뇌수가 흘러나왔고, 몸의 이곳저곳이 비틀려 있었으며, 뼈가 살을 뚫고 나와 있었다. 익숙지 않은 참상이지만, 가슴 쪽에 눈에 띄는 상처가 보였다.

돌아보니 김정훈은 한 발짝 떨어져 손으로 자기 입과 코를 막고 있었다.

"이놈아! 형사가 시체를 못 보면 어떡해? 라텍스 장갑 있으면 줘봐."

김정훈은 주머니에서 노란색 라텍스 장갑을 꺼내 건넸다. 황재혁은 받은 라텍스 장갑을 끼며 말했다.

"팀장님께 연락해! 자살이 아니라 타살이라고."

"네?"

황재혁은 노부인의 상의를 위로 올려 가슴을 드러냈다. 왼쪽 가슴에 다른 상처들과 비교되는 선명한 상처가 보였다. 날카로운 칼에 찔린 상처는 수없이 봐왔다.

"이것 보라고. 이 상처는 분명히 자상이야."

김정훈은 스마트폰을 꺼내 서둘러 지원 요청을 했다.

날이 밝아오자 사람들이 하나둘 모이기 시작했다. 황재혁은 흰 천을 다시 덮고는 아파트 위를 올려다봤다.

"저 위에서 무슨 일이 일어난 거야?"

옆의 소방관이 물었다.

"어떡해요? 시신 수습해요?"

"그럴 일은 없을 것 같습니다. 대신 아파트 문이나 하나 따 주세요."

황재혁은 주변을 돌아보았다. 지구대에서 출동한 경찰관들이 구경하는 사람들을 제지하고 있었다. 구경하는 사람들 사이에 제복 입은 60대 남자가 있었는데, 최초 발견한 경비일 것이다. 황재혁은 그에게 다가가 말했다.

"최초 발견자이십니까?"

"네, 제가 카오스 아파트 경비에유."

경비는 느릿느릿하게 말했다. 황재혁은 손가락으로 흰 천을 가리키며 말했다.

"저분은 몇 호에 살지요?"

"1402호예유."

"일단 같이 좀 올라갑시다."

황재혁은 지구대 경찰관들에게 현장 통제를 잘하라고 부탁하고는 소방관, 경비와 함께 건물을 돌았다. 황재혁은 사건임을 직감하고는 주변을 날카롭게 살폈다. CCTV는 아파트로 들어가는 입구에 하나, 엘리베이터에 하나가 있다. 엘리베이터 하나에 1호와 2호 라인이 사용했다. 15층까지 있으니 30가구가 사용하는 것이다.

1402호에 도착해보니 문에는 번호키가 달려 있었다. 현관문은 잠겨 있었다.

황재혁은 안 좋은 예감에 문을 부숴서라도 열어달라고 하자, 소방관이 대형 빠루를 이용해 현관문 자물쇠를 부수기 시작했다. 시끄러운 소리가 나자 바로 앞 1401호에서 남자가 나오는 것을 시작으로 계단으로도 사람들이 모였다. 위아래층에 사는 사람들일 것이다.

"아직입니까?"

"다 됐어요."

쾅 소리와 함께 현관 자물쇠가 뜯겼지만, 활짝 열리지는 않았다.

"어? 안쪽에서 안전고리가 걸려 있는데요?"

안전고리가 걸려 있다는 건 누가 안에 있을 가능성이 높다는 의미다. 황재혁은 절단을 부탁했고, 소방관은 유압식 절단기로 안전고리를 끊었다.

황재혁은 경비와 소방관들에게 문 앞에서 사람들의 통제를 부탁하고는 나중에 올라온 김정훈과 1402호로 들어갔다. 김정훈은 스마트폰을 꺼내 동영상 촬영을 시작했다.

실내는 조용했지만, 심상치 않음을 느꼈는지 온몸의 세포가 톡톡 튀어 올랐다. 살인 현장에서나 있을법한 피비린내가 진동했다. 거실 바닥은 빨간색 물감으로 낙서한 듯 피 천지였다. 열린 안방 문으로 다가가니 침대 위에 피투성이가 된 남자의 시체 한 구가 있었다. 그리고 수색을 통해 범행에 사용된 부엌칼을 침대 밑에서 찾을 수 있었다. 분명한 살인사건이다.

"아파트 이름처럼 카오스하네요."

뒤에서 김정훈이 말했다.

"뭐라고?"

"카오스요. 혼돈 그 자체네요. 간단한 자살 사건인 줄 알았는데 안전고리도 걸려 있고 말이에요. 복잡한 살인사건이 될 것 같아요."

"그렇군. 카오스. 감식반이 올 때까지 나가서 기다리자고."

둘이 밖으로 나오자 아까보다 더 많은 사람이 모여 있었다. 삼삼오오 모여 떠들던 사람들이 일제히 황재혁 얼굴을 바라보았다. 이제부터 이 사람들을 모두 조사해야 한다.

"사망사건입니다. 앞으로 사건 조사를 해야 하니 많이 도움을 주십시오."

그때 한 여자가 소리쳤다.

"층간소음 때문이에요! 저 남자예요."

여자가 가리킨 남자는 슬슬 뒷걸음쳤다.

"나, 난 아니야!"

1501호(TOP)	1502호(TOP) 거주자 박승관(42세), 남 김미리(38세), 여 각 10세, 8세 어린이 2명(ADHD) *부부와 아들 2명
1401호 거주자 윤장우(43세), 남 이선희(42세), 여 윤수민(17세), 여 *부부와 딸	1402호 거주자 오경일(70세), 남, 사망 권은경(68세), 여, 사망 오태홍(46세), 남 *노부부와 아들
1301호	1302호 거주자 민봉기(47세), 남, 하반신 장애 민경호(17세), 남 *아버지와 아들

【 카오스 아파트 구조와 관련자 】

1502호 박승관

따뜻한 5월의 어느 날 박승관은 15층짜리 카오스 아파트 건물 꼭대기층으로 이사했다. 15평 주공아파트에서 전세로 살다가, 오래된 아파트지만 24평 내 집을 마련한 것이다. 올해로 42세인 그는 결혼 9년 만에 얻은 작은 결실이었다. 아홉 살, 일곱 살인 두 아이도 넓어진 집 구석구석을 탐험하며 뛰어다녔다. 포장 이사에서 못한 마지막 뒷정리를 하고 있는데 현관 초인종 소리가 울렸다.

"네, 나갑니다."

박승관은 바닥 닦던 걸레를 그대로 둔 채 현관으로 나갔다. 현관을 열자 인상 좋아 보이는 여자가 손에 찐 고구마를 들고 있었다.

"이제 짐은 다 정리하셨어요? 옆집이에요, 1501호."

"아! 안녕하세요?"

옆집 여자는 40대 중후반쯤 되어 보였다. 옆집 여자는 안을 기웃거리며 손에 들고 있는 고구마를 건넸다.

"식사도 못했을 텐데 요기라도 하시라고요."

"아이고, 감사합니다. 그릇은 이따 저녁에 드리겠습니다."

거실에서 아이들이 달려왔다가 다시 거실로 뛰어들어갔다. 아이들을 보고 여자의 인상이 미묘하게 구겨졌다.

"꼬마들이 있네요."

"네, 둘 다 사내애들이에요."

"전에도 아파트에 사셨나요?"

"네, 그런데 그건 왜 물으시죠?"

"전에 살던 곳은 층간소음 없었나요?"

주공아파트는 복도를 같이 쓰는 구조였다. 그 아파트는 워낙 시끄럽긴 했다. 복도에서 아이들이 뛰어놀았으니 말이다. 하지만 대체로 다들 시끄러운 곳이라 그런지 입주민들도 그냥 저냥 살았다.

"크게 불편하지는 않았는데……"

"그래요, 그래. 앞으로 서로서로 이해들하고 삽시다. 알겠죠?"

여자는 한걸음 다가와 비밀이라도 이야기하듯 속삭였다.

"아래층 노인네들이 워낙 민감해야 말이죠."

왜 옆집에서 층간소음 이야기를 하는지 모르겠지만, 요즘에는 옆집 사람이 죽어 나가도 모르고 지낸다고 하는데 층간소음까지 걱정하는 옆집 이웃을 만나서 다행이라고 생각했다.

"네, 그럼 앞으로 잘 부탁드립니다."

옆집 여자는 박승관의 인사를 받고 밝은 미소를 지으며 돌아갔다. 고구마를 들고 안으로 들어가자 아내는 뭐냐는 눈짓을 보냈다.

"옆집!"

아파트는 한 개 층에 두 가구가 사는 구조였다. 우리 집은 1502호고 옆집 1501호와 엘리베이터를 같이 쓰는 것이다. 아내가 일어서 고구마를 받았다.

"애들아, 고구마 먹자."

아이들이 안쪽 방에서 뛰어나왔다. 박승관은 보답이라도 해야겠다는 생각에 아내에게 말했다.

"옆집 말이야. 보답으로 롤케이크라도 사다 주자고, 그리고 우리 아래층도, 이사 인사도 할 겸해서."

"그거 좋은 생각이네. 그러잖아도 아파트는 층간소음 때문에 위 아래층과 사이가 좋지 않다잖아. 인사하면 좋지. 당신이 사다 줘."

박승관은 이삿짐을 정리하고는 저녁에 밖으로 나갔다. 아파트 정문 앞 상가에 프랜차이즈 빵집에서 롤케이크를 두 개 샀다.

옆집 아주머니께 고구마를 담았던 접시와 롤케이크를 건넨

후 아래층으로 갔다. 벨을 누르고 기다리니 꼬장꼬장해 보이는 노인이 나왔다.

"누구쇼?"

"안녕하세요? 오늘 위층 1502호에 이사 온 박승관입니다. 인사차 들렀습니다."

박승관은 롤케이크가 들어 있는 쇼핑 봉투를 내밀었다. 노인의 안경 속 눈동자가 박승관을 위아래로 살폈다.

"자가요? 전세요?"

노인은 쇼핑 봉투를 받을 생각도 안 하고 이상한 말을 했다.

"네?"

"집을 사서 왔는지, 전세나 월세로 왔는지 묻는 거요."

첫인사에 이렇게 무례한 사람이 있을까? 하지만 박승관은 애써 웃는 얼굴을 보였다.

"사서 왔습니다. 그런데 왜 그런 질문을 하시는지요?"

"당신 집에 애들이 있지?"

이 사람은 예의란 걸 모르는 사람이구나.

"당신들 꼭대기층이라고 뵈는 게 없나?"

"도대체 무슨 말씀을 하는 거예요?"

"시끄러워! 이사 온 지 몇 시간이나 됐다고 벌써부터 뛰어다니는 거야?"

"지금은 낮이고……."

"닥치쇼! 지금 당장 올라가서 애들 조용히 시켜!"

노인은 문을 쾅 하고 닫았다. 박승관은 현관 앞에 멍하니 서 있었다. 불쾌한 마음에 쥔 주먹이 부르르 떨렸다. 다시 항의라도 할까, 마음을 먹었을 때 바로 옆 1401호 문이 열리고 한 남자가 나왔다. 박승관과 나이가 비슷해 보였다.

"노인네들이 귀가 너무 밝아서 탈이에요."

남자는 손을 내밀어 악수를 청했다.

"여기 1401호에 사는 윤장우입니다."

"네, 오늘 1502호에 이사 온 박승관입니다."

남자는 1402호를 눈으로 흘겨보며 작게 속삭였다.

"1502호 전 주인이랑 노인네들이랑 엄청 싸웠어요. 층간소음 때문에요."

"아……."

"이 아파트가 오래되서 그런지 방음이 잘 안 되는 건 사실이에요. 하지만 노인들은 도가 조금 지나치네요."

꼬장꼬장한 노인의 모습이 눈앞에 그려졌다.

"아무튼요, 공동주택에서 살 거면 서로 양보해야 합니다. 아주 두 집 싸우는 소리에 우리 동 전체가 피해를 봤어요."

1401호 남자의 말에는 조용히 살자는 의미가 숨겨져 있었다. 내 집 장만의 기쁨도 어느새 사라져 버리고 없었다. 이 카오스 아파트에서의 불안함이 자리 잡기 시작했다.

***

박승관은 일요일 아침 불쾌하게 눈을 떴다. 머리맡에 있는 스마트폰을 눌러 시계를 확인하니 이제 막 6시를 지나고 있었다. 일요일 아침 단잠을 깨운 것은 요란하게 울리는 초인종 소리였다.

아침부터 누구지? 아내가 침대에서 몸을 일으켰다. 아내가 나가는 도중에도 초인종을 쉴 새 없이 울려댔다.

박승관은 다시 이불을 머리 위까지 덮었다. 평소에 일요일에는 9시까지 잤다. 평일 8시까지 야근하는 일이 많았기에 주말에 일주일의 피로를 풀어야 다음 주 업무에 지장이 없기 때문이었다. 하지만 밖에서 들리는 노인의 말소리에 의식이 더욱 또렷해졌다.

박승관은 일어서 밖으로 나갔다. 아내가 노부부에게 고개를 조아리고 있었다. 잠을 못 자서 부아가 치밀어 일부러 까칠한 목소리를 냈다.

"아침부터 뭡니까?"

노인이 박승관에게 눈을 흘겼다.

"아침부터 깨우니 기분이 어때?"

"그럼 일부러 아침부터 찾아왔다는 거예요?"

"그래! 내 어젯밤에 시끄러워 잠을 한잠도 못 잤어."

노인의 말에 의하면 어젯밤 층간소음의 복수로 아침에 잠을 깨우러 왔다는 뜻이었다. 정말 유치하기 짝이 없었다. 한소리 하려고 했는데 아내가 몸을 밀었다.

"당신은 어서 들어가."

멀리서 아내가 조심하겠다는 말이 계속 들렸다. 그 후 박승관의 신경은 점차 날카로워졌다. 스트레스로 술 마시는 날이 많아졌고, 아이들에게도 점차 언성을 높였다. 물리적 폭력도 사용했다. 하지 말아야지 다짐하면서도 아랫집과 싸울 때면 어김없이 애들에게 폭력을 가했다.

오늘도 퇴근해 씻고 나오자 아이들이 침대에서 방방 뛰고 있었다.

"야 인마! 뛰지 말랬지!"

박승관의 고함에 아이들이 자기들 방으로 뛰어 들어갔다.

"왜 애들한테 화풀이해?"

"내가 이렇게라도 하지 않으면 노인네들 내일 새벽같이 올라올 텐데 어쩌라고!"

박승관은 찬장 안쪽에 넣어둔 양주를 꺼냈다. 한 잔 따라서 단숨에 들이켰다. 독한 알코올이 위벽을 자극하여 쓰라림이 전해졌다. 아내가 한심하다는 듯 바라봤다.

"술 좀 그만 마셔!"

"술이라도 안 마시면 편히 잠을 잘 수가 없어서 그래."

"오늘 검사 결과 나왔어."

그랬다. 오늘 작은아들의 검사 결과가 나오는 날이었다. 작은아들은 말이 조금 느렸다. 유치원 다닐 때도 발달검사를 해 보라는 말을 들었는데 그냥 무시했다.

"아이의 발달이 늦으니 큰 병원에 가서 검사해 보세요. 특히 언어발달이 또래에 비해 아주 느립니다."

"우리 애가 말을 잘 못하고 산만한 것은 맞지만……."

남자아이들이야 원래 다소 산만하고, 언어발달은 느릴 수도 있었다. 주변 사람들이 여덟 살에도 말이 터진다고 하니 특별히 걱정하지는 않았다.

지난주 아내는 대학병원에 가서 검사를 받았다고 했다. 괜히 긴장돼 양주를 가득 따라 마셨다. 그리고 아무 일도 일어나지 않을 것처럼 물었다.

"어땠어?"

"언어발달 장애가 있대. 장애 범위에 들기는 하지만 경미한 쪽에 속하고, 치료를 받으면 나아진대. 하지만……."

아내는 고개를 가로저으며 말했다.

"ADHD래. 서둘러 약물치료를 하래. 형도 같은 환경에서 동생과 같이 지내다 보면 비슷해질 거라는 거야."

아내의 입은 청천벽력 같은 소리를 쏟아냈다. 급하게 들이킨 양주 때문인지 박승관의 머리가 핑 하고 돌았다.

"그러니까 정신병 약을 먹으라는 거야?"

"무슨 소리를 그렇게 해?"

박승관은 양주를 다시 술잔에 따라서 들이켰다.

"그게 그거지."

"당신의 그런 태도도 아이의 치료에 도움이 안 된대. 평화롭고 안정된 가정에서 아이도 안정을 찾을 수 있다고 했어!"

"나도 잘 살아가고 싶다고!"

박승관은 아예 술병째 들어 마셔버렸다. 아내는 그런 박승관을 보고 아이들 방으로 들어가 버렸다. 세상의 모든 불행이 온 것 같았다. 왜 이렇게 변해 버렸을까?

이후로도 박승관은 일을 핑계로 매일 술을 마셨다. 아마 맨정신에 집으로 들어가기 싫어 술 마실 일을 만들었을 것이다. 아내에게 아들의 ADHD 약물치료와 함께 언어치료를 맡겼다.

문을 연 아내는 박승관이 취한 것을 보자 아무 말 없이 아이들 방으로 들어갔다. 언젠가부터 아내는 아이들 방에서 잠을 잤다. 한집에 살면서 별거 아닌 별거를 하는 것이다.

이 모든 것의 원흉은 아랫집 노인네들이다. 다시 행복하던 시절로, 카오스 아파트로 이사오기 전 행복한 시절로 돌아가고 싶었다. 박승관의 흐리멍덩했던 눈에 초점이 들어왔다.

"지금부터 층간소음 전쟁을 선포한다. 눈에는 눈, 폭력에는 같은 폭력으로 대응하겠다. 우리 가정을 되찾겠어!"

***

아래층 노부부는 지나치게 예민했다. 아이들이 조금만 뛰면 어김없이 초인종 소리가 들렸다. 초인종은 새벽부터 늦은 밤을 가리지 않았다. 노부부 때문에 아내는 주말이라도 아이들에게 자유를 주고자 친정에 데리고 갔다. 박승관은 혼자 있는 동안 청소를 했다. 한참 청소기를 돌리고 집 정리를 하는데 누군가 초인종을 연속으로 누르고 현관문을 거칠게 두드려댔다. 현관문을 열자 노부부의 심술 가득한 얼굴이 보였다. 막무가내인 모습을 보고 박승관도 말이 곱게 나올 리 만무했다.

"뭡니까? 왜 남의 현관을 그렇게 발로 차세요?"

노인은 현관을 잡아채 열고는 박승관을 밀고 안으로 들어왔다.

"이 새끼들 어디 있어!"

박승관은 팔을 벌려 들어오지 못하게 저지했다.

"애들한테 새끼라뇨? 당신 백수 새끼한테나 그렇게 말하세요."

"백수 새끼? 그럼 그렇지. 애비가 이렇게 몰상식하니 새끼들도 그렇지. 네가 새끼들 교육을 못 하니 내가 직접 해줄 테니까 어서 데리고 나와!"

어이가 없다. 이 노부부는 청소한 것을 아이들이 뛰었다고 생각하는 것이다. 도대체 예민함의 끝은 어디인가?

"없어요. 애들은 지금 엄마가 데리고 친정에 갔습니다. 청소 조금 했는데 애들이 뛰었다니 당신들이 너무 예민한 겁니다."

노인은 안쪽을 둘러보더니 말했다.

"청소도 정도껏 해야지 시끄러워 살 수가 없어!"

"도대체 청소 소리가 뭐가 이렇게 시끄럽습니까?"

노인이 대답하지 않자 뒤의 노부인이 나섰다. 노부인의 높은 목소리가 발사됐다.

"뭐, 이 집이 시끄러운 게 한두 번이야? 그리고 지금은 시끄러운 애새끼들 이야기를 하는 거야!"

"정말 너무들 하십니다. 당신들도 손주가 있을 것 아닙니까? 좀 이해하고 삽시다."

"우린 손주 없어! 있어도 당신처럼은 안 키운다고!"

박승관은 인정에 호소하고자 아이들이 ADHD 이야기를 했다.

"좀 같이 삽시다. 우리 둘째가 주의집중장애 판정을 받았어요. 이야기해도 잘 안 통합니다."

"주의집중장애? 그게 층간소음이랑 뭔 상관이야? 그게 걱정

되면 단독 주택으로 이사 가란 말이야."

이제 말로 해서는 안 된다. 박승관은 현관에 들어와 있는 할아버지 가슴을 밀었다.

"나가세요. 당신 같은 안하무인들과는 더 이상 대화할 수 없습니다."

"이놈이 어디다 손을 대? 건들지 마!"

"나가욧!"

박승관은 손바닥에 힘을 주어 세게 밀었다. 노인은 다리가 풀려 비틀거렸고, 노부인이 노인의 팔을 잡았다.

"이게 어디서 사람을 쳐?"

박승관은 들은 체도 하지 않고 현관문을 쾅 닫았다. 노부부는 분이 풀리지 않았는지 밖에서 소리쳤다.

"당신 장애아 새끼들이 내는 층간소음 문제를 정식으로 관리사무소에 문제를 제기하겠어!"

박승관은 이미 아래층을 배려하지 않기로 했다. 전쟁의 시작이다. 박승관도 현관문에 대고 소리쳤다.

"맘대로 하쇼! 하지만 이제부터 나도 가만히 당하고 있지는 않을 거야!"

박승관은 그날부터 아이들이 뛰든 말든 제지하지 않았다. 초인종 볼륨도 최소로 줄이고 스피커에 테이프를 붙여 소리가 더욱 작아지게 하였다. 현관문을 부수든 말든 무시하기로 했다.

“당신도 이제 아래층 무시해! 노인들 상대는 내가 할 테니 애들 뛴다고 혼내지도 말고. 맘대로 해.”

아내는 방관자로 있기로 했는지 아무 말도 하지 않았다.

아래층을 무시한 지 일주일 정도 지났을까? 박승관은 이상한 소리에 잠에서 깼다. 시계를 보니 새벽 2시가 넘어가고 있었다. 주위는 조용했다. 일어난 김에 애들 방으로 가서 확인하니 아내와 아이들 모두 자고 있었다. 다시 침대에 누워 눈을 감았다.

쿵쿵쿵!

거실에서 들려오는 소리였다. 박승관은 다시 일어서 거실로 갔다. 거실로 나오면 정체불명의 소리는 들리지 않았고, 침대에 누우면 어김없이 들렸다.

이게 뭔 소리야? 꼭대기층에서 왜 층간소음이 들리지?

처음 정체불명의 소리는 공포를 자아냈지만, 이 소리도 지속되자 두려움은 사라지고 짜증이 치밀었다. 그 소리는 새벽 2~3시에 어김없이 들렸다. 박승관은 범인은 잡고자 뜬눈으로 밤을 지새웠다. 그러던 어느 날 새벽에 다시 소리가 들렸다.

소리가 몇 번 반복된 뒤 박승관은 군대의 낮은 포복으로 거실을 노려봤다. 순간 거실 창문에 막대 같은 것이 나타나 창문을 때리고 사라졌다. 박승관은 빠르게 거실 2중 새시를 열고 밖을 내다봤다. 분명히 아래쪽에서 창문 닫는 소리가 들렸다.

"이런 씹할!"

아래층이 층간소음에 대해 복수를 하는 것이다. 초인종이 통하지 않으니 이런 치사한 방법을 쓰는 것이다. 박승관은 분노에 휩싸여 아래층으로 뛰어내려갔다. 이미 선전포고는 끝났다. 박승관은 똑같이 행동해 주겠다 마음먹고 비상계단을 통해 아래층으로 내려갔다. 1402호 초인종을 거칠게 누르고, 주먹으로 현관문을 두드렸다.

띵동~ 쿵! 쿵! 쿵!

"나와! 이 미친놈들아!"

조용한 새벽이라 그런지 박승관의 목소리가 아파트에 울려 퍼졌다. 잠시 후 노부부의 백수 아들이 나왔다.

"뭐예요? 새벽에?"

"새벽에? 당신 부모들은 새벽에 찾아온 게 한두 번이야?"

"무슨 소립니까? 다 자는 새벽에 이게 무슨 짓이에요?"

새벽에 고함치는 박승관의 목소리에 주변 집에서도 사람들이 나와 저마다 한소리했다.

"이게 무슨 소란이람."

"거, 잠 좀 잡시다."

"당신들 싸움에 우리가 더 괴로워요."

박승관은 아랑곳하지 않고 노부부의 아들에게 말했다.

"이 모든 사달은 당신 노친네들 때문이니, 직접 물어보쇼."

노부부도 소란에 밖으로 나왔다. 노부인이 불쾌한 얼굴로 말했다.

"이 미친놈이 새벽에 왜 지랄이야?"

"미친놈인 줄 알았으면 앞으로 조심하쇼. 나도 가만히 당하고만 있지 않을 거야. 똑같이 해줄 줄 알라고."

옆의 노인이 신발을 신고 달려 나왔다. 거칠게 나와 경계했지만, 따귀가 날라올 줄은 몰랐다. 설마 했던 박승관의 뇌는 반응할 수 없었다.

"이, 영감탱이가 죽을라고."

박승관이 달려들려는 찰나 주민들이 팔을 잡았다. 물론 영감탱이도 아들이 붙잡아 싸움이 일단락되었다.

"다시 한 번 때려봐! 폭행죄로 콩밥 먹을 줄 알아."

"이, 이놈이."

노인의 얼굴이 새빨개져 아들에게 끌려 들어갔다.

따귀는 맞았지만, 왠지 승리한 기분이었다. 아내도 소란을 듣고 내려왔는지 비상계단에서 1401호 남자와 같이 있었다. 박승관이 아내를 보자 창피한지 계단으로 올라가 버렸다.

"칫! 남편은 전쟁 중인데 태도가 저게 뭐야?"

사람들 하나둘 돌아가고 1401호 윤장우가 다가왔다.

"내 이런 말 하긴 그렇지만, 당신이 이럴수록 미리 씨가 낮에 호되게 당하고 있어요."

'미리 씨?'

박승관도 아내의 이름을 부르지 않은 지 오래됐다. 1401호 남자의 입에서 아내 이름이 나오니 뭔가 기분이 나빠 목소리가 거칠어졌다.

"그건 댁들이 상관할 일이 아니오."

"왜 아닙니까? 당신도 곧 일 나가야 하지 않나요? 우리 이웃도 마찬가집니다."

"이건 저 노친네들이 원인입니다. 날 가만두면 이러지 않는다고요."

남자는 한숨을 푹 내쉬었다. 옆에서 구경하던 여고생처럼 보이는 아이가 낀 팔짱을 풀고는 말했다.

"아빠, 이제 들어가."

1402호의 남자 이장우의 딸이었다.

"아무튼 이웃도 당신 아내도 좀 배려해 주십시오."

***

한번은 토요일 주말에 일하는 중이었다. 아내가 울먹이는 목소리로 전화가 왔다.

"나야. 애들 데리고 친정으로 갈게. 흐흑."

"왜? 무슨 일인데?"

"글쎄, 애들이 거실 창문에다 오줌을 쌌대. 아래층에서 창문을 열고 이불을 말리고 있었다는데 이불이 오줌으로 다 젖었다고 난리를 쳤어."

머리에서 전기가 튀는 느낌이 들었다.

"진짜 아이들이 오줌 쌌어?"

"몰라. 하지만 그 집 이불이 정말 젖어 있었고, 냄새도 오줌이 맞아."

"당신은 뭐하고 있었는데?"

"그게 뭐가 중요해? 더는 여기서 못 살아. 애들도 아랫집 노부부만 보면 벌벌 떤단 말이야."

"알겠어. 일단 친정으로 데리고 가 있어. 내가 알아서 할게."

박승관은 일이 손에 잡히지 않았다. 회사에서 조퇴하고 집으로 갔다. 분노에 얼마나 액셀을 밟았는지 평소 40분 거리를 25분 만에 주파했다. 하지만 곧 마음을 고쳐먹었다.

"침착하자. 화내면 지는 거야. 층간소음 전쟁에서는 위층인 우리가 유리하다고."

박승관은 차분하게 목욕한 후 식사를 했다. 소주가 생각났지만 혹시 싸움에서 경찰이 출동할 경우 불리하게 작용할 수 있으므로 마시지 않았다. 야구 시청을 마치자 밤 10시가 거의 다 되어 갔다.

"그럼 이제 시작해볼까?"

박승관은 거실로 나와 제자리뛰기를 시작했다. 특히 뒤꿈치를 세워 힘이 한 지점으로 전달되도록 했다. 5분도 안 되서 바닥에서 소리가 전달되어 왔다. 노인네들이 씩씩대며 나무 막대로 찌르는 모습이 상상됐다.

이번에는 찬장 깊숙이 넣어뒀던 마늘 찧는 절굿공이를 꺼내왔다. 박승관은 신이 나서 절굿공이로 바닥을 두들겼다.

"감히 아내에게 눈물이 나게 해? 올라오기만 해봐라."

아니나 다를까 밖에서 시끄러운 소리가 나기 시작하더니 초인종 소리가 났다. 박승관은 문을 열고 나갔다.

화가 난 노부부 뒤에 백수 아들을 달고 왔다. 인해전술로 나오시겠다? 누가 무서운 줄 알고? 화가 난 노인네들이 제각기 욕설을 시작했다.

"이런 미친놈이 드디어 실성했구나."

"영감 미친놈한테 미친놈이 나오는 것이 당연하지요."

아이들을 욕하는 것을 참을 수 없지만, 말려들면 안 된다.

주변 사람들을 끌어모아 증인을 만들어야 한다. 박승관은 아랫배에 힘을 주고 소리 질렀다.

"뭡니까? 왜 오밤중에 행패예요?"

할아버지가 한 발 앞으로 나왔다.

"방귀 뀐 놈이 성낸다고. 지금 집 안에서 뭐 했어?"

"뭘 하긴 뭘 해요? 야구 봤어요, 왜?"

할아버지도 부아가 치미는지 목소리를 높였다.

"이놈이 거짓말까지!"

1501호 문이 열리고 옆집 여자가 나왔다. 박승관은 목청을 더 크게 했다.

"당신 귀가 늙어 이상해졌나 보지. 야구 보는 것도 죄야?"

노인은 다가와 박승관의 멱살을 잡았다.

"이놈아, 분명히 뛰어다녔잖아!"

비상계단으로 사람들이 보였다.

"아니, 왜 또 그래요? 시끄러워서 살 수가 없어."

1402호 윤장우와 그의 여고생 딸이 올라오더니, 다음 엘리베이터가 열리고 휠체어를 탄 남자와 남고생도 같이 왔다. 1302호에 사는 남자와 아들이었다. 처음에는 많은 사람이 모였는데, 이제 근처 사람들 외에는 모두 방관자로 돌아섰다. 사람들의 얼굴에 짜증이 묻어 있었다. 사람들이 적었지만, 이제 이 사달의 책임을 아래층으로 돌려야 한다.

"난 집에서 운동을 안 하고, 지금은 야구 보고 있었다고요. 동네 사람들! 저도 미치겠습니다. 오늘은 애들도 없는데 이렇게 난리니 어떻게 살겠습니까?"

노인은 박승관의 멱살을 잡고 세게 흔들며 소리쳤다.

"이놈! 자식 놈은 거실 창문을 열고 오줌을 싸질 않나. 여러분 이놈 자식이 무슨 장애라고 합니다. 이놈들하고 이 아파트에 같이 살 수 없어요."

아들 장애를 들먹이자 열 받은 박승관은 멱살 잡은 손을 뿌리쳤다.

"뭐라고! 자식은 왜 들먹여, 미친놈아!"

"뭐? 미친놈?"

"그래 미친놈!"

노인보다 뒤의 노부인이 먼저 달려들었다. 순간 머리채를 잡혔고, 뒤이어 날아온 노인의 주먹을 맞았다. 이 노인네들이 노망이 났나. 사람들이 둘 사이에 끼어들었다. 노인네 힘이 얼마나 센지 머리 잡은 손을 놓지 않았다. 반격해야 하는데 사이에 있는 사람들과 잡힌 머리 때문에 옴짝달싹할 수 없었다. 누구의 것인지 알 수도 없는 손이 얼굴로 날아왔다.

"헉! 아이씨, 놓으라고! 나만 맞잖아, 씹할!"

얼마나 실랑이했을까. 사람들에 의해 장벽이 갈라졌고, 더 이상 싸움을 할 수 없었다.

"당신들 봤지? 나 저 사람들에게 폭행당했어. 당신들이 증인이야, 증인!"

주변 사람들은 저마다 호소했다. 제발 서로 조금만 참으라고 했다. 하지만 노부부는 사람들의 말을 듣지 않았다. 분이 가득한 얼굴로 비상계단을 내려가며 말했다.

"누가 이기나 보자."

박승관도 억지로 웃음을 짜냈다.

"하하하 꼴좋다. 눈에는 눈, 이에는 이로 갚아줄 테니 그리 아쇼."

얼굴이 긁히고 맞아서 욱신거렸지만, 한바탕 소란을 떨었더니 속이 시원했다. 며칠간은 조용했다. 아내에게 이제는 괜찮으니 돌아오라고 하니 조금 더 있겠다고 했다. 대신 아내만 아파트에 와서 빨래며 반찬을 해놓고 다시 돌아갔다.

승리를 자신한 그때 아래층 반격이 일어났다. 아침에 출근 준비를 하고 있는데 현관 밖이 소란스러웠다. 옆집 여자의 목소리였다.

"1502호 아저씨 나와봐요. 난리가 났어요. 아휴 이게 뭐람."

무슨 일인가 현관으로 가자 구린내가 코를 찔렀다. 박승관은 코를 막고 밖으로 나갔다. 분명 똥 냄새였다. 박승관 집 현관과 현관 앞 복도에 똥 천지였다.

"아휴, 나 미쳐. 우리 집까지 이게 뭐람."

오줌에 대한 복수를 똥으로 한 것이다. 박승관의 뒷골에서 뭔가 끊어지는 느낌을 받았다.

"이런 미친!"

박승관은 김치냉장고로 가서 작은 항아리를 들었다. 항아리 안에는 된장이 있었다.

아래층으로 내려간 박승관은 항아리를 1402호 현관에 던졌다. 항아리가 깨지는 소리는 어마어마했다. 물론 항아리 속의 된장 파편도 날아가 이곳저곳 덩어리를 이루었다. 박승관은 바닥의 가장 큰 된장 덩어리는 두 손으로 감싸 들었다.

"나와! 미친놈들아."

곧 안에서 노부부의 목소리가 들리더니 문이 열렸고, 노인의 화난 얼굴이 보였다. 박승관은 지체하지 않고 된장 든 손으로 노인의 얼굴을 힘껏 가격했다. 아래층 노인은 반응하지 못하고 된장을 얼굴로 받고는 제자리에 주저앉았다.

"미친 노친네야. 눈에는 눈, 이에는 이라고 했지?"

노인은 자신에게 무슨 일이 일어났는지 확인하는 듯 반응이 없었지만, 옆에서 보고 있던 노부인은 상황을 금방 파악했다. 할머니가 흰자위를 보이며 박승관에게 달려들었다.

"이 미친놈이 실성을 했나?"

고양이처럼 손톱을 세우며 달려든 할머니는 한 손으로 박승관의 머리채를 휘어잡더니, 나머지 손으로 얼굴과 목을 마구

할퀴었다. 지난번에는 할머니라 만만히 봤는데 힘이 장난이 아니었다. 바로 두 손목을 잡고 비틀어 머리에서 손을 떼어냈다. 그대로 할머니의 머리에 한 손으로 헤드락을 걸고 나머지 한 손으로 주변의 된장을 집어 얼굴에 처발랐다.

"어때, 할망구야! 똥이나 실컷 먹어라."

이제 상황을 파악한 할아버지가 달려들었다. 노인의 주먹이 얼굴을 강타해 충격이 있었지만 박승관의 혈관에도 아드레날린이 충분히 분출되고 있었다. 노파의 헤드락을 놓지 않은 채 나머지 손으로 영감의 멱살을 잡아끌어 헤드락을 걸었다. 양손으로 노인네들의 머리 하나씩을 감싸 쥐고 흔들었다. 왠지 웃음이 나왔다.

"킬킬킬 더 해보라고! 난 절대 지지 않아!"

그렇게 아웅다웅할 때, 눈에 핏발이 선 아들이 튀어나왔다. 평소 아래층 남자는 백수로 부모의 기에 눌려 사는지 항상 어깨가 축 처져 있고, 층간소음으로 싸울 때도 뒤에서 지켜만 봤었는데 오늘은 아니었다. 백수 아들의 손에는 번쩍이는 무언가가 들려 있었다. 부엌칼이었다. 박승관의 머릿속에서 빨간 경고등이 켜졌다. 노인들의 머리를 풀고는 두 노인을 백수 아들에게 밀쳐버렸다.

아들이 주춤하던 사이 계단을 뛰어올라 집으로 들어왔다. 박승관도 부엌으로 가서 식칼을 뽑아 들었다. 방어를 해야 한다! 가스레인지 위에 프라이팬이 있어 그것도 들고 나왔다. 백수가 안 보여 조심스럽게 아래층으로 내려갔다.

노부부가 바닥에 주저앉아 울고 있었고, 백수 아들은 보이지 않았다. 기세등등한 박승관은 식칼을 들고 노부부 앞으로 갔다. 식칼을 든 박승관을 본 노부부는 일어서 현관을 닫으려고 했지만, 박승관은 재빨리 프라이팬을 문 사이에 끼워 넣었다.

"어딨어? 그 백수 새끼 어딨어!"

"사람 살려!"

노인과 노부부가 현관 손잡이를 필사적으로 잡아당겼다. 겁먹은 노인들을 보자 박승관은 너무 재밌었다.

"킥킥킥 죽여버릴 거야!"

그때 뒤에서 굵은 남자 목소리가 들렸다.

"아들은 엘리베이터 타고 나갔어요."

박승관이 돌아보자 남자는 박승관의 칼 든 손을 비틀었다. 관절의 통증으로 식칼을 놓쳤다. 돌아보니 1401호 남자 윤장우였다.

"이러다 큰일 나겠어요."

"아, 아프다고. 이 손 놔."

"손 놓으면 그만두실 거죠?"

"아, 알겠어."

그제야 이웃 사람들이 눈에 들어왔다. 모두 두려움의 눈으로 박승관을 보고 있었다. 휠체어를 탄 남자와 그의 아들, 윤장우의 여고생 딸과 부인, 옆집 여자와 몇 층인지 알 수도 없는 얼굴들이 보였다. 오늘 아침의 소동이 컸는지 모두 나온 것이다.

"나, 난 죄가 없어. 노인들이 머, 먼저 시작한 거라고!"

박승관은 떨어진 식칼과 프라이팬을 들고 비상계단을 올랐다. 사람들은 괴물이라도 본 듯 멀리 피했다.

형사2

본청 형사과에서 수사관이 파견되어 남동서에 노부부 살인 사건 수사본부가 차려졌다. 황재혁과 김정훈은 1502호에 사는 박승관을 유력한 용의자로 보고 현장에서 긴급체포했다. 이웃의 증언을 종합해보면 박승관이 범인이었다. 박승관과 노부부는 위아래층 살면서 층간소음으로 많이 다퉜고, 사건이 일어난 아침에 박승관은 식칼까지 들고 설쳤다고 했다. 박승관의 몸에는 격투의 흔적처럼 손톱자국이 있었고, 노부인의 손톱 아래서 혈액과 조직 흔적도 검출되었다. 증거와 동기 모두 박승관이 범인이었지만, 박승관은 범행을 극구 부인했다.

첫 번째 회의에서 황재혁이 보고했다.

"오늘 5월 4일 새벽 5시경 장서동 카오스 아파트에서 새벽 순찰하던 경비원이 투신한 듯한 68세 여성 권은경을 발견하여 신고하였습니다. 권은경은 205동 1402호에 살고 있어 곧바로 올라가 봤더니 문이 잠겨 있었습니다. 여기서 특이한 것은 안전고리가 안에서 잠겨 있었다는 것입니다. 문을 부수고 안으로 들어가자 안방 침대 위에 피투성이 남성이 죽어 있었는데, 앞선 여성 변사자의 남편인 70세 오경일입니다. 몸에서 자상이 5개 발견되었습니다. 복부에 4개, 목에 1개인데, 침대 위에서 발견된 다량 출혈은 목을 찌를 때 경동맥이 끊어졌기 때문인 것으로 보입니다. 침대 밑에는 범행도구로 보이는 피 묻은 식칼이 발견되었고, 독일제 행켈 제품으로 새것이 아닌 사용감이 있는 칼이었습니다. 여성의 가슴에도 자상이 남아 있었습니다. 거실에도 다량의 혈흔과 시신을 끌고 간 듯한 흔적이 심하게 남아 있었습니다. 정확한 사망 원인은 부검 결과로 나오겠지만, 칼로 찔러 절명한 권은경을 베란다 창문으로 끌고 가 떨어뜨린 것으로 추측됩니다."

여기까지 보고했을 때 형사과장이 물었다.

"현장에서 긴급체포한 용의자는?"

"네, 바로 위층 1502호에 사는 박승관, 42세 남성입니다. 주변 사람들 말로는 평소 층간소음으로 사이가 좋지 않았다고 합니다. 사건이 있던 아침에도 층간소음 때문에 크게 싸우다가 박승관이 식칼을 들고 위협했다고 합니다."

"그럼 이대로 사건 끝난 거야?"

황재혁은 이마에서 땀을 훔치고 말을 이었다.

"하지만…… 박승관이 극구 부인하고 있고, 안전고리가 문 안쪽에서 잠겨 있었다는 점이 의문입니다."

황재혁의 말에 형사과장의 눈썹 사이가 찌푸려졌다.

"거실 창문은 열려 있었나?"

"그렇습니다."

"내 머릿속에는 상황이 그려지는데, 자네는 뭔가 안 떠오르나?"

황재혁도 이미 떠올렸던 정황이었다. 하지만 증명되기 전에 확신하긴 싫었기에 대답하지 않았다. 황재혁이 머뭇거리자 파트너인 김정훈이 손을 들고 대답했다.

"제가 대신 말씀드리겠습니다. 박승관은 층간소음에 대한 원한으로 깊은 밤 1402호에 침입해 두 사람을 죽였습니다. 밀실로 꾸미기 위해 안전고리를 걸고 창문을 통해 1502호로 올라갔습니다. 창문을 열어 두려고 여성을 밀어 떨어뜨린 것입니다. 수사에 혼란을 주려는 의도입니다."

"…… 다음 팀 보고해."

이어서 과학수사팀이 가장 유력한 용의자인 박승관의 집에서는 혈흔을 식별하는 루미놀 반응이 없었다고 보고했다.

"황 경사는 아직도 걸리는 게 있나?"

"일단 풀리지 않은 점이 두 가지가 있습니다. 첫째로 일반 사람이 14층 창문을 통해 15층으로 올라갈 수 있냐는 것이고,

둘째로 1502호에선 혈흔이 발견되지 않았다는 사실입니다. 분명히 그 정도 출혈이라면 아무리 씻어내더라도 혈흔이 발견돼야 할 겁니다."

형사과장은 다시 표정을 찌푸리며 고개를 끄덕였다.

"그럼 자네가 생각하는 다른 용의자가 있긴 있어?"

"노부부의 아들이 있는데, 사건 당일 PC방에 있었다고 합니다. PC방 CCTV 기록과 직원 증언 확인 중입니다."

"아파트 CCTV는? 출입 영상 있을 거 아냐?"

"카오스 아파트에는 205동 입구와 엘리베이터에 CCTV가 있습니다. 아들은 나가는 장면만 포착되고 들어오는 모습은 없었습니다. CCTV 기록에 용의자로 추정되는 추가 인물은 없었습니다."

"헬멧 쓴 배달 라이더도 없었어? 또 다른 용의자는?"

"사건 발생 시간 전후 특별히 거동수상자 출입은 없었습니다. 이웃 말로는 박승관의 부인 김미리도 피해자들에게 원한이 많을 거라고 합니다. 그런데 김미리는 사건 전에 아이들과 함께 친정집에 갔습니다."

모든 보고가 끝나자 형사과장은 손바닥으로 책상을 쾅 치며 일어섰다.

"주변인 탐문해서 알리바이 조사하고, 내일 오후 회의까지 용의자 확정해와!"

***

노부부의 아들은 용의자에서 쉽게 배제할 수 있었다. 아들을 조사하러 나간 팀에서 PC방 CCTV 기록과 직원 증언을 확인했다.

황재혁과 김정훈은 카오스 아파트로 갔다. 현장을 다시 둘러보고 이웃의 증언도 확보하기 위해서였다. 현재로선 박승관이 유력한 용의자지만, 이웃 중에 진범이 있을지도 모른다.

사건 현장인 1402호로 먼저 들어갔다. 김정훈은 소방관과 함께 처음 현장으로 들어올 때 부순 안전고리를 유심히 살폈고, 황재혁은 베란다에서 몸을 내밀고 위를 올려다보았다. 아무리 강심장이라고 해도 14층에서 위층으로 올라가는 건 불가능해 보였다. 난간에 매달릴 수는 있어도 손으로 붙잡거나 발 디딜 곳이 없어 문제였다. 목을 돌려 아래쪽을 봤다. 13층으로 내려가는 것은 근력을 덜 사용해 15층으로 올라가는 것보다는 그나마 쉽겠지만, 마찬가지로 위험하다. 고개를 돌려 옆집을 보았다. 창문으로 나간다면 옆으로 넘어가기가 가장 쉬워 보였다.

"선배님, 아무래도 베란다를 통해 위로 올라가는 건 힘들겠죠?"

"무슨 소릴 하고 싶은 거야?"

"추리소설에서 보면 낚싯줄 같은 것으로 안전고리를 걸던데요."

"야, 넌 지금 박승관을 범인으로 보니까 그런 거잖아."

"하지만 또 다른 용의자인 피해자 아들 알리바이도 나왔는데, 박승관의 범행 방법을 찾는 게 좋지 않겠습니까?"

"신참이라 발상은 좋지만, 가정을 맹신하는 건 아주 위험해. 그리고 수사는 범인을 잡는 과정이 아니라 용의자를 배제하는 과정이다."

"배제하는 과정이요?"

"그래. 주변인을 하나둘 배제하다 보면 남는 사람이 범인이 되겠지."

"배제하는 것이라…… 왠지 멋있네요."

"이놈아! 수사를 멋으로 하냐?"

김정훈이 머리를 긁으며 배시시 웃었다.

"이번 사건에서 가장 중요한 점은 다량의 혈흔과 흉기로 사용된 식칼이야."

"그렇죠. 범인도 몸에 피가 많이 묻었을 테니까요. 식칼도 특정 메이커고요."

"잘 들어. 지금부터 주변 가정을 방문할 거야. 이야기를 하다가 넌 화장실에 간다고 해."

김정훈이 손가락을 딱 하고 튕겼다.

"화장실에서 혈흔을 찾아보라는 거죠?"

"그래. 혈흔은 완벽히 닦아내기 힘들어. 자기 몸을 닦거나 옷을 빨아도 흔적이 남을 가능성이 높지."

"알겠습니다. 눈에 불을 켜고 찾겠습니다."

"먼저 옆집인 1401호로 가보자."

황재혁과 김정훈은 사건 현장인 1402호에서 나와 1401호 벨을 눌렀다. 잠시 후 여고생인 듯한 아이의 목소리가 들렸다.

"누구세요?"

김정훈이 카메라에 이를 보이며 웃었다.

"아저씨들은 형사야. 옆집 사건을 조사하고 있는데."

"아…… 그런데요?"

"집에 어른 안 계시니?"

대답이 없더니 잠시 후 문이 열리고는 남자가 나왔다. 황재혁 경사는 1401호 거주자 이름과 나이를 떠올렸다. 윤장우, 나이 42세, 남성. 황재혁이 눈으로 안을 둘러보니 남자의 딸로 보이는 여학생이 거실에서 내다보고 있었다.

"사건 때문에 오셨다고요? 지난번에 다 말씀드렸는데요."

"네, 더 이야기를 나누고 싶어서요. 잠깐 들어가서 이야기할 수 있을까요?"

윤장우는 마지못해 문을 열었다. 형사들이 안으로 들어가자 여고생 딸은 자기 방으로 들어가 문을 탁 하고 닫았다.

"커피 드시겠어요?"

"감사합니다."

커피가 나오고, 황재혁은 이야기를 시작했다.

"층간소음 때문에 많이 싸웠다고 하는데, 그 이야기를 듣고 싶습니다."

윤장우가 말해준 박승관과 노부부의 엽기적 층간소음 전쟁은 조사된 바와 다르지 않았다. 낮이고 밤이고 가리지 않는 고성, 나중에 똥과 칼까지 등장하는 것도 일치했다. 다만 윤장우의 진술에서는 다른 이웃의 증언에는 없는 내용이 있다. 박승관이 없을 때 부인인 김미리가 노부부에게 당한 이야기였다. 이 정황은 김미리가 박승관에게는 말하지 않았고, 다른 이웃도 모르며, 윤장우만 알고 있는 게 특징이다.

"그렇게 시끄럽다면 경찰의 도움을 받지, 왜 신고하지 않으셨습니까?"

"처음에는 신고했죠. 하지만 층간소음 싸움이라는 게 경찰이 와서 해결해주는 것도 아니고, 그 상황을 멈출 뿐 도움이 안 되잖아요. 여기 사람들도 하나둘 눈을 닫고 귀를 닫은 겁니다."

"박승관 씨 말로는 창문을 막대기로 치고 똥도 뿌리고 했다는데 사실입니까?"

"사실이에요. 똥에, 된장에, 더러워 죽는 줄 알았어요."

그때 김정훈이 끼어들었다.

"똥 얘기하니까 갑자기 배가 아프네요. 화장실 좀 쓸 수 있을까요?"

윤장우는 얼굴이 일그러졌지만, 손가락을 들어 문을 가리켰다.

"깨끗이 부탁드립니다."

김정훈이 화장실에 가자 황재혁은 다시 물었다.

"그랬다면 이 집은 바로 옆집이라 더 시끄러웠겠어요."

"그렇죠. 화가 났습니다. 하지만 참았어요. 막판에는 모두 미친 사람 같았어요. 괜히 끼어들어 피해를 볼까 싶어 피했던 것도 있습니다. 우리 집엔 고등학생 딸도 있고요."

윤장우는 아까 딸이 들어갔던 문을 바라봤다.

"또 1502호 김미리 씨가 불쌍하기도 했어요. 남편이 없을 때 노부부에게 그냥 당하고만 있었거든요. 두 집에서 정상인 사람은 김미리 씨밖에 없었거든요."

"그렇군요. 윤장우 씨 부인은 언제 들어오십니까?"

"아내는 퇴근하면 저녁 7시쯤 들어옵니다."

그때 김정훈이 화장실에서 나오며 말했다.

"분명히 배가 아팠는데, 변기에 앉으니 안 나오네요."

김정훈은 고개를 살짝 저어서 혈흔이 없다는 것을 알렸다. 조금 더 이야기하다가 황재혁은 김정훈의 어깨를 잡으며 의자에서 일어섰다. 미리 약속된 행동으로 마지막 알리바이를 묻고 마무리하라는 뜻이었다. 김정훈은 고개를 끄덕이고는 윤장우에게 물었다.

"윤장우 씨는 어젯밤에 뭘 하셨죠?"

황재혁은 베란다 창문을 열어 난간과 고개를 내밀어 1502

호 쪽을 바라봤다. 윤장우는 대답 없이 황재혁을 시선으로 따라갔다.

"설마 저의 알리바이를 묻는 건가요?"

"아뇨, 통상적인 질문입니다."

김정훈은 미소를 지으며 매뉴얼대로 대답했다.

"저녁에 퇴근해서 집에 있었겠죠."

"그럼 새벽쯤에 무슨 소리 못 들었나요?"

"못 들었어요. 이제 웬만한 소리에는 관심을 끄고 살거든요."

황재혁이 식탁으로 다가왔다.

"부인과 딸도 집에 있었겠죠?"

"그렇습니다."

황재혁은 식탁을 지나쳐 부엌으로 갔다. 칼이 여러 종류가 있었지만 헹켈 제품은 보이지 않았다. 그때 딸이 들어갔던 방문이 벌컥 하고 열렸다. 딸은 문에 가까이 서서 이야기를 모두 듣던 것 같았다.

"거짓말! 아빠 출장 갔다면서!"

윤장우의 얼굴이 카멜레온처럼 변했다. 살구색에서 빨간색으로 그리고 빨간색에서 검은색으로.

"혀, 형사님들 오, 옥상으로 가서 이야기하시죠."

1401호 윤장우

옆집 노부부의 예민함은 도가 지나쳤다. 끊임없는 민원과 괴롭힘으로 1502호가 드디어 포기했다. 윤장우가 출근하는데, 포장이사 업체가 와서 위층의 이삿짐을 나르고 있었다. 멀리서 노부부가 위층이 이사하는 걸 보며 미소 짓는 모습을 보고 경악했다. 노부부는 자신의 승리를 기뻐하는 걸까? 윤장우는 고개를 내저으며 자동차에 시동을 걸었다.

저녁 퇴근 후 집에 돌아왔는데, 문득 아파트 복도에서 말소리가 들렸다. 현관으로 다가가 귀를 기울이니 옆집 노인과 한 남자가 이야기하는 소리가 들렸다. 새로 인사 온 1502호 남자인 것 같았다. 노인은 또다시 공격할 사람들을 찾았는지 첫인사부터 까칠하게 나왔다. 이윽고 문이 닫히고, 경고라도 해줄 요량으로 윤장우는 현관을 열었다.

"노인네들이 귀가 너무 밝아서 탈이에요."

남자는 돌아 윤장우를 보았다.

"여기 1401호에 사는 윤장우입니다."

"네, 오늘 1502호에 이사 온 박승관입니다."

윤장우는 1502호 전 주인과 노인들의 층간소음 갈등을 이야기하고, 조금씩 양보하고 살자고 이야기해주었다. 남자는 이야기를 들으면서도 눈동자의 크기가 점점 작아졌다. 눈매가 날카로운 것이 만만치 않아 보였다. 더 큰 충돌로 피해를 받지 않길 바랄 뿐이었다.

윤장우의 기대와는 다르게 층간소음 다툼은 금방 시작되었다. 새벽에 시끄러운 소리가 들려 15층에 올라가 보니 노부부와 박승관이 다투고 있었다. 1501호의 부인도 나오고 휠체어를 타고 1302호 남자도 올라왔다. 이 남자의 이름은 민봉기로 나이는 윤장우보다 많았고, 자신의 딸과 같은 고등학교에 다니는 아들이 있었다. 민봉기가 휠체어를 끌고 윤장우 옆으로 왔다.

"또 시작인 겁니까?"

"그런가 봐요. 하지만 저 박승관이란 남자는 지난번 주인과는 다르네요."

박승관이 노인에게 삿대질하며 목소리를 높였다.

"그렇군요. 층간소음 싸움 시작도 빠르고, 전보다 더 세게 나갈 것 같네요."

"어때요? 아래층에서도 시끄럽죠?"

"뭐, 옆집만큼은 아니겠지만요."

목소리 높이는 박승관의 뒤로 두 아들을 양쪽으로 끼고 있는 아내가 보였다. 눈에는 눈물이 맺혀 있었다. 하얀 볼에 또르르 흘러내리는 눈물에서 여인의 슬픔이 전해지는 것 같았다. 그 모습을 멍하니 바라보다가 민봉기의 말에 정신이 돌아왔다.

"딸과는 대화를 합니까?"

"네?"

"우리 아들은 고등학교에 올라가더니 전혀 말이 없어서 말이에요."

"뭐, 우리 딸도 마찬가지예요. 전 출근하러 가보겠습니다."

윤장우는 1502호 부인의 얼굴을 한 번 더 보고는 비상계단을 내려왔다.

그러던 어느 날 퇴근하며 돌아왔을 때, 위층에서 노부부의 까칠한 목소리와 아이들이 울음소리가 들렸다. 윤장우는 비상계단을 단숨에 올라가니 노부부가 아이들에게 언성을 높이고 있었다. 아이들은 울고 있고, 박승관의 아내는 홀로 아이들을 안고는 노부부의 화를 받아내고 있었다. 노부부는 분명히 자신들의 화를 받아내는 모습을 보고 쾌감을 느끼는 것이다.

"지금 뭐 하십니까? 아이들이 무슨 죄라고 이래요?"

노부부가 돌아보았다.

"1401호는 상관 마!"

"제발 어른들 싸움에 죄 없는 아이들을 끌어들이지 마세요."

"저놈들 때문에 시끄러운데 왜 죄가 없어?"

"내려가세요. 이건 아동 학대예요. 어르신들 뉴스도 안 보세요?"

노인들도 요즘 이슈가 되는 아동 학대 뉴스를 보는지 노부인이 노인의 팔을 끌어당겼다.

"아무튼 조용히 좀 살자고."

노부부가 엘리베이터를 타고, 내려가자 부인은 눈물을 훔치며 고개를 숙였다.

"감사합니다. 다들 저희 때문에 피해를 보실 텐데 뭐라 말씀드릴지……, 흑."

부인은 울분이 터져 나오는지 눈물을 흘렸다. 윤장우는 손수건을 꺼냈다.

"일단 여기서 이럴 것이 아니라 집으로 들어가시죠. 애들도 놀랐을 테니까요."

윤장우는 1502호에 따라 들어갔다. 부인의 이름은 김미리, 감사의 표현으로 커피를 내려주었다. 핸드드립으로 내려준 커피는 향이 깊었다. 커피를 마시며 김미리의 말을 들어주었다. 김미리는 가슴속에 울분이 많이 쌓여 있었다. 어렵게 내 집을 마련해 기쁜 마음에 이사왔지만 층간소음 다툼으로 부부 사이가 멀어졌고, 심지어 둘째가 ADHD 판정을 받아 말로는 통제가 어렵다는 것이었다. 그렇게 가슴 속 울분을 토해내자 시원해졌는지 김미리는 마지막에 미소를 지었다.

"어머, 제가 무슨 말을 한 거죠? 하지만 덕분에 답답함이 풀렸어요."

눈물에 젖은 볼과 미소가 아름다웠다. 다른 여자가 아름답게 보이다니 윤장우는 안 되겠다 싶어 자리에서 일어났다.

"커피 잘 마셨습니다."

"감사해요."

윤장우는 죄지은 것도 아닌데 주변을 둘러보며 집으로 내려왔다. 그렇게 시작한 커피타임이 주기적으로 변했다. 자신의 아내와 김미리의 남편 박승관은 퇴근 시간이 늦었다. 가끔 하는 1시간의 커피 타임이 너무 기다려졌다. 그렇게 층간소음 전쟁과 커피타임이 길어질수록 윤장우는 김미리에게 점점 끌렸다.

"아이들이 학교 가는 낮에 오실 수 있으면 점심이라도 차려드릴 텐데요."

윤장우는 아내 몰래 회사에 연차를 냈다. 출근한다면서 나갔다가 1502호로 갔다. 자신의 아내도 딸도 김미리의 남편과 아이들도 없는 시간이었다. 김미리는 정성껏 식사를 차려주었다. 와인도 있었다. 윤장우는 강아지처럼 약한 김미리를 사랑하게 됐고, 김미리는 다정하게 자신의 이야기를 들어주는 윤장우를 사랑하게 된 것이다. 술이 들어가니 감정이 흔들리고, 둘은 넘지 말아야 할 선을 넘게 되고 말았다.

윤장우는 기회만 있으면 회사에서 조퇴하고, 김미리를 찾았다. 핸드드립 커피를 마시고, 사랑을 나눴다. 김미리도 거짓말로 아이들을 친정에 맡기고 둘이 여행도 떠났다. 김미리도 카오스 아파트에서 떠나면 행복해했다.

하지만 이런 행복은 잠시일 뿐, 카오스 아파트로 돌아오면 괴팍한 노부부와 폭력적으로 변한 남편이 있었다. 윤장우도 싸움에 적극적으로 끼어들어 자신의 일처럼 도우고, 해결책을 찾아봤지만 층간소음 다툼은 점차 전쟁 수준으로 변했다. 박승관도 노부부도 점차 미쳐가고 있었다.

김미리는 참다못해 카오스 아파트를 떠났다. 친정으로 간 것이다. 물론 윤장우에게는 그 편이 더 좋았다. 김미리를 만나는 것이 수월했기 때문이었다.

어느 날 윤장우는 집에 출장을 간다며 거짓말하고 김미리와 1박 2일 여행을 떠났다. 하필 그날 카오스 아파트의 전쟁이 마침표를 찍었다. 모든 끝이 그렇듯 죽음이 카오스 아파트의 층간소음 전쟁을 끝냈다.

형사3

“그렇게 된 겁니다. 아무리 살인사건이 일어났다 한들 누가 나 바람났다고 진실을 말하겠어요.”

황재혁과 김정훈은 1401호 남자 윤장우를 의심했다. 일단 윤장우는 살인이 일어난 날 밤에 집에 있었다고 거짓말을 한 것이나, 윤장우의 말이 사실이라면 살인의 동기가 될 수 있다. 층간소음으로 괴로워하는 윤미리를 위하여 합작 또는 단독으로 범행을 저지를 수 있을 것이기 때문이다.

“형사님들, 왜 그런 눈으로 쳐다보세요? 전 결백해요.”

결백이란 단어는 살인에 대한 것이지만, 바람피운 남자의 입에서 나오는 건 듣기 거북했다.

“조사해 보면 알겠지요.”

황재혁은 즉각 김미리를 조사하러 간 팀에 전화해 증언을 확보하고, 알리바이를 확인하라고 했다.

윤장우는 자신만만했다. 근교 ××모텔에 가면 자신들의 알리바이를 확인할 수 있을 거라고 했다.

"이 일은 제발 비밀로 해주십시오."

"사건과 관련이 없으면 특별히 이야기하지 않을 겁니다."

"휴, 감사합니다."

그렇게 이야기가 끝나갈 때, 옥상으로 들어오는 철문이 열리더니 교복 입은 남학생이 하나 들어왔다. 남학생은 형사들과 윤장우를 보더니 놀라 다시 돌아 내려갔다. 황재혁이 윤장우에게 물었다.

"아는 아입니까?"

"네, 1302호에 사는 고등학생입니다. 우리 딸이랑 같은 학교예요."

김정훈이 자신의 스마트폰으로 사건 개요를 들여다보며 말했다.

"1302호라면 사건이 일어난 집 아래층이네요. 거기는 민봉기 씨 집입니다. 아버지와 아들이 살고 있다네요."

"윤장우 씨는 이제 내려가 보세요. 다른 팀에서 알리바이가 확인되면 더는 찾는 일이 없을 겁니다."

"저는 결백해요. 아무튼 아내와 딸에게는 말조심 부탁드립니다."

윤장우가 비상계단을 통하는 문으로 나가자 황재혁은 김정훈을 돌아봤다.

"이놈아! 화장실 가라 했다고 처음 보는 사람 집에서 똥을 누러 간다고 하냐! 더군다나 여고생도 있는 집에서 말이얏!"

"아이, 그런 것도 배려해야 해요? 수사는 정말 어렵네요."

"이건 기본 에티켓이라고!"

김정훈이 기가 죽어 고개를 푹 숙였다.

"자, 어서 옥상을 수색해 보자. 옥상이 이렇게 열려 있는 줄 몰랐네. 여기에 피 묻은 옷가지를 숨겼을 수도 있으니 말이야."

옥상을 뒤져도 특별한 것이 없었다. 엘리베이터 도르래가 있는 건물 뒤에 담배꽁초가 많이 버려져 있었던 것을 빼고 말이다.

"팀장님, 여기 담배와 라이터가 숨겨져 있어요."

"아까 그 고등학생 것이겠군. 미성년자니 여기서 숨어서 담배를 피울 거야."

"그럴 수도 있겠네요."

"이제 1302호로 가보자고."

"그 집에 사는 민봉기는 휠체어를 타는 장애인인데 범행을 저지를 수 있을까요?"

"쯧쯧, 도대체 언제 수사과 형사가 될 거야? 그런 추측과 귀찮음으로 수사에서 배제해서는 안 돼! 그리고 저 담배가 고딩 것이라면 뭔가 본 것 없는지 물어도 보자고."

두 형사는 옥상에서 내려와 1302호로 왔다. 벨을 누르자 이어서 문이 열리고 아까 봤던 고등학생이 나왔다. 고등학생 뒤에 휠체어를 탄 민봉기가 있었다. 황재혁은 어깨 넘어 민봉기를 보며 말했다.

"윗집 사건 때문에 조사차 왔습니다."

민봉기는 주뼛거리는 아들에게 말했다.

"넌 네 방에 들어가라."

아들은 대답도 없이 자신의 방으로 들어가 버렸다. 그런 아들의 뒷모습을 한참이나 바라보더니 고개를 돌려 말했다.

"들어오세요."

민봉기는 휠체어 바퀴를 돌려 거실로 갔다. 바퀴를 돌리는 팔뚝에서 혈관이 커다랗게 부풀어 있었다. 민봉기는 상체 근육이 발달해 있었는데, 휠체어 생활을 하니 어쩌면 당연할지 몰랐다.

"식탁 의자에 앉으시고요. 죄송하지만 냉장고에 캔커피와 물이 있으니 알아서 골라 드시죠."

"괜찮습니다. 1401호에서 마시고 왔거든요."

두 형사가 식탁 의자에 앉자 휠체어를 움직여 맞은편으로 오더니 팔의 힘으로만 식탁과 의자를 잡고는 몸을 옮겼다. 민봉기는 무릎 아래가 없었다. 황재혁이 다리를 보고 있는 것을 눈치챈 민봉기가 이야기를 꺼냈다.

"5년 전 자동차 사고를 당했어요. 충돌하면서 밀려난 엔진에 다리가 끼었죠. 저는 이렇게라도 살아났지만 아내는 천국으로 가버렸습니다."

"빤히 쳐다봐서 죄송합니다. 직업이 형사다 보니 주변을 관찰하게 되네요."

민봉기는 손을 흔들었다.

"괜찮습니다."

"실례지만 다치시기 전에는 어떤 일을 하셨는지요? 몸이 좋으시네요."

"그냥 회사에 다녔어요. 휠체어 생활을 하려면 상체 힘이 많이 필요해서 틈틈이 운동을 하고 있습니다."

황재혁은 거실을 둘러보며 말했다.

"오래된 아파트라 방음이 잘 안 될 텐데 층간소음 다툼 때문에 시끄러웠겠어요."

"바로 아래층이라 괴로웠습니다. 하지만 층간소음 다툼이 너무 심해서 저뿐만 아니라 이 동에 사는 사람들 전체가 괴로웠지요."

그때 김정훈이 끼어들었다.

"죄송하지만 하루 종일 소변을 보지 못해서 그런데 화장실 좀 쓸 수 있을까요?"

민봉기는 손가락으로 저쪽 문을 가리켰다.

"저깁니다."

김정훈이 화장실로 들어가자 민봉기는 불안한 눈빛으로 화장실 문을 바라보았다.

"민봉기 씨?"

"아, 네, 넵?"

"외람된 질문인데 혹시 휠체어 없이 서실 수 있나요?"

"아, 네. 잠시라면요. 그런데 왜 그런 질문을 하시죠?"

"별거 아닙니다. 언제가 보조기를 양쪽에 차고 달리는 육상 선수를 본 것 같아서요."

"그 사람은 무릎 관절이 있고요. 저의 경우는 무릎 위를 절단해서 그런 보조기는 할 수 없어요. 가격도 만만치 않아 그냥 휠체어를 선택했어요."

김정훈이 나오자 민봉기는 날카로운 눈으로 김정훈을 따랐다. 황재혁은 김정훈의 어깨를 누르고 일어섰다. 김정훈은 고개를 끄덕이고는 실실거리며 물었다.

"뭐, 통상하는 질문이니 괘념치 마시고요. 어젯밤에는 집에 있으셨겠죠?"

"당연하지요. 형사님이라면 이 다리를 하고 밤에 나다니겠어요?"

황재혁은 베란다로 가서 창문을 열고 위를 보았다. 민봉기의 시선은 황재혁을 끈질기게 따라다녔다.

"형사님. 범인은 1502호 남자 아니에요? 왜 우리 집 베란다를 보고 그럽니까?"

황재혁이 베란다 창문을 닫고 돌자 거실 한쪽 구석의 낚시가방이 보였다. 아까 김정훈이 말한 추리소설이 생각났다. 여기서 낚싯줄로 안전고리를 잠글 수 있을까?

"낚시 좋아하시나 봐요?"

"다치기 전에 좋아했죠. 이제 가끔 해보려고 꺼냈어요."

"아드님은 어제 몇 시에 들어왔나요?"

"저녁에 들어왔어요."

"잠시 불러 주실 수 있나요? 물어볼 것이 있습니다."

민봉기의 얼굴이 단단하게 굳었다.

"미성년자에게 살인사건을 묻는 것은 아버지로서 거부하고 싶군요."

뭔가 있다. 황재혁은 형사 밥을 먹는 동안 항상 구린 것이 있는 놈들이 영장과 법을 들먹인다는 것을 알고 있었다. 거리낄 게 없다면 당당했다.

황재혁은 매서운 눈으로 바라보는 민봉기를 지나쳐 부엌으로 갔다. 남자 둘이 살지만 깔끔하게 하고 살고 있었다. 칼은 보이지 않았다. 아마 싱크대 속에 칼집이 있을 것이다.

"그렇군요. 배려가 부족했습니다. 마지막으로 칼 좀 보여주세요. 싱크대를 열어봐도 되겠죠?"

황재혁의 말에 갑자기 민봉기는 껄껄 웃기 시작했다.

"우리나라 형사들 대단하네요. 열어보세요."

황재혁이 싱크대를 열자 여러 개의 칼을 꽂아 놓은 칼집이 보였다. 모두 헹켈 제품이었고, 한 자리가 비어 있었다.

"민봉기 씨 범행 현장 침대 밑에서 헹켈 부엌칼이 발견되었어요. 아마 자리가 여긴 것 같은데요?"

민봉기는 모든 것을 포기한 듯 몸이 푹하고 가라앉았다.

"침대 밑에 있었군요……. 어쩐지 찾아도 없었는데."

"민봉기 씨 지금 범행을 인정하시는 겁니까?"

"먼저 아들을 친척 집으로 보내고 싶네요."

1302호 민봉기

민봉기는 카오스 아파트로 이사 온 후 문제가 있었다. 오래된 아파트라 그런지 경사로가 없고 계단뿐이었다. 민봉기는 관리사무소에 민원을 제기했고, 곧 경사로를 만들어 주었다.

하지만 주변 사람들의 시선이 좋지 않았다. 특히 위층의 노부부는 노골적으로 적의를 들어냈다. 아들과 외출 후 돌아올 때 노부부를 엘리베이터에서 만났을 때였다.

노인이 혼잣말로 툴툴거렸다. 엘리베이터를 같이 탔을 때부터 미세한 알코올 냄새가 전해졌다.

"혼자 엘리베이터를 전세냈군그래."

민봉기는 노인을 올려다 보았다.

"지금 저 들으라고 한 소립니까?"

"그래. 휠체어가 엘리베이터를 반을 차지해서 우리는 이렇게 구석에 몰려 있잖아."

옛날 아파트라 엘리베이터가 넓지 않은 건 사실이었다.

"배려 좀 해주십시오."

"배려는 무슨? 요즘 장애인 인권이다 뭐다 하는데 지들 때문에 다른 사람 불편한 것은 왜 생각 안 해!"

노인의 입에서는 술 냄새와 독설이 마구 쏟아져 나왔다.

"당신도 노인으로 배려받고, 대우받잖아요!"

"난 세금을 낸다고, 세금 도둑인 너와 같아?"

민봉기는 화가 났지만, 아들 경호도 있어 참았다. 노인이 몇 마디 더 하자 엘리베이터는 13층에 도착했다. 휠체어를 밀고 나가는데 노부인의 목소리가 뒤통수에 와서 박혔다.

"저놈 때문에 아파트 가격이 오르지도 않잖아요."

장애인이 되고 설움을 많이 받았지만, 이렇게 노골적인 경우는 처음이었다. 아들은 아무 말 없이 집으로 들어와 문을 쾅 닫고 자신의 방으로 들어가 버렸다. 고등학교에 올라오고 나서 사춘기가 왔는지 아빠와는 통 말을 하려고 하지 않았다. 아들도 장애인 아비가 창피한 것이다. 주변의 곱지 않은 시선이 커질수록 아들과의 사이도 점점 멀어졌다.

베란다 창문에서 경호가 하교하는 것을 보았다. 엘리베이터가 꼬였어도 들어 올 시간이 되었는데 아들은 오지 않았다. 30분 뒤에야 들어온 아들의 몸에서는 담배 냄새가 났다.

민봉기는 무슨 말을 해야 할지 몰랐다. 자신도 모르게 목소리가 거칠게 나갔다.

"이 새끼 뭐하고 들어왔어?"

아들은 고개를 빳빳이 들었다.

"아이씨 왜 그러는 거야?"

평소에 대들었던 적이 없던 아들이 변했다. 민봉기는 휠체어를 밀어 아들에게 다가간 후 무릎으로 몸을 세우고는 따귀를 날렸다. 상체 힘은 강해서인지 따귀를 맞은 아들은 뒤로 밀려나 쓰러졌다. 그리고 민봉기도 바닥으로 무너져 내렸다.

아들은 벌떡 일어나 문을 박차고 나갔으나 민봉기는 엎드려 허우적거릴 뿐 아들을 막을 수 없었다.

"경호야!"

이 몸으로는 혼낼 수도 없다. 권위가 없으니 아들은 아버지를 외면할 것이다. 한편으로 아들의 마음도 이해가 갔다. 휠체어에 앉아 온갖 생각을 했다. 장애인이 되고서 받아들이지 못하고 손목을 그은 적이 있었다. 그때 더 강한 마음을 가졌어야 했을까? 밤 12시가 지날 즈음 현관 비밀번호 누르는 소리가 났다. 불 꺼진 거실의 아버지를 보고 아들은 움찔했다.

"밥은 식탁에 차려놨다. 귀찮으면 라면이라도 끓여 먹어라."

민봉기는 휠체어를 밀어 자신의 방으로 들어와 문을 닫았다. 다행히 가스 불이 켜지는 소리가 들렸다. 민봉기는 아들이 그저 지금보다 더 엇나가지 않길 기도할 뿐이었다.

윗집 노인들은 습관적으로 층간소음으로 문제를 일으켰다. 자신의 존재를 그렇게 입증이라도 하듯 안하무인처럼 행동했다.

주말 오후 밖에서 고성이 들렸다. 노인들의 목소리와 아이들의 울음소리였다. 아이들의 울음소리가 심상치 않아 실외용 휠체어를 타고 나가려 하자 웬일로 아들이 뒤를 밀어주었다. 엘리베이터를 타고 15층에 가서 내리자 노부부가 15층 부인과 아이들에게 고래고래 소리를 지르고 있었다.

"아들이 무슨 AD 어쩌고 장애면 층간소음을 일으켜도 되는 거야?"

아이들 어머니는 무릎을 꿇고 울부짖었다.

"제발 이해 좀 해주세요. 도대체 소리가 얼마나 들린다는 거예요."

노부인은 이를 악물고 소리쳤다.

"니가 당해 봐! 쿵쿵대는 소리가 머릿속을 헤집고 다닌다 곳!"

"제가 이렇게 빌잖아요."

어머니가 울자 두 아들도 팔에 매달려 울었다. 노부부를 괴물 보듯 두려워하고 있었다.

"아무튼 이사 가! 우린 도저히 같이 못 살아!"

아이들과 우는 어머니에게 막 대하는 노부부를 보자 민봉기의 화가 머리까지 치밀어 올랐다.

"뭡니까? 말이 심하잖아요!"

노부부가 뒤를 돌아봤다.

"뭐야! 아주 장애인들이 쌍으로 노는구만."

"그러게요, 영감. 우리는 무슨 죄가 있어서 위아랫집이 모두 장애인이냔 말이에요."

"장애인이 싫으면 당신들이 이사 가요!"

"우리가 왜 가? 너희가 나가야지! 다른 집들도 모두 너희가 나가는 것을 원한다고!"

민봉기는 휠체어를 노인들 앞으로 옮기고 허리를 꼿꼿이 세웠다.

"장애인도 거주할 권리, 이동할 권리가 있어. 당신들처럼 무식한 사람들이 짓밟을 수 있는 게 아니라고!"

"이런 미친놈이."

노인은 민봉기의 가슴을 세게 밀쳤다. 몸을 세워 무게중심이 높은 탓에 휠체어가 뒤로 넘어가고 말았다.

"이런 씹할!"

그때 민봉기의 눈에 들어온 것은 아들의 폭발이었다. 폭력을 사용하면 모든 것이 끝난다.

"안 돼! 민경호!"

다행히 아들의 주먹은 노인의 얼굴 앞에서 멈췄다.

"누가 무식한 줄 모르겠네. 너는 아들놈한테 노인 때려도 된다고 가르쳤냐?"

아들은 눈에서 흐르는 눈물을 훔치며 비상계단을 뛰어 내려갔다. 그때 처음으로 노인들을 죽여 버리고 싶었다. 그냥 두면 자신뿐만 아니라 아들이 먼저 미쳐버릴 것이다.

민봉기는 기회를 찾기 위해 노력했다. 비상계단에서 숨어 현관 번호키 누르는 것을 엿들었다.

'띠띠띠띠.'

노인들이라 그런지 다행히 긴 번호를 사용하지 않았다. 민봉기는 하루 종일 집에 있으니 주변 사람들의 일거수일투족을 관찰할 수 있었다. 인터넷으로 지문채취 세트를 구입해서 1402호 번호를 추적했다. 숫자 1, 3, 4, 9에 유독 지문이 많이 뭉쳐 있었다. 몇 번의 조합으로 비밀번호가 3419라는 것을 알아냈다.

1502호 남자 박승관도 만만치 않은 남자였다. 층간소음이 점점 격해지고 있었다. 이걸 이용한다면 노인들만 보내버릴 수도 있을 것 같았다. 드디어 박승관이 식칼을 들고 설쳤다. 오늘이 저 무식한 노인들을 보내버릴 날이 된 것이다.

박승관이 설친 그날 노인들의 아들은 밖으로 나갔다. 아마 PC방에 가서 밤새고 아침에 들어올 것이다. 새벽 1시 아들 경호가 잠든 것을 확인하고는 준비한 옷을 입었다. 낚시할 때 사용했던 갯벌 체험하는 옷이었다. 손에는 목장갑과 고무장갑도 겹쳐서 꼈다. 싱크대를 열어 날카로운 식칼을 하나 꺼냈다. 그리고 현장을 밀실로 만들어줄 낚싯줄을 주머니에 넣었다. 엘리베이터에는 CCTV가 있으므로 계단을 통해 손으로 몸을 들어 움직였다. 그동안 집에서 상체운동을 많이 했는데도 계단 오르기는 힘들었다.

1402호에 와서 현관문에 귀를 댔다. 아무 소리도 들리지 않았다. 비밀번호를 누르고는 빠르게 기어서 거실로 기어갔다. 소리를 들었는지 안방 문을 열리고 거실 불이 켜졌다. 노부인이었다. 노부인은 엎드려 있는 자신을 보고 놀랐는지 입을 반쯤 벌리고 있었다. 일격에 끝내야 한다.

허리에 찬 식칼을 빼고는 순식간에 무릎으로 서서 심장을 향해 꽂아 넣었다. 노부인의 몸에서는 피를 쏟으며 바닥으로 쓰러졌다. 이어서 안방으로 갔다. 노인이 몸을 일으키고 있었다.

"죽어! 이 노인네야!"

식칼로 무작정 휘둘렀다. 손끝에 느낌과 함께 노인이 괴성을 지르며 머리를 움켜쥐었다. 다시 복부에 몇 방을 넣은 후 목을 찌르자 노인의 힘이 풀렸다. 이 정도 소리는 매일 듣는 것이니 주변 사람들도 개의치 않을 것이다.

거실로 나와 현관문 안전고리 구멍에 낚싯줄을 넣어 두 겹으로 늘어뜨려 베란다 문을 열고 아래로 내렸다. 집에 내려가서 낚싯줄을 당기면 안전고리가 잠겨 밀실을 만들어줄 것이다. 창문이 열려 있으면 낚싯줄 트릭을 알아낼지 모르니 노부인을 끌고 가서 힘겹게 베란다를 넘겨버렸다.

저 멀리서 쿵 소리가 들렸다.

"근데 식칼이 어디 있지?"

주변을 둘러봐도 없었다. 지체하다가는 떨어진 노부인을 발견하고는 누가 올지 모른다. 칼을 포기해야 한다.

"지문이 안 묻었으니 상관없겠지."

다시 현관으로 와서 고무장갑, 목장갑 그리고 갯벌체험 옷을 벗어 자루에 넣었다. 복도에 피가 묻지 않도록 조심히 집으로 내려와서 낚싯줄을 당겨 밀실을 만들고 한쪽 줄을 당겨 회수했다. 화장실에서 피 묻은 부분을 닦고는 옷을 넣은 자루는 화장실 천장을 열고는 숨겼다.

형사4

민봉기는 덤덤하게 자백했다.

"그렇게 저의 살인이 마무리된 겁니다."

민봉기의 말대로 화장실에서는 루미놀 반응이 나타났고, 피 묻은 장갑과 옷을 넣은 자루는 화장실 천장에서 발견되었다. 노인의 손톱에서 민봉기의 유전자도 나왔으므로 사건을 마무리해도 될 것 같았다.

"저는 아들을 살리려고 했어요. 그 노인들과 계속 이웃으로 산다면 아들은 아비의 장애를 더욱 창피하게 생각하고 엇나갔을 겁니다. 저는 아비로서 아들을 위하여 살인한 것이죠."

이유 없는 살인이 없다지만, 아주 조금은 이해할 수 있었다. 휠체어에 수갑까지 찬 것이 불쌍해 보였다. 황재혁은 수갑 열쇠를 주머니에서 꺼내며 말했다.

"수갑은 풀어 드리겠습니다. 설마 도주를 생각하지 않으시겠죠?"

"지금 농담하시는 것은 아니죠?"

황재혁은 다시 긴 이야기를 들을 요량으로 팔짱을 꼈다.

"좋습니다. 귀찮으시겠지만 처음부터 다시 말씀해 주시죠."

"아니, 제가 그랬다니까요. 뭘 더 말해요?"

"수사 과정입니다. 침착하게 다시 부탁드립니다."

민봉기는 한숨을 크게 내쉬고는 다시 이야기를 시작했다. 민봉기는 긴 이야기를 틀리지 않고 말했다.

"저는 후회 없습니다. 그냥 두었다가는 아들은 장애인의 부모를 둔 것을 약점을 생각했을 테니까요."

황재혁은 팔짱을 풀고 다가와 말했다.

"살인자의 아들보다는 장애인의 아들이 나을 텐데요."

민봉기는 황재혁의 눈을 피하지 않았다.

"전 제 판단을 믿습니다."

***

다음 날 황재혁은 김정훈과 함께 피해자 노부부의 아들 오태홍을 만났다. 사건 경위를 모두 말해 주었다. 오태홍은 처음에는 크게 슬퍼하는 기색이 없었지만, 이야기의 마지막에는 눈물을 뚝뚝 흘렸다.

"그날…… PC방에만 안 갔어도……."

"자책하지 마십시오. 민봉기는 그날이 아니더라도 언젠가 실행에 옮겼을 겁니다."

"그럼 이제 장례를 치를 수 있는 건가요?"

"뭐, 곧 경찰에서 연락을 줄 겁니다."

형사들이 일어설 준비를 할 때, 오태홍이 입을 열었다.

"근데 사실과 다른 점이 있어요. 우리 부모님은 위층 창문을 나무로 두들기거나 똥을 놔둔 적이 없어요."

1502호의 박승관은 노인들이 새벽에 나무로 거실 창문을 두들기거나 똥을 현관에 갖다놓았다고 했다. 하지만 아들의 말은 그런 적이 없었다는 것이다.

"사실입니까? 오태홍 씨가 몰랐던 것 아닙니까?"

"그 새벽까지 집에서 컴퓨터 게임을 하고 있었는데 모를 리가 있습니까? 사실 부모님 눈을 피해 새벽에 게임을 해야 해서, 새벽에 부모님이 그랬다면 모를 수가 없습니다."

46세 아저씨 입에서 부모님을 피해 게임을 한다는 말은 믿기 힘들지만, 카오스 아파트 사람들의 증언으로는 오태홍은 백수에 항상 주눅들어 있었다고 했다.

"그렇군요. 알겠습니다."

오태홍과 헤어지고 황재혁은 차를 카오스 아파트로 몰았다.

"팀장님, 서로 들어가는 거 아닙니까?"

"우리는 카오스 아파트로 갈 거야."

"누가 똥을 가져놨든 그건 살인과 상관없는 일이잖아요."

"아니, 모든 사건정황은 테트리스 조각처럼 딱 맞아야 해."

카오스 아파트 주차장에 차를 세우고 사건 현장인 1402호로 들어갔다. 피가 말라붙어 있었지만 역한 냄새는 여전했다.

황재혁은 부엌으로 가서 식칼 하나를 꺼내와 침대 밑에 넣었다. 그러더니 거실 바닥에 엎드려 기어서 안방으로 갔다. 매서운 눈으로 식칼을 바라봤다.

"도대체 뭐 하시는지 말씀 좀 해주세요."

"너도 내 옆에 엎드려 봐."

김정훈은 영문도 모른 채 바닥에 엎드렸다.

"민봉기는 칼을 잃어버렸다고 했는데, 저기 봐."

"침대 밑에 식칼이 잘 보이네요. 거실 불빛이 침대 밑에 다다라 더 잘 보입니다."

"민봉기는 저렇게 잘 보이는 식칼을 왜 못 찾았을까?"

"살인하는 절체절명의 긴장감으로 안 보이지 않았을까요?"

황재혁은 고개를 좌우로 흔들었다.

"민봉기는 낚싯줄을 이용하여 밀실을 만들려고 했던 사람이야. 긴장했다면 밀실을 만들기는커녕 도망가느라 복도에도 피칠을 해놨어야 했지."

황재혁이 자리에서 일어났다. 그러고는 거실의 모습을 살폈다. 김정훈도 일어서 옆에 섰다.

"하나가 이상하니 모든 게 이상해 보여."

"또 뭐가 이상합니까?"

"황재혁은 노부인을 일격에 끝냈다고 했어. 거실에서 쓰러져 있는 노부인을 끌고, 본인도 기다시피 베란다로 갔겠지. 그럼 흔적이 일직선으로 나야 하지 않을까?"

거실은 빈틈을 찾아볼 수 없을 정도로 피가 사방에 있었다. 마치 민봉기가 일부러 거실을 기어서 돌아다닌 흔적이었다.

황재혁은 침대 밑 식칼을 원위치시켰다. 머리에 떠오르는 가설이 하나 있었다.

"김정훈, 민봉기네 집 수색 제대로 안 했지?"

"민봉기 증언대로 증거물을 찾기 위해 화장실 천장만 뒤졌죠."

"다시 수색해야겠다."

"왜요? 민봉기 씨가 범인이 아니에요?"

"일단 해!"

김정훈은 전화를 걸어 다시 수색을 요청하고는 돌아왔다.

"팀장님. 이제 가르쳐 주세요. 도대체 무슨 생각이신 거예요?"

황재혁은 기침을 한 번 하고는 걸어 나갔다.

"자, 이제 똥을 누가 갖다놨는지 찾아보자고."

1401호 윤수민

또 다시 복도에서 괴성이 들려왔다. 시도 때도 없는 층간소음 전쟁. 핸드폰을 켜고 보니 새벽 5시였다. 어제 스마트폰으로 이것저것 하느라 새벽 2시에 잠이 들었는데, 오늘 하루 종일 학교에서 자게 생겼다.

층간소음 스트레스 때문인지 이른 생리가 터졌다. 보건실에 가서 생리대를 받아서는 바로 조퇴했다. 집에서 한숨 자면 나아지겠지. 터덜터덜 아파트 입구로 들어가려는 순간 아빠가 엘리베이터로 들어갔다. 순간 조퇴했다고 잔소리를 들을까봐 아빠를 부르지 못했다.

'아빠도 회사에서 조퇴했나?'

다음 엘리베이터를 타고 올라가 번호키를 누르고 집으로 들어갔다.

"아빠, 나 배 아파서 조퇴했어."

하지만 아빠는 나오지 않았다. 집안은 아무도 없는 듯 적막했다. 안방에도 화장실에도 아빠는 없었다.

'내가 잘못 봤나? 아니야 그건 분명히 아빠였는데.'

아빠는 엘리베이터를 타고 분명히 올라갔다. 눈을 감고 아까의 장면을 다시 생각했다. 아빠가 들어간 후 주춤했다가 엘리베이터로 왔다. 15층에서 멈춘 엘리베이터는 다시 아래로 내려왔다.

15층…… 아빠는 왜 15층으로 갔지?

다시 신발을 신고 나와서 조심스레 비상계단을 올라갔다. 이유는 알 수 없으나 심장이 요동치기 시작했다.

먼저 1501호 현관에 귀를 댔다. 아무 소리도 들리지 않았다. 이어서 1502호에 귀를 댔다. 남자와 여자의 대화 소리가 희미하게 들렸다. 요동치던 심장이 멈춘 듯 머릿속이 하얗게 변했다. 수민은 다시 집으로 뛰어내려와 이불을 뒤집어쓰고 울고 말았다.

언제 잠이 들었을까? 아빠가 부르는 소리에 눈을 떴다. 시각은 6시 아빠가 퇴근해서 들어오는 시간이었다. 1502호 아줌마와 둘이 있었을까? 혹시 어른들끼리 할 얘기가 있지 않았을까?

"아빠 지금 퇴근하는 거야?"

아빠는 미소를 지으며 대답했다.

"얘가 왜 이래? 아빠 퇴근하면 항상 이 시간에 오잖아. 넌 교복도 안 갈아입고 뭐하냐?"

아빠가 거짓말을 했다. 그 후 수민은 아빠를 감시했다. 층간 소음 때문에 복도로 나간 아빠의 눈이 1502호 여자를 안쓰럽게 바라보았다. 엄마를 보는 눈과는 달랐다. 아빠는 몸소 노인들을 막아 여자를 구했다.

수민은 늦은 밤 옥상으로 올라갔다. 누군가 엘리베이터 건물 뒤로 몸을 숨겼다. 교복. 1302호에 사는 민경호다. 학교가 같아 몇 번 마주쳤지만 서로 아는 척은 하지 않았다.

멀리 건물들 사이로 넘어가는 반달을 보았다. 아름다운 달이 핏빛으로 물들어 보였다. 눈물이 또르르 흘렀다. 엄마는 그것도 모르고 열심히 직장을 다닌다. 불쌍한 우리 엄마. 수민은 분노가 폭발해 1502호가 있을 곳으로 가서 방방 뛰었다.

"다 죽어버려!"

자신이 생각해도 미친 사람 같아 보였다. 건물 뒤에 숨어 있던 민경호가 자신을 피해 내려가려고 했다.

"야, 민경호!"

"어, 어?"

"너 여기서 담배 폈지?"

"……"

"담배 피우면 아픔이 없어지니?"

민경호는 숨겨둔 담배를 가져왔다. 담배를 한 개비 꺼내 입술에 끼우고는 불을 붙였다.

"나도 잊어 버리려고 담배를 피우지만 권하고 싶진 않아."

"잔소리 말고 줘봐."

민경호는 담배를 한 모금 빨더니 건넸다. 검지와 엄지로 건네받은 담배에서 하얀 연기가 피어올랐다. 담배를 피우지도 않았는데 연기가 코로 들어오자 기침이 났다.

"콜록콜록!"

"거 봐. 내놔, 난 누구한테 담배를 가르쳐준 사람으로 남고 싶지 않아."

"기다려봐."

수민은 눈을 딱 감고 담배를 빨아들였다. 숨을 들이쉬는 순간 폐가 이를 거부했다.

"콜록콜록, 가져가. 콜록콜록."

경호는 그 모습이 웃긴지 미소를 짓고는 담배를 받아 다시 깊게 빨았다.

"넌 뭐가 그렇게 슬퍼서 담배를 피우는 거야?"

"뭐, 쉽게 예상되지 않아?"

아빠 때문이다. 휠체어를 타는 장애인 아버지가 부끄러운 것이다. 하지만 바람피우는, 가정을 버리는 아버지가 더 창피하다. 민경호가 되물었다.

"너는? 뭐가 그리 슬퍼서 담배를 피우려고 했던 거야?"

"글쎄, 아직은 말하지 못하겠어."

"그래. 그럼 내일 여기서 또 볼래?"

"좋아. 전화번호 교환하자."

민경호와는 밤에 만나서 이야기했다. 담배는 도저히 몸에서 받아들이지 않아 피우지 못했지만 또래와는 말이 통했다. 아빠가 양주를 모아둔 장에서 한 병을 열어 물통에 따라 옥상으로 올라갔다. 경호는 이미 올라와 있었다.

"경호야, 음료수 가져왔어. 이 물 마셔."

경호는 무방비로 한 모금 마시고는 푸 하고, 뱉어버렸다. 그 모습이 어찌나 재밌는지 수민은 깔깔대고 웃고 말았다.

"이게 뭐야? 술이잖아?"

"오늘부터 제대로 삐뚤어질 거야. 바람피우는 아빠보다 나쁜 짓은 아니겠지?"

"그거야 그렇지만…… 괜찮겠어?"

수민은 물통을 입에 대고 뜨거운 액체를 목으로 넘겼다. 담배도 그렇지만 술도 목에서 강렬한 저항을 했다.

"우와, 진짜 쓰다."

물통을 건네받은 경호도 한 모금 마시고는 인상을 찌푸렸다. 그렇게 물통을 모두 비우자 머리가 흔들거렸다. 둘은 벽에 기대 나란히 앉았다.

"술은 기분이 좋네."

경호는 말이 없었다. 수민은 머리를 경호의 어깨에 기댔다. 경호의 거센 심장 소리가 전해졌다. 수민은 고개를 들었다. 자연스레 둘의 입술이 맞닿았고, 경호는 팔을 수민의 목에 둘렀다. 한차례 깊은 키스가 끝난 후 수민은 1502호 위쪽으로 달려가 바닥에서 쿵쿵 뛰었다.

"아빠를 빼앗아간 년, 너도 당해봐라."

경호는 철문을 열고 누가 올라오나 감시했다. 수민이 얼마나 뛰었을까 경호가 수민을 데리고 엘리베이터 건물 뒤로 몸을 숨겼다. 잠시 후 1502호 박승관이 문을 열고 옥상을 살폈다. 경호는 수민의 목을 안고는 손으로 입을 막았다.

"크크 재밌다, 경호야."

"네가 웃으니 나도 좋아."

둘은 다시 입을 맞추었다.

그 후 수민은 아빠를 빼앗아간 1502호에 복수하겠다고 막대를 이용해 창문을 두들기겠다는 아이디어를 냈다. 경호는 아버지가 다치기 전에 했던 낚싯대를 하나 꺼내다 주었다. 긴 낚싯대라면 1401호 수민의 방에서 1502호 거실까지 충분히 닿았다.

수민이 얼마나 창문을 두들겼을까? 그것은 나비효과가 되어 1502호와 1402호의 층간소음 다툼에 트리거가 되었다. 다툼은 전쟁으로 변했고, 욕설과 폭력이 오갔다.

피해는 경호에게도 갔다. 노인들은 안하무인이었다. 장애인 비하에 경호까지 싸잡아 욕을 했다. 그날 옥상에서 경호의 눈은 사람의 것이 아니었다. 경호의 입에서 술 냄새가 전해졌다.

"수민아, 난 아버지가 창피하기도 하지만, 내 아버지를 저렇게 막 대하는 것은 참을 수가 없어."

"그래 알아. 나도 바람피우는 아버지지만 어서 돌아왔으면 좋겠어."

"노인들을 죽여버리면 너희 아버지도 돌아올까?"

이상한 소리지만 층간소음 전쟁으로 노인들이 죽고, 1502호가 의심받는다면 아빠가 돌아올 것 같았다. 수민은 경호의 손에 들려있는 술병을 빼앗아 마셨다.

"1502호 아저씨가 노인들을 죽이게 만들 수 없을까?"

"층간소음으로 더욱 격렬하게 싸운다면 그럴 가능성도 있겠지. 오줌도 네가 뿌린 거야?"

"응. 심한 싸움으로 가긴 했지만, 다음은 어떡하지? 창문을 더 두들길까?"

"아니야. 그건 들킬 거야. 내게 생각이 있어."

경호는 담배에 불을 붙이고는 깊게 빨아 연기를 뱉었다.

"두 집은 이미 건너올 수 없는 강을 건넜어. 서로 이야기를 들어보려고 하지는 않고, 폭력부터 행사하잖아."

그랬다. 이제 조금만 더 하면 두 가정 사이에서는 사달이 날 것이다.

"난 1502호에 똥을 뿌릴 거야."

"똥이라고?"

"전쟁의 시작이지."

경호의 눈이 불안했다. 우리 방황하는 청소년들은 언제나 불안했지만 말이다.

1302호 민경호

아침부터 시끄럽다. 작전이 성공한 것이다. 경호는 새벽에 1502호 앞에 똥덩어리를 이리저리 묻혀 놓았는데 1502호 남자는 아래층이 한 것으로 오해하고 있었다. 민경호는 느긋하게 구경하러 밖으로 나갔다. 이번에는 정말 사달이 날 것 같았다. 1502호 남자는 된장을 노인들의 얼굴에 마구 발랐다.

이윽고 노인들 아들이 칼을 들고 나오고, 1502호 남자도 잠시 후퇴하는 듯싶더니 다시 칼을 들고 나타났다. 이를 막은 것은 수민이 아버지였다. 그 아버지를 보는 수민의 눈에 절망이 보였다. 수민은 뭔가를 갈구하는 눈빛을 경호에게 보냈다. 사랑하는 수민이를 위해서라도 오늘 밤에 일을 치러야겠다.

깊은 밤, 방문을 열고 나가 아버지 방에 귀를 기울였다. 주무시는 것 같아 싱크대에서 식칼을 하나 뽑아 나왔다. 미리 사둔 소주 한 병을 따서 쉬지 않고 마셔 버렸다. 잠시 후 뜨거운 피가 몸에서 돌았다.

아버지 목장갑 중 하나를 끼고 수건으로 식칼의 손잡이와 날을 닦았다. 지문을 닦아야 할 것 같았다. 계단을 올라가 1402호 앞에서 심호흡하고 주먹으로 문을 두드렸다.

쿵쿵쿵.

이 정도 소음으로는 주변 사람들이 나와보지 않을 것이다. 잠시 후 노부인의 날카로운 목소리가 들렸다.

"누구얏!"

다시 주먹으로 문을 치고는 일부러 목소리에 힘을 주어 말했다.

"위층이다."

문고리가 열렸다. 노부인의 일그러진 주름을 보자 아드레날린이 혈관에서 솟구쳤다. 경호는 왼손으로 노인의 목을 밀쳐 안으로 빠르게 들어갔고, 칼로 가슴을 찔렀다. 피가 솟아 나오며 노부인은 쿵 하고 쓰러졌다. 안방에서 노인의 소리가 났다.

"할멈, 뭐야?"

민경호의 뇌는 의식과 무의식의 경계에 있었다. 조건반사처럼 다리가 움직였다. 안방으로 뛰어들어가 침대에 걸터 앉은 노인의 복부를 칼로 찔렀다. 몇 방이나 찔렀지만 노인이 계속 버둥거려서 목을 찔렀다. 그제야 노인의 움직임은 멈췄다. 한

참이 지나 경호가 정신이 든 곳은 자기 집 현관 앞이었다. 문을 열고 들어가자 휠체어를 탄 아버지가 피칠갑이 된 경호를 보고 경악했다.

"위층이 시끄럽던데 너야?"

경호는 대답 없이 손에서 칼을 떨어뜨렸다. 휠체어를 타고 온 아버지는 물었다.

"누굴 죽였어? 둘 다 죽였어?"

경호는 고개를 끄덕였다.

아버지

위층에서 쿵쾅대고 뭔가 바닥에 쓰러지는 심상치 않은 소리가 났다. 얼른 휠체어에 올라 거실로 나왔다. 몇 번이고 층간소음이 울리더니 잠시 후 피를 뒤집어쓴 아들이 현관으로 들어왔다. 아들은 동공이 풀려 있었다.

챙캉!

아들의 손에서 피 묻은 식칼이 떨어졌다. 위층의 노인들을 죽였을까? 위층의 소음이 더는 들리지 않는 것으로 보아 죽은 것이 틀림없다.

"누굴 죽였어? 둘 다 죽였어?"

아들의 눈은 아직 풀려 있었다. 고개를 흔들었지만 죽였다는 말인지 다른 뜻이 있는지는 알 수 없었다. 민봉기는 위층의 소리를 듣고자 귀를 기울였지만 아무 소리도 들리지 않았다.

이제 죽였다고 가정해야 한다. 현대 경찰의 수사는 대단하다. 흉기로 사용한 식칼이 있으니 잡히는 것은 시간문제다.

"경호야. 정신 차려."

민봉기는 아들의 빰을 세게 후려쳤다. 아들의 눈에 초점이 돌아왔다.

"경호야, 잘 들어. 일단 화장실로 들어가 옷을 벗어 한곳에 모으고 몸의 피를 닦아내. 알았니?"

루미놀 반응은 피가 만 분의 일로 희석돼도 반응한다고 했다. 아들을 이대로 살인자로 만들 수 없다. 자신이 아들에게 해 줄 수 있는 것은 하나밖에 없다. 대신 범인이 되어야 했다.

마음을 정하자 머리가 빠르게 돌아갔다. 민봉기는 깊숙이 넣어둔 낚싯대를 꺼내고, 낚시할 때 입었던 갯벌체험용 옷을 꺼내 입었다. 아들이 가져온 식칼을 물로 깨끗이 닦았다. 혹시 모를 지문을 없애야 했기 때문이다. 이제 준비가 끝난 것 같아 위층으로 올라갔다. 엘리베이터에는 CCTV가 있으니 계단을 이용했다.

1502호의 문은 활짝 열려 있었다. 다행인지 아무도 나와보지 않았다. 안으로 들어가 현관문을 조용히 닫고 거실로 기어갔다. 노부인이 쓰러져 있었고, 어지러운 피 발자국이 있었다.

재빨리 칼을 상처에 다시 집어넣어 피를 묻혔다. 칼은 놔두고 가야 경찰은 금방 범인을 잡을 것이다. 칼을 잃어버린 것처럼 침대 밑에 두고는 거실로 나왔다. 바닥을 기어 아들의 발자국을 지웠다. 일부러 기어서 지운 흔적으로 보이면 안 되니, 노부인을 베란다고 끌고 간 것처럼 해야 했다. 노부인은 불쌍하지만 바닥에 떨어뜨려야 한다. 그리고 범행을 숨기는 것처럼 보이기 위해 낚싯줄을 이용해 안전고리를 잠그기로 했다. 낚싯줄 설치 후 노부인을 바닥으로 떨어뜨렸다.

자신의 옷을 쓰레기 봉지에 넣어 조심스레 다시 집으로 내려와 화장실 천장에 넣었다. 아들의 피 묻은 옷은 또 다른 쓰레기 봉지에 넣어 묶었다. 이것만 내일 처리하면 자신이 완벽한 범인이 되는 것이다.

화장실에서는 루미놀 반응이 나오고, 천장에서 피 묻은 옷가지가 나오면 아들이 살인자가 되는 건 면할 수 있다. 아들 방문을 여니 아들은 이불을 뒤집어 쓴 채 부들부들 떨고 있었다.

"경호야, 이게 내가 아비로서 해줄 수 있는 마지막 일이다. 모든 게 잘 될 테니까, 넌 무조건 모른다고 해라."

소리 사이

양수련

프롤로그

어둠이 짙을수록 소리는 더욱 선명하게 들려왔다. 아무리 귀를 틀어막아도 소리는 손등을 뚫고 순식간에 고막에 닿았다.

"시험이고 뭐고 다 망쳤어. 잠을 자고 싶어도 잘 수가 없잖아. 엄마도 저 소리 좀 들어봐!"

"곧 멈추겠지. 조금만 참아, 응?"

"엄마는 이게 참아져? 하루 이틀도 아니고 거의 매일인데?"

"저들도 사람인데, 어떻게 잠을 안 자."

"새벽 두 시라고! 도대체 언제 자는데? 망치질에, 드릴에, 집수리를 왜 야밤에 하냐고! 미칠 것 같아. 더는 참을 수도 없어. 내가 먼저 죽을 것 같아, 저 소리들 때문에. 엄마가 못하면 내가 가서 끝장을 내고야 말 거야."

"이러지 마, 제발. 엄마 생각해서, 으응?"

"내 머리가 터질 것 같아. 이러다간 내가 먼저 죽는다고! 그래도 괜찮아, 엄마는?"

딸은 씩씩거리며 베란다에 있는 잡동사니들을 뒤적인다. 뭔가 무기가 될 만한 것을 부릅뜬 눈으로 찾아댄다. 소리는 그곳에서도 났다.

"소리 귀신들도 아니고, 내 당장 끝장을 내버려야지. 엄마도 시끄러워서 이렇게 더는 못 살겠다."

엄마는 딸이 있는 베란다 창을 연다.

어둠을 뚫고 비가 세차게도 곤두박질친다. 베란다 난간에 기댄 엄마는 창밖으로 얼굴을 쑤욱 내밀었다. 세찬 빗줄기가 정수리에 닿자, 머리까지 올라왔던 열기가 씻겨나가는 기분이다. 엄마는 비를 퍼붓는 하늘을 향해 고개를 든다.

딸은 손에 잡힐 만한 흉기를 찾다가 엄마를 돌아본다. 얼굴과 양 손바닥으로 빗물을 받는 엄마는 희열에 차 있는 듯했다. 낯설었다.

"뭐해, 엄마?"

엄마를 바라보는 딸의 눈동자에 두려움이 달라붙는다. 젖은 머리가 엄마의 얼굴에 거머리처럼 달라붙고 엄마의 어깨가 빗물에 축축이 젖어든다.

"개운해. 너도 한번 해봐. 사방 천지에 빗소리뿐이네."

베란다 난간에 등을 기대고 선 엄마는 환멸스럽게도 웃는다. 그 순간이었다. 엄마의 등허리가 난간에 말려 젖혀진 것은.

"위험해."

딸은 위태로운 엄마를 바라보며 입을 틀어막는다.

"엄마는 말이야. 우리 딸과 맛있는 것도 먹고, 이불 속에서 수다도 떨고, 찜질방에도 가고, 새로운 것도 배우고, 기차여행도 가고, 그러면서 살고 싶었어."

"그러면 되잖아. 위층에도 나랑 같이 가고……."

딸은 엄마의 무게 중심이 난간 밖으로 향하는 것을 보면서 조심스럽게 다가간다. 떨어질지도 모르는 엄마를 붙잡아야 했다.

엄마는 눈앞의 딸을 잡기 위해 난간을 붙잡고 있던 손을 뗐다. 그 순간, 엄마의 무게 중심이 난간을 넘어 빗속으로 옮겨갔다. 엄마의 다리가 들리더니 비에 젖은 난간을 휘감았다. 짧은 순간이었다. 난간 밖으로 엄마가 떨어지고 밤비가 쫓아 달렸다.

시멘트 바닥과 맞닿은 엄마가 소리를 냈다. 퍽!

"어, 엄마!"

딸의 황망한 눈동자가 갈 곳을 잃고 헤맨다. 엄마의 허리를 감아버린 난간에 딸은 차마 다가서지 못했다. 입을 손으로 틀어막은 채 바들거렸다.

엄마의 얼굴에 닿던 빗소리도, 뇌를 진동케 하는 위층의 소리도 더는 들려오지 않았다. 어둠을 가르던 을씨년스런 고양이 울음소리마저 빗물에 씻겨갔다.

1

나 홀로 아파트는 고만고만한 연립주택들 사이에 우뚝하고, 수령이 됨직한 은행나무 한 그루가 아파트 이삼층 높이에서 황금물결을 이뤘다.

유이는 새로 이사 온 나 홀로 아파트를 올려다보며 남편의 전화를 받는다.

- 어떻게 이사는 잘했고? 짐은 다 들였어?

"아니, 막 도착했어. 저쪽 집에서 끝까지 속을 썩이지 뭐야. 어차피 빼줄 돈인데……, 여자 혼자 하는 이사라고 얕보는 건지, 기분 영 별로야."

- 같이 있어줘야 하는데, 미안해.

"말로만?"

- 그럴 리가 있어? 다음에 만나면, 내가 풀서비스 안마로 모

실게. 기대하라고.

"치이. 집에만 오면 여기도 아프다 저기도 아프다 엄살만 떨면서 퍽이나. 나한테 풀서비스 해달라고나 하지 않으면 다행이지."

- 내가 그랬나? 하하하.

유이는 입에 발린 남편의 말에 입술을 댓발 내밀었지만 기분은 나쁘지 않았다. 남편은 결혼 전부터 회사에서 마련해준 숙소에서 지냈다.

친구의 소개로 만나 장거리 연애를 반년쯤 하다가 결혼 결심을 굳혔다. 두 살 위의 남편은 주말 부부를 해야 한다는 것을 제외하면 성실하고 마음도 순했다. 건설 현장을 옮겨 다니긴 했지만 전기공사와 관련한 전문직이라는 것이 마음에 들었다.

직장을 수시로 옮겨 다녀야 했던 유이는 울타리 같은 마음자리가 있었으면 하고 바라던 중이었다. 주말 부부로 지내더라도 내 편이 생겼다는 사실에 유이는 심리적인 안정감을 누렸다.

처음엔 남편의 직장 가까운 곳에 집을 따로 얻을까도 싶었지만 내키지 않았다. 지방인데다가 언제 또 다른 현장으로 이동할지 알 수 없다.

남편는 주로 외진 공사현장을 따라 옮겨가며 근무했다. 신혼집만큼은 도심에 얻었으면 좋겠다고, 유이는 남편을 설득했다. 한 직장에 오래 붙어 있지 못하는 상황이 빈번했다. 그래도 새로운 일을 구하자면, 도시가 그나마 나았다. 남편은 유이의 뜻에 고개를 끄덕여주었다. 회사 숙소에서 지내다가 주말이면 먼길을 달려 집에 왔다.

"이번 주말엔 집에 오는 거야? 이사도 했는데……."

- 어려울 것 같은데, 어떡하지? 공사가 막바지라 빨리 끝내라고 성화거든. 이런 일은 보채면 사고 나기 십상인데 말이야.

남편은 안타까운 듯 입을 쩝쩝거렸다.

"나 싱글이라고 소문내고 다닐 거니까 알아서 해."

유이는 투정을 부린다.

- 원하면 그러시든가요.

남편은 유이의 은근한 협박에 웃음기 어린 말을 한다.

이사든 뭐든 전에는 유이 혼자서도 잘 해왔던 일이다. 그럴 수밖에 없는 상황이라 감당했던 부분이다. 누구에게 서운하거나 억울한 마음도 없이. 결혼하고서 유이는 혼자 하는 일들에 시큰둥했다.

공사가 한창이거나 끝날 무렵이면, 남편은 한두 달에 한 번 집에 올까 말까 했다. 그런 남편과 유이가 실랑이 섞인 대화를 이어가던 중이었다.

"새로 이사 오셨나 봐요?"

유이는 둔탁한 목소리의 주인을 힐끔한 눈길로 돌아봤다.

검은 마스크를 쓴 남자가 손가락으로 나 홀로 아파트를 가리켰다. 인근 편의점에 다녀오는지, 그의 손에 편의점 로고가 새겨진 비닐봉투가 들려 있다.

통화 중인 유이는 고개를 까딱하고는 남자에게서 비켜섰다. 괜히 말을 걸었다 싶은 남자는 점퍼 주머니에 손을 찔러 넣고는 아파트 승강기를 향해 종종걸음을 쳤다. 유이는 승강기 안으로 사라지는 남자를 뒷걸음질로 훔쳐보다가 이삿짐센터 직원이 부려놓은 이삿짐에 엉덩이를 부딪고 만다.

“으윽.”

유이의 신음소리에 휴대폰 너머의 남편이 무슨 일이냐고 묻는 소리가 가느다랗게 새나왔지만 그녀는 통화를 종료했다. 이삿짐센터 직원이 어서 베란다 창을 열어달라고 재촉했다.

유이는 남자가 사라진 승강기를 잡아타고 4층 버튼을 누른다. 새로 이사 온 아파트는 총 10층이고 유이의 집은 403호다. 그녀는 그 안으로 들어가 베란다 창을 활짝 열었다. 사다리차를 타고 냉장고와 세탁기, 침대, 소파 등이 차례로 올라왔다.

대형가전과 가구의 자리를 잡아주고 나니 이사는 수월하고 빠르게 끝이 났다. 이삿짐센터 직원들이 돌아가고, 유이는 홀로 남아 주방의 그릇들과 옷가지 등 잔손이 가는 것들을 다시 정리했다. 남편의 짐이 생각보다 적어서 허전한 생각이 드는 유이다.

남편의 존재감은 매월 통장에 찍히는 생활비에 있었다. 착실한 남편은 월급 일부를 생활비로 꼬박꼬박 입금했다. 아이가 없어도, 일상을 함께하지 않아도 남편은 가장이 됐다는 사실을 뿌듯하게 여겼다. 유이는 그런 남편이 또 든든했다.

이사 뒷마무리를 하다 보니 어느새 저녁 8시가 됐다. 짜장면 배달을 시키려다 유이는 집에 있는 컵라면으로 대충 끼니를 때운다. 그러고는 소파에 누워 쉬다가, 남편에게 전화나 한 번 해볼까, 휴대폰을 든다.

"이번 주말에도 못 온다는데 뭐하러?"

유이는 에라 모르겠다는 식으로 온라인 커뮤니티 방을 찾는다. 결혼 전부터 종종 들락거리던 곳이다. 유이는 그곳의 게시글을 훑으며 시간을 보냈다.

닉네임 '재상녀'가 어쩐 일로 보이지 않는다. 커뮤니티에 올라오는 사람들의 고민을 상담해주는 터줏대감인 재상녀는 중학생 아들 쌍둥이를 둔 재력가의 아내다. 언제부터인가 커뮤니티를 찾는 사람들이 재상녀에게 고민을 털어놓고 조언을 구하기 시작했다. 처음엔 무작위로 남긴 고민에 재상녀가 글로 상담을 해줬는데, 많은 글들을 올리다 보니 나중엔 사람들이 재상녀를 먼저 찾아 조언을 구했다.

재상녀는 자신의 닉네임에 달린 게시물이거나 아니거나 커뮤니티 안의 모든 질문에 친절하게 자신의 의견을 남겼다. 나쁜 내용이든, 좋은 내용이든 가리지 않는다. 어떻게 저 많은 답변을 할 수 있을까 싶을 정도로 커뮤니티 회원에 대한 애정이 남달랐다.

회원은 자신들의 고민에 상담과 조언을 아끼지 않는 재벌 상담 여자를 줄여서 '재상녀'라 불렀다. 그 닉네임이 마음에 들었는지, 그녀는 자신의 아이디를 '쌍둥이맘'에서 '재상녀'로 바꿨다.

2년 전, 유이도 결혼에 관한 고민을 살짝 털어놓았고, 재상녀는 시원하게 결론을 내려줬다. 보고 싶어 죽을 정도가 아니라면, 주말 부부로 사는 건 여러 장점이 있다고 말이다. 매일 남편 시중을 들지 않아도 되니 좋고, 가끔 보니 애틋하기도 할 것이고, 싸울 만하면 또 떨어지니 이혼할 일이 없어 좋고, 무엇보다 불안정한 유이의 생활에 꼬박꼬박 생활비를 내주는 착한 남편이라면 더할 나위 없다고 말이다.

결혼을 하고 보니, 재상녀의 조언은 나름 정확했다. 유이는 작은 고민이라도 생기면, 재상녀에게 털어놓았다. 이번 이사 역시 재상녀의 도움이 매우 컸다.

[덕분에 무사히 이사 잘했어요.]

언제 밥 한번 사겠다는 쪽지를 남기려는데, 재상녀의 답장이 날아들었다. 그 사이 커뮤니티에 들어온 모양이다.

[이사한 집은 어떻게 마음에 드시나요?]

[조용한 게 너무 마음에 들어요. 전보다 평수도 넓고, 세도 저렴하고……, 이 고마움을 갚아야 되는데 말이죠.]

진심이었다. 재력 좋고, 인맥 넓은 바깥양반 덕에 청탁 같은 귀찮은 일만 생긴다며, 재상녀는 직접 만나는 일만은 사양했다. 하기는 커뮤니티 회원의 상담을 일일이 해주는 것만으로도 재상녀의 시간은 부족할 터였다.

[갚긴 뭘 갚아요. 유이님이 얻은 행운인 걸요. 난, 그냥 내가 알고 있는 걸 전달만 해준 것뿐인데.]

[요즘 세상엔 정보가 곧 돈이죠.]

[그 집에서 유이님이 마음 편히 지내기만 한다면, 나로선 그 이상 기쁜 일이 없어요.]

[재상녀란 닉네임이 괜히 붙은 게 아니네요. 지금도 복 받으신 분이지만, 더 많은 복을 받으실 거예요, 분명히!]

유이는 재상녀가 보내온 웃는 이모티콘에 똑같은 이모티콘을 보냈다. 따따블의 붉은색 하트를 덧붙여서.

결혼과 더불어 계약한 아파트에서 유이는 2년을 살았다. 아니, 버텨냈다. 집을 계약하고, 신혼살림을 들이고, 신혼여행 대신 주말 부부로 지낼 아쉬움을 달래며 일주일의 결혼 휴가를 신혼집에서 남편과 함께 보냈다.

깨소금 볶는 냄새가 진동하길 바란 것은 아니지만, 적어도 안식처가 되어줄 것이라고 믿어 의심치 않았다. 한 6개월은 그저 행복했다. 현장의 숙소와 도시의 신혼집을 오가는 남편은 피곤한 기색도 없이 집에 오면 한없이 다정했다.

층간소음이란 불청객은 어느 날 갑자기 찾아왔다. 신혼집은 더 이상 달달하지 않았다. 스트레스로 가득했다. 위층 사람들은 모두 로봇 발을 가진 듯했다. 걸을 때마다 쿵쿵쾅쾅 거렸다. 낮에는 뭐하다가 한밤에 세탁기와 청소기를 돌리는지 알 수도 없었다.

참다 참다 위층에 쫓아올라가 밤엔 조용히 잘 수 있게 해달라고 좋게 말했다. 새초롬한 여자는 죄송하다고, 새벽에 출근해 밤늦게 퇴근하다 보니 어쩔 수가 없다며 미안해했다. 가급적 일찍 퇴근하는 날이나 늦게 출근하는 날에 하겠다고 했다. 약속은 지켜지지 않았다.

주말에도 출근을 한다는 여자는 점점 당당해졌다. 그 후론 무슨 말을 해도 눈만 꿈뻑거렸다. 유이가 무슨 말을 하는지 도통 모르겠다는 얼굴을 하고서 말이다. 여자의 뒤로 거실을 뛰어다니고 소파에서 뛰노는 남자와 아이들이 보였지만, 여자는 그게 뭐 그리 이상한 일이냐는 눈치다.

유이는 숙면을 취하지 못했다. 아침이면 게슴츠레한 눈을 하고 복지관으로 출근했다. 근무하는 동안 꾸벅꾸벅 조는 날들이 이어졌다. 유이는 위층 여자를 다시 보고 싶지 않지만 또 찾아갔다. 청소든 빨래든 일요일에 몰아서 하면 안 되겠냐고, 제발, 잠 좀 자게 해달라고 사정했다. 알았다고 했지만, 달라지는 것은 없었다.

어쩌다 올라오는 남편은 계약 기간이 있으니 기다렸다가 이사를 가자고 했다. 유이는 그 전에 자신이 어떻게 될 것 같은 생각에 집주인을 찾아갔다. 계약 기간 전에는 세를 빼줄 수 없다고 단칼에 잘랐다. 기다리라는 남편의 말은 그래서였나 보다. 집주인은 그렇게 나가고 싶으면 세입자를 직접 구해 놓고 나가라는 식으로 굴었다.

유이는 부동산에 집을 내놨다. 전철역이 닿는 구간이라 세입자가 금방 나타날 것이라고 기대했다. 집주인이 계약 기간 운운하며 버티는 데에는 그만한 이유가 있었다. 이상하게도 집을 보러 오는 사람이 하나도 없었다.

세입자를 기다리다 계약 기간 만료일이 한 달 앞으로 다가왔을 때다. 유이는 견디다 못해 재상녀에게 집이 안 나간다고 불만을 토로했다. 쌍둥이를 낳은 집의 가위를 가져다 현관 앞에 걸면 집이 나간다는 말은 재상녀가 했다. 미신이지만 해보라며 재상녀는 쌍둥이 아들을 둔 엄마답게 자기 집의 가위를 유이에게 택배로 보내왔다.

신기했다. 재상녀가 보낸 가위를 현관에 건 그다음날 지방에 사는 사람이 하루 만에 와서 계약을 하고 갔다. 이럴 줄 알았으면, 좀 더 일찍 고민을 털어놓을 걸 싶기까지 했다. 늦긴 했지만 그래도 해결된 것이 어딘가 싶은 유이다.

[인정머리 없는 집주인을 더는 안 봐도 되고, 위층의 소음을

듣지 않는 것만으로도 내 삶의 질이 몇 배는 확 올라간 기분이에요. 몇 배가 다 뭐예요. 완전 천국이에요. 소음 걱정은 안하고 사실 테지만 진짜 죽기 일보 직전이었어요. 재상녀님은 방음 걱정 없는 좋은 집에 계실 테니까, 이런 거 모르시겠죠?]

[하하. 그, 그렇긴 하죠. 워낙 고급 주택이니까요. 말해놓고 보니 괜히 미안해지는데요.]

[재상녀님이 왜요?]

[왜긴요, 저만 삶의 질을 누리면서 산 것 같아서 그러지요. 하지만 뭐, 유이님도 이제부턴 소음 없는 곳에서 지내실 테니까, 미안해하지 않을래요. 그래도 되죠?]

[재상녀님은 저와 삶의 레벨이 다르시잖아요. 집 안 나가는 것도 해결해주시고, 이런 좋은 집도 알선해 주시고……, 근데, 저 뭐 하나만 여쭤봐도 돼요? 궁금해서 그러는데.]

[뭐든지요.]

[저한테는 과분한 곳이긴 한데, 재상녀님이 이런 정보를 어떻게 알고 계시는지 신기해서요.]

[저라고 태어나면서부터 재벌이었겠어요. 바닥부터 차근차근 밟아 올라온 재벌이라고나 할까? 그만큼 주변에 있는 사람들이 다양하죠.]

[아, 그렇구나. 진짜, 멋지세요, 재상녀님은.]

[칭찬은 사양입니다. 제 조언이 조금이나마 도움이 되셨다

니, 기분은 좋네요. 오늘밤은 새로운 집에서 양질의 수면을 즐겨보아요.]

[네에.]

유이는 이번에도 붉은 하트를 연달아 보냈다.

오후 열한 시. 남편의 전화는 아직이다. 평소라면 그러려니 하고 넘겼을 것이다. 이사한 첫날이지 않은가. 유이는 괜히 서운한 마음이 든다. 여태 일을 할 리 없다. 공사장에 야근은 없다. 까짓것, 내가 해보지, 뭐. 유이는 남편의 번호를 찾아 누른다.

남편이 전화를 받지 않는다. 벌써 잠들었나? 찝찝한 구석은 있으나 유이는 피곤해서 곯아떨어진 거라 여겼다. 현장 일이라는 게 고된 육체노동이라 잠들면 업어가도 모르게 자는 남편이다.

유이는 이사로 찌뿌둥한 근육을 따뜻한 물에 샤워하는 것으로 푼다. 노곤한 것이 눕기만 하면 깊은 잠에 들 것이다. 그것만으로도 충분히 행복했다.

2

따르르릉!

남편의 전화는 다음 날 아침이 되어서야 왔다. 출근하는 중이라는 남편은 미안하다는 말을 다시 했다. 유이는 흔쾌히 받아넘긴다. 정말이지 간만에 푹 잤다. 어제의 서운함도 잊고, 남편의 아침 전화에 코맹맹이 소리가 절로 나온다.

"여보옹, 잘 잤어용? 오늘, 뭐할 거냐고? 이사했으니 동네 산책도 하고 새로운 직장도 다시 알아봐야죵."

모닝커피를 손에 들고 휴대폰을 받는 유이는 모처럼 기분이 날아갈 듯 좋다.

"사랑해용, 여보옹. 오늘도 무사히, 즐겁게, 행복하게."

유이는 휴대폰에 화끈하게 쪽, 뽀뽀 소리를 내고는 통화를 마무리했다.

어제는 이사하느라 정신이 없어서 주변을 자세히 살피지 못했다. 오늘은 새로운 동네를 찬찬히 뜯어볼 참이다. 인근의 생활 편익시설도 알아보고 옆집과 위아래 층에 누가 사는지도 알아보고 말이다.

유이는 늘어지게 기지개를 켠다. 어디선가 컴퓨터 키보드 두드리는 소리가 리드미컬하게 들려왔다. 유이는 천장을 향해 귀를 쫑긋 세운다. 이내 별소리 아니라는 듯 미소 띤 얼굴로 동네 산책 채비를 서둘렀다.

나 홀로 아파트에는 층마다 세 개의 현관문이 있다. 한 층에 세 가구가 산다는 의미다. 현관을 나와 승강기를 기다리던 유이는 그 안에서 나오는 탐스런 털을 지닌 포메라니안과 늘어진 귀가 귀여운 시츄 강아지를 보고는 반색했다.

"어머, 귀여워라."

유이는 처음 만나는 이웃의 강아지를 보며 한 옥타브쯤 올라간 목소리를 냈다. 어제 이사를 왔고, 잘 지내보자는 말을 하고 싶었을 뿐이다. 강아지를 화제 삼아서.

"강아지랑 아침 산책 다녀오시나 봐요?"

유이는 강아지를 쓰다듬으며 친근하게 군다.

"우리 애들은 짖지 않아요. 수술시켰거든요."

402호 젊은 여자는 강아지 두 마리를 들춰 안고 묻지도 않은 말을 했다. 그러고는 자기 집으로 뒤도 안 보고 쑥 들어간다.

자신이 뭘 잘못했나, 하다가 유이는 아차 싶었다. 외출용 마스크를 챙기지 않았다. 자신이 마스크를 쓰지 않아서 402호가 그런 행동을 한 것이라고 여겼다. 다시 집에 들어가 마스크와 한 손에 쏙 들어오는 접힌 장바구니를 가지고 나왔다. 동네 산책도 하고 더불어 필요한 장도 볼 생각인데, 깜빡했다.

유이는 4층에 멈춰서 있는 승강기에 재게 올라탔다. 필로티 구조의 10층 건물인 나 홀로 아파트는 2층부터 세대가 형성되어 있고, 10층은 한 세대가 모두 썼다. 도합 총 스물다섯 가구가 나 홀로 아파트에 입주해 있었다. 10년 된 건물치고는 외관도 썩 나쁘지 않고 괜찮았다.

"수술을 시켰다고? 누가 뭐라고 했나? 암튼, 개 짖는 소리도 안 난다는 거잖아. 나야 좋지."

유이는 코트자락을 털며 나 홀로 아파트를 나선다.

전철역은 큰길가로 나가 15분 정도 더 걸어야 했다. 마을버스를 타지 않아도 되니 그 정도면 가까운 거리다. 유이는 버스 정류장을 확인하고, 지도 앱으로 동네를 살폈다. 어제 본 남자가 이용했을 편의점 위치가 나타났다. 그 외에도 반찬가게, 분식집, 가까운 주거래 은행, 분위기 좋은 카페까지 유이는 꼼꼼히 살피며 다시 발걸음을 옮긴다.

"할의 커피 맛?"

카페 이름이 낯설지 않다. 어디서 들은 듯도 하고 본 듯도 했다. 유이는 테이크아웃을 할까 하다가 카페 앞에서 발길을 돌렸다.

산책길에 만난 국숫집은 아담했다. 유이는 그곳에서 늦은 점심을 잔치국수로 대신했다. 양이 푸짐해서 한 그릇을 다 비우는 데도 시간이 걸렸다. 이번 주는 물론이고 다음 주에도 남편은 오지 못할 것이다. 그래도 공사 막바지라니 한 달 뒤에는 오지 싶다.

산책과 끼니를 해결한 유이는 마트에 들러 간단한 장을 봐서 집으로 돌아왔다. 집은 조용하고 늦은 오후에도 키보드 두드리는 소리는 간간이 들려왔다. 해머 소리에 비할까. 타이핑 소리는 간질간질해서 자신도 뭔가 쓰고 싶은 마음이 들게 했다.

[오늘은 옆집과 아래층에 사는 애기 엄마를 만났어요. 옆집 여자는 강아지를 두 마리나 키우더라고요. 난 털 달린 동물은 별론데…….]

유이는 옷을 갈아입을 생각도 없이 소파에 비스듬히 누워 휴대폰으로 재상녀와 글 대화를 나눈다.

[나도 좀 그렇긴 한데, 우리 집 애들이 고양이를 너무 좋아해서요. 푸르스름한 회색빛이 도는 러시안블루 고양이랑, 페르시안, 메인쿤까지 세 마리를 키우고 있죠. 가끔 보면, 고양이가 예쁜 짓을 하기도 해요.]

[저녁 드실 시간 아니에요?]

유이는 재상녀의 식사 시간을 뺏는 건 아닌가 싶어 묻는다.

[아이들은 도우미 아줌마가 있으니까 괜찮아요. 난 다이어트 중.]

[수다 좀 더 떨어도 된다는 거죠?]

[물론이죠!]

[낮에 동네를 좀 둘러봤어요. '할의 커피 맛'이란 카페를 봤는데, 영 낯설지가 않더란 말이죠.]

[거기 유명한 곳이잖아요. 커피 유령과 바리스타 탐정이 운영하는, 유명 블로그들이 찾는 명소잖아요. 그 바리스타 탐정 블로그도 있고.]

[아, 그래서 낯익었구나. 내가 사는 동네에 탐정이 운영하는 카페도 있고, 윗집엔 작가가 살고, 왠지 제 환경이 하루아침에 업그레이드가 된 기분이네요.]

재상녀는 그게 무슨 뜬금없는 소리냐는 식으로 [작가요?] 한다. 이내 [시끄러운가요?] 하고 연달아 글을 보내왔다.

[아뇨. 타이핑 소리는 야만적이지 않고 지적인 소리죠.]

글을 입력하는 유이는 웃음이 절로 나온다.

[그렇게 생각한다니 안심이네요. 조용한 집도 좋지만, 너무 조용하면 또 무섭죠.]

[그건 또 무슨 말씀이세요?]

[사람이 사는 집에 어떻게 소리가 없을 수 있겠어요. 안 그

래요?]

틀린 말은 아니다. 유이는 순간 손가락이 멈칫했다. 소리가 없을 수 있겠냐는 그 말이 곧 소음을 불러올 것처럼 느껴져서.

유이가 답문을 보내지 못하는 동안, 재상녀가 급한 일이 생겼다며 대화창을 나갔다. 갑자기 쌩한 기운이 감돌았다. 조용하면 무섭다는 그 말이 유이의 마음을 다시 할퀴고 지나간다. 계속 들려오던 위층의 타이핑 소리가 들려오지 않는다. 하루 종일 글을 썼을 테니까, 쉬는 거겠지. 저녁도 먹을 것이고, 차도 한 잔 마셔야지.

유이는 무서운 생각들을 홀로 떨쳐본다. 그러고는 뒤늦게 재상녀에게 쪽지를 남겼다. 이사도 했고 남편은 지방에 있으니, 이제 직장을 알아볼 참이다. 인맥이 넓으니 좋은 일자리가 있으면 소개해주면 고맙겠다는.

막상 쪽지를 보내놓고 보니 염치가 없는 것 아닌가 싶은 생각이 든다. 결혼을 결심할 때도, 층간소음으로 고통을 겪을 때도 재상녀는 유이의 고민을 함께 나눠줬다. 이사할 집까지 소개를 받았는데 이젠 일자리까지 알아봐달라는 꼴이다. 상당한 민폐다.

유이는 재상녀에게 보낸 쪽지를 삭제하고 구인구직 사이트를 검색했다. 생활비야 남편이 준다지만 거의 각자가 꾸리는 생활이다. 어느 날 갑자기 생활비를 입금하지 않겠다고 말해도 반박할 수 없다.

구인 업체는 줄줄이 올라왔다. 유이가 할 만한 일이 마땅치 않다는 게 문제지만. 사회복지사를 채용하는 곳은 나와 있지 않았다. 하나가 있긴 했지만 지금의 집과 거리가 먼 지방이라 그냥 지나쳤다.

카페를 운영해보고 싶은 마음도 있지만, 그러자면 목돈이 필요하다. 남편에게 넌지시 말을 해볼까 싶은 생각을 하다가 유이는 체념했다.

당장은 코로나 바이러스니 뭐니 해서 멀쩡히 영업하던 카페들도 다 문을 닫는 판국이다. 취직을 하는 편이 낫다. 유이가 원하는 곳에서 사람을 구하기만 한다면야.

3

유이는 백화점 입점 매장의 판매직에 이력서에 넣었다. 이력을 어디까지 써야 하나 잠시 고민했다. 사회복지사로 근무하기 전에도 카페, 편의점, 패스트푸드점 등 다양한 곳에서 일을 했다.

의류 판매직은 매장은 처음이다. 어떤 이력을 써넣어야 호감을 얻을지 몰라 있는 대로 적었다. 개인 매장에서 근무할 여직원을 뽑는 일에 석사 학위는 과하지 않을까. 유이는 고민하다 대학졸업까지만 이력서에 기재했다.

사회복지사로 2년을 근무한 경력도 매장 취업에 도움이 될 것 같지 않다. 사회복지사면 전문직인데, 그쪽을 알아보는 게 좋지 않겠냐는 말이 나오기 쉬웠다. 매장 직원으로 채용하는 것에 사회복지사 경력은 오히려 걸림돌이 될 수도 있다. 하지만 유이는 그 이력만큼은 적었다. 전문직에 있던 인재라는 인식을 나름 심어주지 않을까. 대접을 받겠다는 의도는 아니었다. 이력서를 넣자마자 면접을 보러 오지 않겠냐는 연락이 왔다.

유이는 의류를 다루는 곳인 만큼 한껏 패션 센스를 발휘해 면접 의상을 골랐다. 마른 몸매가 이럴 땐 도움이 됐다. 너무 말라서 애가 안 들어서는 게 아니냐는 시모의 걱정을 들을 때와는 다르게 말이다. 조금만 신경 써도 옷태가 살아난다.

당장은 시켜만 주면 뭐든지 잘할 각오가 되어 있었다. 남편도 없는 집에서 일도 없이 종일 지낸다는 것은 무료했다. 백화점은 걸어서 20여 분 거리에 있다. 걸어서 출근할 수 있다는 것은 교통체증에 시달리지 않아도 된다는 의미다.

웨이브 머리가 어깨 밑으로 내려온 사장은 40대 초반쯤 되어 보였다. 흰색의 하늘하늘한 블라우스와 보라색의 바지가 잘 어울렸다. 한편으로 남다른 성향의 보유자라는 것을 짐작케 했다.

"저어, 면접 보러 왔는데요?"

"아침 10시 출근, 저녁 9시 퇴근. 지금부터 근무할 수 있어요?"

다짜고짜 본론이다.

"저에 대해 아무것도 안 물어보세요?"

"이력서 보내셨잖아요. 아니면, 내게 요구사항이라도?"

"주말에도 출근해야 하나요?"

"쉬고 싶어요?"

"네."

남편이 주말에도 집에 오지 못하는 상황이 길어지고 있지만 올 수도 있다. 주말 근무는 수당이 더 붙는다고 해도 유이는 사장의 권유에 "평일에만……"이라며 웃음을 머금었다. 사장은 흔쾌했다. 면접은 그걸로 끝이다. 사장은 유이를 채용했고, 재고 창고와 카드결제기 사용법을 알려주고는 매장을 떠났다.

유이는 적잖이 당황했다. 채용했다고는 하나, 면접 당일이지 않은가. 낯선 직원을 매장에 홀로 두고 자리를 뜨는 사장이 어디 정상인가. 그런 사장을 이해하는 데는 3일도 안 걸렸다. 코로나 사태로 매장은 물론 백화점에 오는 사람이 거의 없었다. 사장은 자리를 비우고 싶어도 대신할 사람이 없었던 것이다. 아무리 매상이 없고 고객이 없더라도 영업장을 비우는 것은 말이 되지 않았다. 유이가 근무한 3일 동안 세 명의 손님이 다녀갔을 뿐이다. 그들이 매상을 올려줬냐면, 그것도 아니다. 그들은 유이가 있는 매장을 눈으로 훑고 그냥 지나쳤다.

나중에야 안 일이지만, 사장은 유이의 사회복지사 경력이 마음에 들어 다른 것은 묻지도 않고 채용했다. 손버릇이나 입버릇이 나쁜 사람을 만나기도 하는데 그런 사람들은 언행에서 티가 난다고 했다. 말이 과하거나, 행동이 당당하지 못하거나. 콕 집어서 말할 순 없지만, 속이 검은 사람은 보면 안다고 했다.

사장은 무엇보다 유이의 인내심을 높이 샀다.

"이력서에 그런 것까지 보여요?"

"얼굴까지 보고 확인한 거죠. 사회복지사라는 게 그렇잖아요. 인간에 대한 마음과 이해 없인 하기 힘든 일이잖아요. 어떤 방식으로든 사람을 돌보는 일이니까. 그런 일은 인내심 없이 하기 어렵죠."

유이는 모르고 있었다. 자신이 어떤 일을 했느냐가 꽤 많은 걸 알려준다는 것을. 많은 사람을 상대하며 살아온 사장은 확실히 다른 뭔가가 있었다. 잘 알지도 못하는 사장이지만 유이는 순간 존경심마저 일었다. 어떻게든 매상을 올려야겠다는 생각도 했다. 매상이 없는데, 월급을 받는 게 기분 좋은 일은 아니다. 월급을 받기도 전에 매장이 없어질지도 모를 일이지만.

유이는 가뭄에 콩 나듯 하는 고객이지만 어떻게든 그들의 시선을 끌기 위해 노력했다. 마네킹의 옷을 매일 갈아입히고, 매장 디스플레이도 수시로 다시 했다. 매장 앞을 지나가는 고객에겐 먼저 다가가 말을 건넸다.

고객의 환심을 사는 일은 쉽지 않았다. 유이가 말을 걸면 그들은 피했다. 이래서야 매상은커녕 구경하는 고객마저 다 도망가게 생겼다.

주말을 기대하는 금요일. 그날도 사람이 적기는 마찬가지였다. 어쩌다 사람이 나타나면, 매장 직원들의 시선이 일제히 쏠렸고 고객의 이동을 따라 눈동자가 움직였다. 어느 매장에 눈길을 주고 어느 매장에 들어가는지를 눈여겨보는 일을 소일 삼았다. 다른 매장에 들어가면 실망을 금치 못했고, 매장에 들러 나오는 손님의 손에 쇼핑백이라도 들려있으면 먹잇감을 놓친 것처럼 황망한 눈빛이 됐다.

유이도 그들과 다르지 않아서 막 들어선 나이 차가 좀 있어 보이는 남녀의 발걸음을 주시하고 있었다. 점잖아 보이는 중년 남자는 서른 중반이나 초반쯤으로 보이는 여자에게 마네킹이 입고 있는 옷들을 권하며 거닐었다. 여자는 손사래를 치며 다른 매장으로 옮겨 다녔다. 여자는 취향이 확실해 보였다. 남자는 권하고 여자는 고개를 가로젓는 상황이 반복됐다.

남자는 분명 여자에게 옷을 선물할 것이다. 여자가 마음에 드는 옷을 발견한다면 말이다. 유이는 그들이 매장을 거쳐 나올 때마다 유심히 살폈다. 빈손으로 자신의 매장에 들어섰을 때, 매상을 올릴 기회가 왔다고 내심 격하게 반겼다. 다른 매장 직원의 시선 따윈 신경 쓰지 않았다. 유이는 적극적으로 여자에게 어울릴 만한 옷들을 골라 권했다. 여자가 탈의실에서 옷을 갈아입고 나올 때마다 칭찬하는 것도 잊지 않았다.

"어머나! 스타일이 장난 아니세요. 우리 옷 아무나 소화 못하는데……."

유이는 엄지를 쌍으로 척 들어 보였다. 자신의 옷차림을 거울에 비춰보는 여자는 마음에 안 드는 표정이지만, 말로 하는 유이의 성찬은 멈출 줄 모른다.

"사장님, 한번 보세요. 맞춤옷 같은 게 완전 사모님 옷이죠? 너무 잘 어울리고 아름다우세요."

남자는 유이의 칭찬에 입꼬리가 광대를 향해 올라간다.

그들이 부부가 아니라는 것은 누가 봐도 뻔했다. 남자는 자기 기분에 취해 다른 옷들을 더 보여 달라고 나섰다. 하지만 거울에 자신의 모습을 비춰보던 여자는 "사모님"이란 말에 떨떠름한 표정을 지었다.

"사모님?"

여자는 퉁명스럽게 나직한 말을 뱉는다.

"사모님이 아니시구나. 원래 능력 있는 남자가 젊고 매력적인 여자를 얻는 법이잖아요."

유이는 호들갑을 떤다.

여자는 '매력'이라는 말에 새침한 표정으로 다른 옷을 입어보겠다고 나선다. 여자가 옷을 갈아입고 나오면, 남자는 예쁘다며 좋아죽는 표정을 짓는다.

유이는 자신이 매치한 옷을 여자가 싫다는 말도 없이 다 입어보는 것만으로도 오늘만큼은 매상을 올릴 수 있을 것이라 확신했다. 높은 매상은 아니더라도 말이다. 유이는 한껏 목소리가 달아올랐다. 입에 침이 마르도록 여자의 맵시를 칭찬했다.

남자가 아무리 사주고 싶어 해도 여자 마음에 들지 않으면 그만이다. 여자가 두 시간째 옷을 입어보기만 했을 땐 은근 부아가 치밀어 올랐지만 유이는 억누르고 미소를 지었다.

남자는 여자가 입어본 옷들을 모두 사줄 것처럼 굴었지만 여자는 호락호락하지 않았다. 탈의실에서 들고 나온 옷을 계산대 테이블에 올려놓고 돌아섰다.

"이걸로 드릴까요?"

"아니, 됐어요."

"그냥 가시게요? 맞춤옷처럼 정말 잘 어울리는데, 왜요? 사장님이 사주신다는데, 이럴 땐 그냥 받는 것도……, 성의가 있는데."

유이는 자신의 말이 길어질수록 구차해지는 기분이 들었다.

남자는 유이의 눈치를 보며 여자가 입어본 옷들을 포장해 달라며 지갑에서 카드를 꺼냈지만, 여자는 단 한 벌의 옷도 원하지 않았다. 남자의 팔짱을 끼고는 매장에서 나가 버렸다.

유이는 자신을 부러운 눈초리로 바라보던 다른 매장 직원들의 비웃음이 느껴졌다. 앞 매장 직원은 유이와 시선이 마주치자, 웃음기 어린 입을 가리고 돌아서서 분주한 척 군다. 앉은자리에서 몇 벌은 팔 줄 알았는데, 풍선 바람 빠지듯 한순간에 꺼졌으니, 웃음이 나오기도 할 것이다.

사람이 그렇게 입에 발린 칭찬을 해줬으면 한 벌은 사야 예의지. 자기 돈 나가는 것도 아니고, 남자가 사주겠다는데 그걸 왜 굳이 사양하고 지랄이냐고. 그 정도로 사람을 부렸으면, 그러는 게 아니지. 옷이 어울리지 않았으면 말도 안 해. 유이는 홀로 분했다.

오늘도 역시나 매상은 제로다. 부푼 풍선만 제대로 뻥 터졌다. 집에 오는 동안에도, 집에 도착해 샤워를 하고 침대에 누워서도 분한 마음은 좀처럼 꺾이지 않았다. 잠은 다 잤다. 유이는 하릴없이 휴대폰을 손에 쥐었다.

위층의 작가는 아직도 글을 쓰는 모양이다. 글발이 잘 나가는지, 키보드 두드리는 소리가 다다다다다 들려왔다. 재상녀는 커뮤니티 안에 들어와 있었다. 유이는 마음을 달랠 겸 말을 건다.

[오늘은 미치지 않은 게 다행이에요. 분해서 잠도 안 와요.]

평소의 유이라면 이런 거친 대화는 하지 않는다. 유이의 분한 마음만큼 재상녀의 답문은 바로 왔다.

[무슨 일인데 그래요? 누가 우리 유이님을 열 받게 했을까? 말만 해요. 내가 아주 혼쭐을 내줄 테니까. 하하하. 거짓말 아니에요.]

[내 마음 알아주는 건, 역시 재상녀님밖에 없다니깐요. 고마워요.]

유이는 재상녀의 글만으로도 금방 위로가 됐다. 남편도 잘

해주지 않는 말을 거침없이 해준다. 유이는 웃음을 머금고 글 대화를 이어간다. 배려와 예의라고는 눈곱만큼도 없는 어떤 여자 손님 때문에 오늘 기분이 마룻바닥을 기고 있다고.

[돈 많은 남자를 물었네. 그래놓곤 왜 주는 선물을 마다하죠? 좀 모자란 여자 아니에요? 나라도 냉큼 다 받아 챙기겠고만.]

[재상녀님답지 않아요. 뭐가 아쉬워서 그런 남자가 주는 걸 받아요.]

[하하하. 그런가요? 내가 돈이 아무리 많아도 준다는 걸 왜 마다해요. 일단 받고 보는 거죠.]

[암튼, 제 칭찬값도 안 나왔어요. 몇 시간씩 옷을 잔뜩 입어 보기만 하고, 남자는 사주지 못해서 안달하는 것이 제 눈에도 보이는데……, 그냥 입겠다고만 하면 되는데! 아후, 그냥!]

[죽이고 싶었겠네요?]

[마음으로야 그렇죠. 제가 참을성이 좀 많아서 다행이지 뭐예요. 안 그랬으면, 그 자리에서 여자 목을 졸랐을지도 몰라요. 지금도 이렇게 분한 마음이 가시지 않는데…….]

[불륜 주제에 고상 떠는 거죠. 아닌 척하고.]

[그런다고 얻어지는 것도 없잖아요. 남 장사 망치고 욕 먹고 좋을 게 하나도 없는데.]

[가끔 보면 유이님은 세상을 몰라도 너무 모른다니깐. 남자는 자기가 좋아하는 여자한테 뭐든 해주고 싶어서 안달하죠.

그걸로 자신을 과시하니까. 경제력이 넘치는 남자라면 원하는 건 뭐든 해주지 않겠어요.]

[그러면 더 이상하죠. 남 지갑이나 털면서 왜 거절하냐고요? 파는 사람 기분 나쁘게.]

[작은 걸 거절해야 더 큰 걸 얻어낼 수 있잖아요.]

[재상녀님은 역시 모르는 게 없으셔요. 암튼, 그 여자 겁나 재수없어요. 남의 남자에 빌붙은 주제에 내 기분까지 더럽게 만들고, 그냥 확 죽어버렸으면 좋겠어요.]

[진심이에요?]

[진심이죠.]

[유이님의 마음이 정히 그렇다면, 나도 그 여자가 죽기를 바랄게요. 그런데 그 여자 어떻게 생겼어요?]

[겁나 재수없게 생겼어요. 눈이 땡그랗고, 아, 눈동자 색이 좀 특이했어요. 연갈색? 한 번 보면 반할 것 같은.]

[그렇군요. 마음이 좀 풀렸으면 이제 그만 푹 자도록 해요. 내일 출근을 위해서 ♡♡♡]

유이는 재상녀의 하트 이모티콘에 답례하듯 여러 개의 붉은 하트를 보내고 잠자리에 든다. 내내 불쾌하고 안 좋았던 마음들이 재상녀 덕분에 조금은 풀린듯했다.

내일은 출근하지 않아도 되는 토요일이고, 늦잠을 자도 되는 날이다. 이번 주말에도 남편은 근무다.

4

늦가을의 주말 아침이다. 유이는 창문으로 해가 들이치는 늦은 시각까지 침대에 있었다. 위층의 타이핑 소리가 아름다운 음악 선율처럼 들려왔다. 유이는 이불을 몸에 말고 한없이 뭉그적거린다. 그러다 안락함에 까무룩 또 잠에 든다.

정오가 가까운 무렵 시끄러운 소리가 들려왔다. 심상치 않은 소리에 벌떡 일어난 유이는 베란다로 뛰어가 밖을 내다봤다. 119구급대 차량과 경찰차가 아파트 앞에 세워져 있고, 주민들이 골목에 나와 있었다.

경찰차까지 온 걸 보면 무슨 사건이라도 터진 모양이다. 유이는 잠옷 위에 코트를 걸치고 나 홀로 아파트 건물 밖으로 나와 섰다.

뒤늦게 나타난 이들은 어리둥절한 표정으로 무슨 일이냐고

이 사람 저 사람에게 묻고 다녔다. 유이도 자신의 궁금증을 해결해줄 사람을 찾아 눈치를 본다. 이사 첫날에 만난 검은 마스크를 쓴 남자는 무리에서 떨어진 곳에 홀로 서 있었다. 유이는 남자를 곁눈으로 일별하고, 포메라니안 강아지를 안고 있는 옆집 여자에게로 다가갔다.

"무슨 일이에요? 누가 쓰러졌어요?"

유이는 눈을 굴리며 묻는다.

"글쎄요. 저도 좀 전에 나와서 잘 몰라요."

옆집 여자는 상체를 뒤로 물리며 유이를 경계했다.

유이는 다른 사람에게 물어볼까 하다가 아파트 출입구로 시선을 가져갔다. 집에서 버티다가 궁금증에 나와 보는 아파트 주민이 출입구로 나올 뿐이었지만, 그곳에 있는 사람들은 모두가 같은 곳을 뚫어져라 쳐다본다.

7층에서 사람이 죽었다는 말은 유이의 등 뒤에서 들려왔다. 튼실해 보이는 중년 여자가 할머니 한 분과 있었다.

"살인사건인가요?"

유이는 휘둥그런 눈으로 물었다.

"어디 가서 그런 말은 하지도 말아요. 살인이라뇨? 집값 떨어져요."

중년 여자는 손사래치며 유이의 말문을 막았다. 대단지 아파트도 아니고 집값을 운운하는 게 웃기기는 했다. 유이는 그냥 홀로 상황을 짐작했다.

119구급대 차량만이 아니라 경찰차까지 와 있다는 건, 단순한 사고가 아니라는 뜻이다. 유이는 주변 사람들을 훑다가 검은 마스크를 쓴 남자와 눈이 마주쳤다.

“왜 자꾸 쳐다보는 거야. 기분 더럽게.”

유이는 남자의 시선을 피했지만 계속해서 자신을 바라보는 것 같은 느낌을 지울 수가 없다. 그 사이, 구급대원들이 7층의 시체를 들것에 싣고 승강기를 빠져나왔다.

하얀 천이 덮인 것이 사람이 죽은 것만은 분명했다. 구급대원들의 발걸음이 총총한 가운데 바람이 시체를 덮은 천의 귀퉁이 자락을 날렸다. 구급대원이 바람에 날린 자락을 제자리로 돌려놓는 짧은 그 사이에 유이는 죽은 여자의 얼굴을 보고야 말았다. “헉!” 유이는 숨이 목에 턱 걸린 듯했다.

들것에 실린 여자의 시체. 119구급대원들이 차량에 옮기고 있는 시체는 유이 자신이 죽었으면 좋겠다고 욕을 해댔던 바로 그 여자다. 유이는 그녀가 자신과 같은 아파트에 살고 있었다는 사실에 오금이 저렸다.

119구급대 차량이 떠나고 경찰차도 곧 아파트 앞을 떠났다. 추위에 안 팔짱을 끼고 선 사람들은 각자의 집으로 들어갈 생각도 없이 한동안 골목을 서성거렸다.

경찰은 자살이라고 했다. 하지만 유이는 자신이 그 여자를 살해한 것 같아서 오한이 일었다. 죽이고 싶은 충동이 일긴 했지만, 그것은 지나가는 일시적인 감정일 뿐이다. 욕을 하거나 죽길 바라는 감정만으로 사람이 죽을 순 없는 일이다.

유이는 덜덜거리는 심장에 동네를 한 바퀴 돌았다. 쓰레기를 버리러 나올 때나 신는 슬리퍼를 신은 채로. '할의 커피 맛'에서 뜨거운 커피를 주문하고는 구석 테이블에 넋 나간 사람처럼 멍하니 앉아 있었다. 죽을 생각이었으면 새 옷이라도 얻어 입고 갈 것이지. 그런 생각을 하다가 유이는 이내 또 고개를 내젓는다. 어쩌면 그래서 옷만 잔뜩 입어보고 만 것인지도 모를 일이다. 죽으면 입지도 못할 옷을 굳이 살 필요가 없다.

그래도 이해되지 않았다. 매장에 온 어제의 여자는 죽음과는 거리가 멀었다. 자살과는 더욱이. 자신의 매장을 나간 뒤로 남자와 생사를 고민할 만큼의 그 어떤 일이 벌어졌다면 또 모를 일이다. 내연 관계를 알고 있는 누군가로부터 협박을 당했다면?

"손님, 주문하신 커피 나왔습니다."

'바리스타 마환'이란 명찰을 단 남자가 유이의 자리까지 직접 커피를 가져왔다.

"제가 가지러 갈 텐데, 왜?"

"여러 차례 말씀드렸는데, 듣지 못하셔서 이렇게 직접……."

커피를 가져다준 남자는 탐정으로 소문난 바리스타다.

유이는 탐정이라는 바리스타를 눈앞에 두고도 말을 걸 용기가 나지 않았다. 여자의 자살을 두고 살인의 가능성을 묻는 것은 더욱 입이 떨어지지 않는다. 유이는 눈앞의 바리스타를 빤히 보다가 주문한 커피를 테이블에 둔 채로 휘적휘적 카페를 나왔다. 자신을 부르는 소리가 들렸지만 유이는 돌아보지 않았다.

집으로 가는 발걸음이 자꾸 딴 길로 샜다. 내가 욕해서 죽은 게 아냐. 그런다고 사람이 죽어나가면 살아있을 사람 몇 없게? 유이는 횡설수설하며 골목을 돌다가 집으로 돌아왔다. 아파트 앞에 있던 사람들도 다 흩어지고 없었다.

사람이 죽어나간 건물은 어느 때보다 을씨년스럽고 쥐 죽은 듯이 조용했다. 이런 땐 남편이라도 곁에 있어야 했다. 남편은 막바지 공사가 한창인 현장에 있고, 괜히 일을 방해했다가 사고라도 날까봐 유이는 전화를 참는다.

유이는 혼자 있고 싶지 않았다. 누구라도 붙잡고 말을 해야 했다. 그러지 않고는 께름칙하고 더러운 지금의 기분에서 도저히 벗어날 수 없을 듯했다. 지금 이 시간에 자신과 말을 섞어줄 사람. 재상녀 말고 다른 사람은 떠오르지 않았다.

유이는 휴대폰을 찾는다. 어디에 뒀는지 도통 기억이 나지 않는다. 소파를 뒤집고, 침대의 이불을 털고, 화장실에서 휴대폰을 찾았을 때 유이는 암담했다. 휴대폰을 화장실에 들고 간 기억이 없는데, 휴대폰이 왜 그곳에 있는지 당혹스럽다.

재상녀는 커뮤니티에 들어와 있지 않았다. 거의 매일 그곳에 있는 사람이라 당연히 대화를 나눌 수 있을 줄 알았다. 유이는 쪽지를 보내고 초조하게 기다렸다.

[급하고 중요한 일이란 게 뭐예요?]

재상녀의 답변은 10분쯤 뒤에 왔다.

[어제, 제가 말한 그 여자 있잖아요.]

[사지도 않을 옷을 입어만 보고 짜증 나게 굴었다는 그 여자 말인가요?]

[그 여자가 자살했대요.]

[네에?]

[더 놀라운 건 뭔 줄 알아요? 그 여자가 나랑 같은 아파트에 살고 있었다는 거예요. 그런 줄도 모르고 죽어버리라고 고사를 지냈으니…… 께름칙해 죽겠어요.]

[놀라운 인연이네요. 하지만 그거야 그냥 하는 말이잖아요. 배고파 죽겠네, 뭐 그런 말이랑 다를 게 없는 말이잖아요. 설마 죽으라고 욕했다고 죽었겠어요? 뭔가 다른 속사정으로 자살한 거겠죠.]

[저와는 무관한 일일까요?]

유이는 아직도 심장과 손이 떨렸다.

[죽기 전에 마지막으로 누구한테라도 심통을 부려보고 싶었나 보죠. 그보다 진짜 겁나는 얘기 하나 해줄까요?]

[무서운 얘기라면 지금은 싫은데…….]

유이는 진짜 듣고 싶지 않았지만 재상녀가 하는 말을 단호하게 자르지도 못했다.

[남자친구와 헤어진 딸은 대학원에 입학했고, 공부에만 전념했대요. 학문을 갈고 닦는 것만이 자신의 인생을 위로받을 수 있는 유일한 방법이라고 여긴 거죠. 문제는 어느 날부터인가 위층에서 요란한 소리가 나기 시작한 거예요. 공부에 전념해야 하는데 신경이 쓰인 거죠. 헤어진 남자친구에 대한 미련도 다 지우지 못한 상태였던가 봐요. 그러니 위층에서 나는 소리가 무지 신경 쓰이고 짜증이 났을 거예요. 화풀이할 핑계가 필요했는지도 알 수 없고요.]

재상녀가 들려주는 이야기에 혹한 유이는 702호의 자살사건을 잠시 뒤로 했다.

시험을 망쳐 학점이 나오지 않은 딸은 위층의 소음을 문제 삼았다. 드릴을 박는지, 망치질을 하는지 공부를 하려고 하면 소음에 뇌가 흔들릴 지경이라 아무것도 할 수 없다고 신경질을 부렸다. 위아랫집의 심각한 층간소음에 그 딸은 위층에 항의를 하러 갔지만 아무리 초인종을 눌러도 인기척이 없었다. 딸은 소음에 고통을 호소했고, 엄마는 그 딸 때문에 또 난감했다.

[그래서 어떻게 됐어요?]

층간소음 때문에 겪은 고통이라면, 유이도 만만치 않아서 그냥 모른 척 넘어가지지 않았다.

[장대비가 내린 다음날 아침에 출근하던 주민이 아파트 앞 화단에 있는 시체를 발견했대요. 마치 엄마가 딸을 등에 업고 뛰어내린 것처럼 시체가 포개져 있었대요.]

[위층에서 나는 소음 때문에 모녀가 자살을 했단 건가요?]

[아마도?]

이해는 충분히 됐다. 층간소음으로 전쟁을 치르고 죽기 일보 직전에서야 이곳으로 이사를 온 유이다. 그 상황이 더 오래 장기화되었더라면, 남편이 없었더라면 유이 역시 무슨 일을 저질렀을지 알 수 없다. 수면 부족에 퀭한 눈으로 출근을 하고 내내 졸다가 퇴근해서 집에 오면 또 전쟁이다. 그런 날이 반복되자, 업무에도 차질을 빚었다. 실수를 연발했고, 삶의 질은 한없이 떨어졌다.

[모녀가 투신자살을 하다니, 혼란스럽던 머리가 더 복잡해졌어요.]

유이는 상상하는 것만으로도 몸이 으스스했다. 유이는 담요를 끌어다 그 안에 굴을 파고 들어앉는다.

[하하하. 하나만 더 말하고 끝낼까요, 그럼?]

[무서워서 더는 못 듣겠어요.]

유이의 사정에도 재상녀는 내친김에 이야기를 하나 더 한다며 멈추지 않는다.

[층간소음으로 괴로워하던 모녀가 투신자살을 하고, 경찰이 와서 그 건물에 사는 사람들을 탐문수사를 했죠. 그들이 하는 말이 더 해괴했대요. 투신자살한 모녀의 실랑이 때문에 시끄러워 이웃들이 밤에 잠을 잘 수가 없었다고 털어놓은 거죠.]

[모녀의 윗집 사람들은요?]

[그 집이요? 개미 한 마리 기어다니지 않았죠.]

[아랫집 모녀가 소음 때문에 투신까지 했는데, 그럴 리가요?]

[윗집엔 팔순 가까운 할아버지가 혼자 살고 있었는데, 모녀가 투신을 하기도 훨씬 전에 사망한 시체로 나중에서야 발견됐거든요. 죽은 사람이 어떻게 소음을 낼 수 있겠어요.]

[뭐어, 뭐라고요?]

유이는 섬뜩했다. 손가락이 덜덜 떨려서 글 대화를 이어나가기 어려웠다. 유이는 휴대폰을 이불에 묻고 자신도 이불 속에 웅크렸다. 남편은 오늘도 전화를 받지 않았다. 아무리 연락이 안 되도 24시간 안에는 연결이 되는 게 보통이다. 하지만 유이가 남편에게 보낸 문자는 이틀이 지나도 미확인 문자로 남아 있었다.

소리가 잠든 집. 사람이 죽은 집이다. 아랫집 딸은 시체만 있는 집에서 무슨 소리를 어떻게 들었던 것일까. 환청이거나, 이미 시체가 된 사람의 아우성은 아니었을까. 자신의 주검을 발견해 주기를 바라는 영혼의 외침 같은 것 말이다.

5

월요일 아침이 밝았지만, 유이는 출근할 생각을 하지 않는다. 주말 동안 생각지도 못한 일들이 벌어졌고 매상도 못 올리는 매장에 나가 자리만 지키고 있는 것도 내키지 않았다. 영업장에서 물건을 팔아야 인건비를 챙길 수 있는 것 아닌가.

열흘 동안 유이는 한 벌의 옷을 팔았을 뿐이다. 코로나 바이러스로 인해 손님이 없다지만 백화점을 들락거리는 사람들은 그 와중에도 적지 않았다. 유이가 근무하는 동안의 매장 수입을 굳이 따지자면 적자다. 사장은 손님 없는 매장을 유이에게 맡겨두고 다른 일들을 보러 다녔지만.

유이는 출근하는 것도, 혼자 아파트에 있는 것도 마음이 편치 않았다. 남편이 곁에 있다면 조금은 덜 무섭고 덜 불안할 것이다. 남들은 외로워서 결혼을 한다지만, 유이가 주말 부부 생활에도 결혼을 결심한 가장 큰 이유는 무서워서였다. 혼자 남게 될까 봐. 자신이 살았었다는 걸 아무도 모르게 될까 봐.

사람이 죽어나간 아파트는 무서웠다. 연락이 없는 남편이 서운하기만 했다. 이런 때에 최소한 내 편이 한 사람은 있어 줬으면 싶어서 한 결혼인데, 이토록 도움이 되지 않는다니. 좌절감이 느껴졌다.

"얼마나 바쁘길래 문자 확인도 못한다는 거야."

유이는 남편이 휴대폰을 잃어버렸나, 그것도 아니면 여자가 생겼나 온갖 잡생각을 떠올렸다. 유이는 부랴부랴 가방을 꾸렸다. 남편의 공사 현장으로 찾아갈 생각으로. 회사 숙소에 묵기는 어렵겠지만 가까운 곳에 호텔 방을 잡으면 된다. 며칠만이라도 702호의 죽음에서 벗어나 있고 싶다는 마음뿐이다.

기차역에서 목적지의 기차표를 사려는데, 휴대폰이 울린다. 매장 사장의 전화다. 유이는 망설이다가 받는다.

- 유이 씨, 어디예요?

"죄송해요, 사장님."

- 무슨 일인데요? 와서 얘기해요.

"아니요. 지금 남편한테 가는 중이라 출근 못해요. 그동안 일한 건, 계좌로 입금해주세요."

- 갑자기 이러는 법이 어딨어요. 속상하게.

사장은 구차스럽게 굴지는 않았다. 갑작스런 통보에 기분은 상했겠지만 사장은 더 길게 붙잡고 늘어지지 않았다. 유이는 이런 식으로 관계를 정리하는 게 아니라는 걸 알면서도 이럴 수밖에 없는 자신에 짜증이 살짝 난다.

모든 것이 엉망진창이 되어서 뭘 어떻게 해야 할지 혼란스러웠다. 유이는 서둘러 기차에 몸을 싣는다. 서너 시간 후면 남편이 근무하는 현장에 도착한다. 기차 소리와 함께 유이는 상념에 사로잡혔다. 702호의 일그러진 얼굴과 죽은 사람을 상대로 소음과 싸우던 모녀가 오락가락했다.

유이는 수면안대를 하고 의자를 젖혔다. 잠시라도 눈을 붙이고 상념을 지우려 애썼다. 그럴수록 더욱 또렷하게 떠오르는 상념이지만 어느 순간 까무룩 잠이 들었다. 그 잠깐의 쪽잠에서 유이는 남편을 만났다. 유이를 꽤나 오래 기다린 듯했다. 왜 이제야 오냐고, 빨리 좀 오라고 투정 아닌 투정을 부렸다.

"문자도 씹고 전화도 씹고 그런 게 다 작전이었던 거야? 날 이곳에 오게 하려고?"

기차가 굉음을 내며 남편을 가로막고 지나간다. 유이는 남편을 부르다 꿈에서 깼다. 동시에 기차 안으로 안내방송이 흘러나왔다. 기차가 곧 유이의 목적지에 도착했다.

지금 가고 있으니까, 조금만 더 기다리라고. 유이는 깜짝 놀라 반길 남편을 떠올리며 웃음을 머금는다. 남편의 근무지는 기차역에서도 한참을 더 들어가야 했다. 유이는 기차역 광장 앞에서 택시를 잡아탔다.

남편의 숙소가 있다는 주소를 기사에게 말하고는 창밖에 시선을 뒀다. 거리는 계절 탓인지 황량함만 일었다. 자신의 마음 때문인지도 모른다. 30분 넘게 달린 택시는 허름한 주택 앞에 유이를 내려주고 돌아갔다.

남편의 근무지를 찾아 이렇게 오는 것은 처음이다. 굳이 올 필요가 없었다. 남편은 일주일이 멀다 하고 주말마다 꼬박꼬박 집에 왔으니까. 막상 유이 자신이 오자니 이렇게나 먼 곳이었나 싶다. 이 먼 거리를 오가는 수고로움을 남편은 마다하지 않고 왔구나, 하는 생각에 유이는 괜히 울컥했다.

유이는 기사가 내려주고 간 한적한 시골의 주택 앞에서 주소를 다시 확인했다. 맞았다. 하지만 남편이 있어야 할 주택에선 어떤 인기척도 나지 않았다. 아직 근무 중일 거란 생각을 하면서도 유이는 초인종을 눌렀다. 예상대로 집엔 아무도 없다.

근무 중일 때의 전화는 조심스럽지만, 유이는 했다. 전화를 받지 않는 남편에 유이는 짜증이 난다.

"받아라, 좀. 내가 왔다고."

이어지는 신호음에 유이가 홀로 중얼거리던 그때다. 유이 앞을 지나가는 남자는 '이장'이란 글씨가 박힌 초록색 모자를 쓰고 있었다. 그는 고개를 갸웃거리며 몇 발짝 갔다가 유이를 돌아본다.

"여기 찾아온 거요?"

남자가 주택을 가리키며 묻는다.

"그, 그런데요?"

유이는 경계의 눈빛을 한다.

"여기 아무도 없어요. 빈집이라고."

"저쪽에 아파트 공사하잖아요. 거기 직원들이 여기 묵고 있을 텐데요."

"거기 일꾼들이 이 집에서 숙박을 하긴 했지. 비어 있는 집이라 공사 끝날 때까지 좀 쓰자고 해서 내 그러라고 하긴 했는데……. 공사 끝나자마자 여기 있던 사람들 다 돌아간 지가 언젠데."

"네에? 언제요?"

"글쎄, 한 열흘쯤 됐나."

남자는 가물가물한 표정으로 말했다.

유이는 황망함을 감추지 못했다. 공사 막바지라는 말을 두 달 전부터 하긴 했다. 이곳에 없다면 다른 공사 현장으로 옮겨갔을 것이다. 남편은 거기에 대해 한마디도 하지 않았다. 그 이후로 통화를 하지 못했다. 그러고 보니, 남편과의 마지막 통화에서 공사가 곧 마무리될 거라고 했다.

"이 집에 제가 잠깐 들어가 봐도 될까요?"

이장 모자를 쓴 남자는 별일을 다 본다는 얼굴로 유이를 빤히 봤다. 유이는 "제발요" 하며 간곡히 부탁했다. 남자는 집주인도 아니면서 선심 쓰듯 앞장섰다. 잠겨 있지도 않은 현관을 직접 열어주며 들어가 보라고 눈짓한다.

유이는 집 안으로 들어섰다. 집은 낡았고 사람이 살고 있다는 흔적이 느껴지지 않는다. 퀴퀴한 냄새만 진동했다. 남편은 근무지가 바뀔 때마다 이런 숙소를 전전했던 걸까. 유이는 남편의 흔적을 찾아 거실로, 안방으로 발걸음을 옮겼다.

남편의 옷가지는 안방 침대에 있었다. 옷 가방을 챙기다 만 상태로. 남편이 아직 이곳에 있다는 건가. 유이는 마음이 조급했다. 부랴부랴 작은방을 확인하고, 욕실 문도 열어본다. 그 순간, 유이는 자신도 모르게 눈을 질끈 감고 벽에 기대섰다.

욕실 안의 광경은 처참했다. 유이의 날선 외마디 비명에 이장 모자를 쓴 남자가 쫓아왔다. 남자의 눈동자가 휘둥그레진 것은 말할 것도 없다.

6

유이는 남편의 영정 앞을 지켰다. 코로나 바이러스가 창궐한 때에, 남편의 죽음을 알려도 조문을 오는 사람은 드물었다. 살다가 이런 날벼락이 또 어디에 있을 것인가. 유이는 눈물도 마른 듯했다. 멍한 눈길로 허공만 바라봤다.

남편과 같은 숙소에서 지냈다는 동료가 조문을 왔다. 그 집에서 세 명의 동료가 함께 묵었고, 공사가 끝나자 둘은 당일로 그곳을 떠났다. 그들보다 연장자인 남편은 뒷마무리를 하고 가겠다며 동료들을 먼저 보냈다.

남편의 동료였다는 그는 흰 국화 한 송이를 영정 앞에 놓아주고, 두 번 절을 했다. 유이는 그와 맞절을 하고 마주 앉았다.

"뭐라고 위로의 말씀을 드려야 할지 모르겠습니다."

그는 고개를 들지 못했다.

유이의 생각은 자연스럽게 이어졌다. 저놈이 혹시 내 남편을 죽이고 사고사로 위장한 것은 아닐까. 유이는 아랫입술을 지그시 깨문다.

"경찰에서는 뭐라고 말하던가요?"

그래, 궁금하겠지. 자신이 저지른 일의 그 후가. 유이는 다문 입의 어금니를 악문다. 욕이라도 해주고 싶지만 입술이 달라붙은 듯 열리지 않는다.

경찰은 남편의 죽음을 사고사로 종결했다. 집에는 남편 혼자였고, 샤워를 하다가 비누를 떨어뜨렸고, 그 비누를 잘못 밟아 뒤로 자빠져 뇌에 충격을 입었을 것이다. 누군가 남편 곁에 있었더라면. 발견만 빨랐더라도 목숨은 구할 수 있었을지 모른다고.

유이 앞에서 경찰은 안타까운 듯 혀를 끌끌 찼다. 경찰의 말은 틀렸다. 남편은 살해당한 것이다. 직접이든 간접이든, 남편이 죽기를 바란 누군가가 분명 있을 것이다. 702호의 여자를 유이가 저주한 것처럼.

유이의 원망은 남편의 동료를 향해 날아갔다.

"제가 쓸데 없는 걸 물었군요. 상심이 크실 텐데……."

남편의 동료는 그렇게 조문을 마치고 돌아갔다. 그 후로도 몇몇 남편 직장동료와 상사가 다녀갔다. 유이의 시모는 아들의 영안실에 오지 않았다. 먼저 간 아들의 장례를 보고 싶지 않다는 이유에서였다.

영안실의 밤은 정적으로 가득했다. 유이는 혼자 있다는 사실을 견디기 힘들었다. 영정사진에 들어앉은 남편이 자신을 원망하는 것만 같다. 유이는 두려움을 떨치기 위해 재상녀를 붙들고 늘어졌다. 누군가와 말이라도 섞어야지 안 그러면 무서워서 죽을 것만 같다. 남편의 주검과 있다는 말은 하기 어려웠다.

[모처럼 남편이 옆에 있는데, 나랑 이러고 있으면 안 되는 거 아닌가요?]

[업어 가도 모르게 자는 걸요.]

[간만에 만난 예쁜 아내를 두고 잠을 잔단 말이에요? 깨워요, 어서. 운우지정을 나눠야죠. 시간 아깝게 뭐하는 짓이래요.]

유이는 눈물을 왈칵 쏟고 말았다. 재상녀의 글에 답변을 하는 것도 미뤄졌다. 재상녀는 대꾸가 없자, 다음에 또 얘기하자며 금방이라도 나갈 태세다.

[앗, 가지 말아요, 제발. 저와 좀 더 얘기해요.]

유이는 재상녀를 붙잡았다. 남편의 주검 앞이지만 유이는 이런 수다라도 떨어야 멀쩡할 듯싶었다.

[오늘, 유이님 좀 이상하네. 나야 밤이 긴 사람이니 상관은 없지만…….]

[재상녀님 남편분은 어쩌고요?]

[우리 남편도 유이님 남편처럼 잠에 취한 상태라 말을 걸 수 없어요.]

재상녀를 붙들고 유이는 알맹이도 없는 대화를 장시간 이어갔다. 쓸쓸하기만 한 영안실에서 재상녀와의 글 대화는 위로가 됐다. 진짜는 빠진 껍데기뿐인 대화였지만 말이다.

그리고 그다음날, 나 홀로 아파트에 사는 검은 마스크를 쓰고 다니던 남자가 찾아와 남편을 조문했다. 바이러스 유행 때문에 친인척의 조문도 이뤄지지 않는 상황에서 남자의 조문은 고마우면서도 왠지 껄끄러웠다. 남편의 죽음에 금방 희석되기는 했지만.

남편은 화장터에서 끝내 한줌의 재로 돌아갔다. 유이는 생각이 없는 사람처럼 얼이 나간 얼굴로 남편이 불타는 것을 지켜봤다. 혼자 남는 게 두려워서 결혼을 했는데, 이제 진짜 혼자가 됐다. 외롭진 않았다. 혼자가 됐다는 사실이 말할 수 없게 그냥 무서웠다.

납골당에 안치한 남편의 유골 앞에서 유이는 메마른 슬픔을 한동안 게워냈다. 이럴 줄 알았으면 남편의 공사 현장이 어디든 따라다닐 걸 그랬다. 자신의 이기심이 남편을 죽음으로 내몰았다는 생각을 떨칠 수가 없다. 아무도 모르는 죽음을 홀로 맞이하는 상황을 만들고 싶지 않아 결혼을 했으면서 남편의 일상에 너무도 무심했다.

슬픔도, 기쁨도, 두려움도, 생활도……, 그 모든 것을 함께하겠다고 유이는 약속했었다. 그 어느 것도 함께하지 못했다.

7

유이는 열흘 만에 집으로 돌아왔다. 침묵에 휩싸인 집. 유이는 저도 모르게 부르르 살이 떨린다. 평소 곧잘 들려오던 위층 작가의 타이핑 소리가 어쩐 일인지 잠잠하다. 한동안 열을 올린 작품을 탈고했는지도 모를 일이다. 그 뿌듯한 희열에 컴퓨터 앞을 떠나 잠시 휴식을 취하고 있을지 알 수 없다.

소리가 잠든 집은 너무 조용해서 두려웠다. 현관 밖에서 들려오는 계단 밟는 구두소리에 유이는 안도하고 엷은 미소를 짓는다. 어느 집의 현관문이 열리고 그 안에서 방탄소년단의 '드림 글로우(Dream glow)' 노래가 새어 나왔다. 방음이 잘 안 된다는 것이, 지금은 너무나도 살 것 같았다.

옆집과 윗집의 소리들이 들려올 때마다 유이는 숨이 제대로 쉬어지는 듯했다. 두려움이 줄어들었다. TV속 인물과 대화를 하듯 유이는 401호의 아기 울음소리가 들리자, "우리 아기 왜 울어? 배고파서 그래?" 하고 대꾸한다. 402호의 현관문 여닫는 소리에 "강아지랑 산책 나가는군", 몇 계단씩 뛰어오르는 소리엔 "조심해, 그러다 넘어질라" 하고 혼잣말을 했다.

유이는 혼자 있다는 생각이 들지 않았다. 건물 전체가 자신의 집이라고 생각하니, 옆집과 윗집, 그리고 계단 등에서 나는 소리들이 모두 내 식구가 내는 소리들처럼 정겨웠다.

[야채 트럭이 지나갈 때 방송을 하잖아요. 싱싱한 야채가 왔어요, 왔어. 전에는 그 소리가 몹시 시끄럽게 들렸는데, 지금은 손님이 온 것처럼 반갑지 뭐예요. 나가서 뭐라도 사와야 하는 거죠.]

유이는 시간이 가는 줄도 모르고 글 대화를 나눈다. 자신이 찾을 때마다 답변을 꼬박꼬박 해주는 재상녀가 고맙기만 했다. 밥 한번 대접하고 싶다는 말에 재상녀는 이번에도 됐다고 거절이다.

[나도 유이님이랑 밥도 먹고, 얼굴 보고 수다도 떨고 싶어요. 밥값도 당연히 돈 많은 제가 내죠. 하지만 알잖아요. 제가 왜 사람들 만나길 꺼려 하는지.]

안다. 사람을 만나는 일이 부탁으로 이어지지 말라는 법이 없으니까. 돈이든 인맥이든 있다는 것은 또 그만큼 거절하기 어려운 청탁이 들어올 수도 있는 일이니까. 하지만 직접 만나지 않아도 재상녀에게 부탁을 해오는 이들은 많을 것이다.

어쨌든 유이는 재상녀가 원하는 만큼의 거리를 두는 관계에 만족했다.

[꼭 만나야만 좋은 건 아니니까, 저는 이대로도 좋아요.]

유이는 흔쾌한 글을 보낸다.

[난 우리가 좋은 친구라고 생각해요. 유이님은요?]

[저도 그래요. 두 해를 넘기도록 대화를 이어갈 수 있다는 건, 친구가 아니면 힘든 일이죠. 그리고 직접 만나는 것보다 이게 서로 부담 없고 좋긴 해요. 재상녀님의 경제적 레벨을 제가 맞추긴 아무래도 어려우니깐 말이죠.]

[사람과 사람이 만나는데, 무슨 레벨이 있다고 그래요. 자꾸 그러면 유이님이랑 안 놀아요. 흥.]

재상녀답지 않은 말에 유이는 킥킥 웃음이 새나온다.

[앗, 제가 잘못했어요. 다신, 안 그럴게요. 하하하.]

[약속했어요?]

[네에. 요샌 조용한 게 싫어요. 옆집이든 윗집이든 아랫집이든 아파트 앞이든 사람들 소리가 막 들렸으면 좋겠어요. 아무 소리도 안 나면, 그냥 무서운 거 있죠.]

[층간소음 때문에 겪은 공포는 벌써 잊으신 건가요?]

[사람 마음이 이렇게 간사하네요. 재상녀님이 들려준 얘기 때문인가 봐요. 죽은 사람이 소리를 냈을지도 모른다고 생각하

면, 소름이 쫙 끼치면서도 측은한 생각이 들어요.]

[개구리 올챙이 적 생각 못한다지만, 이런 경우는 긍정적으로 봐야겠네요. 윗집은 어때요? 소리를 좀 내는 편인가요?]

유이는 잠시 천장을 올려다본다. 귀를 기울여 보지만 아무 소리도 들리지 않는다.

[실은 우리 집 위층에 작가가 사는 것 같거든요. 보통은 타이핑 소리가 종일 리드미컬하게 나는데, 요즘엔 작품을 끝냈는지, 너무 조용해요. 새로운 작품 쓰기에 빨리 들어갔으면 좋겠어요. 그래야 다시 창작의 소리도 나고, 저도 덜 무서울 테니까…….]

[윗집의 작가가 유이님을 위해 좀 더 다양한 소리를 내주길 바라야겠네요.]

[킥킥.]

유이는 붉은 하트 이모티콘 열 개를 한꺼번에 보낸다. 재상녀가 붉은 하트로 화답했다. 하트 이모티콘이 뭐라고 흰색에서 붉은색으로 바뀐 것만으로도 유이는 기분이 고조됐다. 일자리도 남편도 잃은 별 볼일 없는 자신과의 대화에 누가 정성을 들인단 말인가. 편견 없이 한 인간으로 자신을 상대해 주는 재상녀다. 그렇다고 종일 재상녀의 시간을 독차지할 수는 없었다.

유이는 적당한 선에서 그들의 대화를 마무리했다. 재상녀와 대화를 나누지 않는 유이는 나 홀로 아파트에서 나는 소리에 귀를 쫑긋 세웠다. 몇 호가 출근하는 소리, 또 몇 호가 등교하는 소리, 옆집의 여자가 강아지를 데리고 산책 나가는 소리, 그 옆집의 아기 울음소리. 문제는 아무 소리도 들려오지 않는 날이었다.

유이는 조용한 건물에 발작을 일으켰다. 승강기를 타고 오르내리며 남의 집 초인종을 누르고는 승강기 안에 잽싸게 숨는다. 어느 집은 문을 열고 나와 봤고, 어느 집은 반응이 아예 없었다. 아이들 장난 같은 그 일에 유이는 재미를 붙였다. 남의 집 초인종을 누르고 시치미를 떼는 그 일이, 친구가 되고 싶은데 쑥스러워 말은 못 붙이겠고, 그냥 쿡 옆구리를 찌르고 도망치는 아이 같다.

유이가 지금 딱 그랬다. 같은 건물에 살면서도 인사 한번을 제대로 나눠보지 못한 이웃들이다. 말을 붙이는 일이 어색하고 계단이나 승강기 안에서 마주치기라도 하면 다들 경직된 얼굴로 서 있었다. 사람 마음이 다 똑같은 것은 아니어서, 그냥 모르는 이웃으로 지내는 것을 더 편하게 여기는 이도 있기 마련이다.

유이는 윗집에서 들려오는 다양한 소리들을 접하기 시작했다. 청소기 돌리는 소리. 세탁기 돌아가는 소리. 거실을 거니는 발소리. 티브이 소리. 화장실의 물 내려가는 소리. 유이의 마음을 알아채기라도 한 것처럼, 소리에 소리들이 더해졌다.

그런 날이면 유이는 가족과 함께 있는 듯이 느껴졌고 마음은 평온했다. 기분 좋은 콧노래를 흥얼거렸다.

"사람 사는 집에 소리가 살아 있어야지, 아무렴."

유이는 윗집의 소리를 받아 자신도 반응했다. 그래봐야 음악방송의 볼륨을 높이거나 싱크대의 수도를 틀어놓고 쌓아둔 설거지를 하는 것이지만, 유이는 집과 집이 생활의 대화를 나누는 것 같은 착각에 빠져든다.

이웃의 소리가 들려올 때면, 유이는 그에 화답하듯 티브이 볼륨을 크게 하거나 하루에도 몇 번씩 청소기 돌리는 일을 반복했다. 어떤 때는 직접 노래를 부르고, 어떤 때는 베란다 창가에 서서 시를 낭송했다.

유이는 소리 내는 여자를 자처했다. 아파트에 사는 주민들은 유이를 멀뚱히 보고 지나쳤지만 유이는 꼬박꼬박 인사했다. 아주 가끔은 혼자 사는데, 청소기를 왜 그렇게 자주 돌리냐는 아래층의 핀잔 어린 말을 듣기도 했다.

"청소기 소리가 좀 컸나요? 주의할게요."

유이는 말뿐이다.

아래층 여자는 종종 유이를 타박했지만 특별한 분란꺼리를 찾지 못했다. 나 홀로 아파트에 일없이 초인종을 누르고 다니는 일이 빈번함에 사람들은 대체 누가 그러는 것인지 모르겠다고 짜증을 부렸다. 초등학생 아이가 있는 집들은 이웃 주민의 눈치를 봤다. 한편으로 우리 아이는 절대 아니라는 눈초리로 넘어갔다.

"누가 그런 장난을 치고 다니는 걸까요? 하지만 뭐 귀여운 장난이에요."

유이는 모른 척했다.

그리고 아파트 게시판에 초인종 괴한에 대한 경고문이 나붙었다.

초인종 괴한에게

당장, 장난을 멈춰라.

이번 경고에도 불구하고 이런 일이 계속 발생하면,

CCTV를 설치해서라도 네 정체를 꼭 밝혀서

경찰에 넘길 것이다.

나 홀로 아파트 주민대표

8

유이는 경고문을 확인하고는 웃으며 승강기를 탔다. 10층에서부터 내려오며 남의 집 초인종을 누르고 승강기에 숨는 일을 반복했다.

"또 장난질이군. 잡히면 가만 안 둔다!"

이웃의 화난 목소리에 유이는 입을 가리고 나직이 키득거렸다. 그렇게 5층에 이르렀을 때였다. 승강기 문이 열리면, 503호의 초인종을 한번 눌러줄 참이다. 요즘 들어 글은 통 안 쓰는 것 같은 503호의 작가다. 타이핑 소리 대신 생활의 소리들을 더 많이 들려주는 503호는 유이의 두려움을 거둬가는 일등공신이다.

"고마워서라도 기쁘게 화답해줘야 도리지."

503호 작가는 초인종 괴한을 어떻게 여길지 궁금하기도 했다. 화를 낼까, 아니면 애들 장난이라며 무시할까. 글을 쓰지 않는 것 같으니, 방해를 했다고 화를 내진 않을 것이다. 유이는 혼자 상상에 한껏 웃음이다.

땡! 승강기의 문이 열리고 유이는 재게 503호 앞으로 뛰어가려다 멈췄다. 그곳엔 건장한 남자 둘이 503호에서 나온 남자와 함께 있었다.

윗집에 작가가 살고 있다고 여겼던 유이는 순간 충격을 받았다. 이사 첫날에 본 남자다. 남편의 장례식장에 찾아와 조문하고 갔던 그 남자다. 마스크를 벗은 남자는 마흔 전후쯤 되어 보였다. 자신의 집 위층에 그가 살고 있을 줄은 상상하지 못한 일이다.

유이는 5층 승강기 앞에 멍하니 서 있었다. 남자 두 사람은 503호 남자에게 경찰이라고 신분을 밝혔다. 초인종 괴한을 누군가 신고했나. 그 짧은 순간에도 유이는 경찰이 위층 남자를 초인종 괴한으로 착각해 잡으러 온 것이라고 여겼다.

아이들이 했을 법한 초인종 장난에 경찰이 직접 나왔다는 생각에 유이의 눈동자는 분주하고 불안했다.

"무슨 일이에요?"

유이는 달싹거리는 입술로 겨우 묻는다.

"우식민 씨, 당신을 김미연 씨 살해혐의로 체포합니다."

경찰은 유이의 질문을 묵살하고, 위층 남자의 손목에 수갑을 채운다.

화들짝 놀란 유이는 자신의 입을 양손으로 틀어막는다. 살해혐의라고? 유이는 발이 떨어지지 않는다. 경직된 채로 멍하니 서 있었다.

경찰은 위층 남자를 승강기에 태웠다. 경찰에 붙들려가는 위층 남자는 유이에게서 눈을 떼지 않았다. 남자의 눈망울은 사슴처럼 선했다. 유이를 보는 눈길엔 왠지 모를 뿌듯함마저 깃들어 있었다.

뭐지, 저 눈빛은? 유이는 당혹스러웠다. 위층 남자와 경찰이 탄 승강기 문이 닫히고, 유이는 벌렁거리는 심장을 안고 비상계단을 통해 집으로 뛰어들어 왔다.

초인종 괴한을 잡으러 온 것이 아닌 것은 다행이지만, 위층 남자의 정체를 안 유이는 경악했다. 매일 키보드를 두드리던 위층 사람이 작가가 아니라는 사실에 유이는 고개를 저었다. 702호 여자를 살해한 살인범이라는 사실에는 더 세차게 고개를 내저었다.

119구급대원이 702호 여자의 시체를 내간 후로 그 집에는 아무도 살지 않는다. 사람이 죽어나간 집에 이사를 오려는 사람은 없었다. 유이의 초인종 장난도 7층은 건너뛰었다. 701호와 703호가 있음에도 7층으론 발길이 가지지 않았다.

자살인 줄 알았는데, 살인사건이라니. 유이의 심장은 아직도 벌렁거리고 있었다.

위층에선 더 이상 아무 소리도 나지 않았다. 자판 소리도, 청소기 돌리는 소리도, 티브이 소리도 나지 않는다. 소리의 무덤. 위층 남자가 체포되어 간 뒤로 유이는 불안했다. 마음이 좀처럼 진정되지 않았다. 아무 소리도 나지 않는 집은 밤이 되자 더욱 소름이 돋았다.

유이가 할 수 있는 것은 재상녀에게 수다를 청하는 것뿐이다.

[작가가 사는 줄 알고 뿌듯해했는데, 아니었어요.]

[아, 그동안 뿌듯했구나.]

[이젠 아니에요. 무서워 죽겠어요. 타이핑 소리에 제가 속았어요. 경찰이 와서 데려갔어요. 같은 아파트에 사는 여자를 죽였다지 뭐예요.]

[무슨 사정이 있었겠죠.]

[살인에 무슨 사정이요? 그는 그냥 살인자예요. 나쁜 사람이라고요.]

유이는 글을 입력하면서도 으스스한 기운에 부르르 몸과 손을 떤다.

[왜 아무 말이 없어요. 뭐라고 말 좀 해보세요. 네에?]

[무슨 말을 할까요?]

[어떤 말이든지요. 내가 무서움을 잊을 수 있는 말. 혼자 있다는 생각이 들지 않게 하는 말.]

재상녀는 유이가 보낸 글을 확인하고도 대꾸가 없다.

[재상녀님, 아무 말이나 좀 해봐요.]

역시나 재상녀는 답을 하지 않았다.

[너무 제 얘기만 한 거죠? 재상녀님이 얼마나 바쁜 사람인 줄도 모르고 아이처럼 징징거린 거죠?]

재상녀는 대답 대신 붉은 하트 다섯 개를 보내왔다.

9

유이는 휴대폰 알림 소리에 잠에서 깼다. 아침부터 누군가 유이를 찾는 소리다. 유이의 간절함에도 내내 묵묵부답으로 있던 재상녀의 아침인사가 휴대폰으로 도착했다.

[오늘의 해가 밝았네요. 잘 잤어요?]

[잘 잤을 리가 있겠어요. 어젠 왜 그런 거예요?]

[날 원망했죠? 아무 말도 없이 조용하기만 해서.]

[아뇨, 반성했어요. 그동안 큰언니처럼 내 투정 다 받아주고, 고민도 들어주고……, 재상녀님을 나도 모르게 많이 의지했었나 봐요.]

[유이님!]

유이는 다음 글이 오기를 기다렸다. 재상녀는 사람을 불러놓고 뜸을 들였다. 할 수 없이 유이가 무슨 말인지 해보라고 재촉을 한 후에도 재상녀는 잠깐의 뜸을 더 들이고서야 글을 보내왔다.

[변변찮은 저를 의지 삼아줘서 고마워요.]

재상녀답지 않다. 유이는 글을 입력하려다 말고 주춤했다.

[저어, 부탁이 하나 있어요.]

부탁? 유이는 멍하니 있다가 서둘러 답문을 보낸다.

[말씀만 하세요. 제가 들어줄 수 있는 일이면 뭐든지요.]

재상녀는 주소 하나를 남겼고, 그곳으로 자신을 만나러 와 달라고 했다. 차 한잔 하자고 해도 좀처럼 응하지 않던 재상녀가 먼저 만남을 청해오다니, 유이는 긴장했다. 또 설레고 감개무량했다.

유이는 재상녀를 만나러 갈 생각에 잠이 확 달아났다. 무슨 옷을 입고 갈까. 재상녀와 격을 맞추려면 어느 정도는 차려 입어야 될 것만 같은 유이다. 한껏 모양을 내고, 드라이클리닝 값이 아까워 곱게 모셔만 둔 체크무늬 외투를 간만에 꺼내 입었다. 굽 높은 빨강구두를 꺼내 신고 유이는 집을 나섰다.

옆집 여자는 오늘도 포메라니안과 시츄 강아지와 함께 아침 산책을 다녀오는 중이다.

"어디 좋은 데 가시나 봐요?"

웬일로 옆집 여자가 먼저 말을 걸어왔다.

"반가운 친구를 만나러 가요."

유이는 승강기 버튼을 누르고 옆집 여자를 향해 해맑은 웃음을 지었다.

“기분이 그래서 좋으시구나. 잘 다녀오세요.”

“네에, 좋은 아침이에요.”

4층에 멈춰 선 승강기 문이 열리고, 옆집 여자의 현관문도 동시에 열렸다. 그들은 각자의 길을 향해 시선 방향을 잡았다.

유이는 재상녀가 남긴 주소지를 어렵지 않게 찾았다. 자신이 상상했던 곳과는 전혀 다른 곳임에 어리둥절했다. 고급 주택가도 아니고, 고층의 아파트 숲도 아니다. 유이는 뜨악한 눈길로 ‘○○경찰서’ 건물을 올려다본다. 경찰서에서 근무를 하나. 유이는 그런 생각을 순간적으로 했다가 이내 도리질을 한다.

그럴 리는 없다. 경찰서에 근무하면서, 쌍둥이 아들에 애완묘가 셋이나 되는 재상녀가 그것도 커뮤니티에 올라온 자신을 찾는 댓글에 일일이 대댓글을 달아주는 일은 도저히 할 수 있을 것 같지 않다. 그렇다고 자신이 재상녀가 글로 남긴 주소를 착각해 잘못 찾아왔다는 것도 있을 수 없는 일이다.

유이는 곰곰이 생각해봐도 재상녀가 자신을 경찰서로 부를 이유가 없을 듯했다. 확인하는 차원에서 다시 글을 보낸다.

[제게 남긴 주소지가 경찰서로 되어 있는데, 재상녀님, 이게 맞아요?]

[네. 강력2과로 오세요.]

유이는 알았다는 글과 함께 경찰서 건물 안으로 들어갔다. 강력2과 사무실 안을 기웃거렸지만, 전부 남자들뿐이다. 유이가 강력2과 문 앞에 서서 망설이는데, 안에서 어제 본 형사 하나가 나왔다. 유이는 형사를 뒤따라가 "저, 저기요" 말로 붙잡는다.

"왜 그러시죠?"

"저어, 여기에 재상녀라는 분이 여기 계시다던데……."

유이의 말이 끝나기도 전에 형사는 따라오라는 손짓을 보이고는 앞장섰다. 유이는 주춤주춤 형사를 따라 강력2과 사무실 안으로 들어갔다. 형사는 사무실 안쪽 복도로 쑥 들어가더니 그곳에 있는 문 하나를 열어주고는 들어가 보라고 손짓과 눈짓을 동시에 했다.

유이는 영문도 모른 채 안으로 들어섰다. 유이의 눈이 휘둥그레진 것도 그때다. 어제 경찰에게 체포되어간 위층 남자가 그곳에 있었다.

"제가 잘못 들어왔나 봐요."

유이는 황급히 돌아서서 문을 나선다.

"우식민 씨가 당신한테 할 말이 있다고 하니, 듣고 가시죠."

"살인범이 나한테 무슨 할 말이 있단 거예요? 저는 할 말도 들을 말도 없어요."

위층 남자를 등진 채 유이는 문 앞에 서서 말했다.

"재상녀, 찾아오신 거잖아요? 우식민 씨가 당신이 만나러 온 재상녀라고요."

"네에?"

유이는 나가려다 말고 발길을 돌렸다. 위층 남자를 주시했다. 저 남자가 재상녀라고? 아니다. 거짓말이다.

"그럼, 얘기들 나눠요. 난 잠깐 나가 있을 테니까."

형사는 얼이 빠져 있는 유이에게 자신의 의자를 내주고 나갔다. 취조실에는 유이와 위층 남자 단 둘이 남았다.

"아니죠?"

"실망시켜 드려서 죄송합니다."

"그 말이 아니잖아요!"

유이는 언성을 높였다.

위층 남자는 침묵했다. 재상녀가 아니라면 위층 남자가 자신을 여기까지 오게 할 순 없다. 유이는 위층 남자가 재상녀라는 사실을 받아들여야 했다.

종일 컴퓨터 앞에 있는 것도, 몇백 개나 되는 댓글에 일일이 대댓글을 달아주는 것도 그랬다. 위층에 작가가 산다고 여겼던 것은 유이만의 착각이었다. 어떤 재력가의 아내가 도우미가 있다고 한들 거의 종일 컴퓨터 앞에서 시간을 보낸단 말인가.

유이는 그동안의 상황을 빠르게 하나씩 조합해 나갔다. 윗집에서 종일 들려오던 키보드 두드리는 소리는 그가 커뮤니티에 들어가 댓글을 다는 소리였던 것이다. 위층 남자는 유이에 대해 얼굴은 몰라도 많은 것을 알았다. 나 홀로 아파트에 이사 온 뒤로는 유이에 대해 더 많은 것을 알아나갔을 것이다.

유이는 위층 남자와 자신이 2년 전부터 이어져 온 관계라는 사실에 뜨악했다.

"나를 왜 여기로 부른 거예요?"

침착해지려고 해도 유이의 목소리는 떨린 채로 나왔다.

"유이님밖에 없어서요, 부탁할 사람이."

"뭐라구요?"

유이는 황망했다.

위층 남자는 유이가 의자에 앉기를 원했지만, 유이는 거부했다. 할 말이 있으면, 빨리 하고 끝내라고 눈길로 재촉했다. 위층 남자는 강권하지 않았다. 유이를 세워둔 채로 자신의 말을 이어나갔다. 글 대화를 나눌 때와는 다른 말투다.

"몇 년 전에 아버지를 잃었습니다. 이혼한 상태여서 저는 엄마와 함께 살고 있었습니다. 그러다 제 결혼 문제로 아버지를 찾았는데, 그때 이미 돌아가신 후였습니다. 아버지는 장례 치러줄 사람도 없이 시체가 된 채로 그 집에 누워 계셨습니다."

"제가 왜 이런 얘기를 듣고 있어야 하는 거죠?"

"2년 동안 당신의 얘기를 들어줬잖습니까? 잠깐이면 됩니다."

"허얼."

유이는 듣는 척이라도 해야 했다.

"아버지의 장례를 치르고, 저는 아버지가 돌아가신 그 집에 들어가 살았습니다. 그리고 알았습니다. 아버지가 사시던 그 집의 아래층 모녀가 소음을 못 견뎌 투신했다는 것 말입니다. 아버지는 벌써 돌아가셨는데, 소음 때문이 아니었던 겁니다. 저는 아래층에 사는 그 딸이 환각과 환청에 시달렸다고도 생각하지 않습니다. 그건 제 아버지가 자신이 그곳에 있다는 것을 알리려는 소리가 아니었을까, 그런 생각이 들었습니다. 누구나 한 번은 죽습니다. 자신의 죽음이 누구한테도 발견되지 않는다면 어떤 기분이 들까요?"

유이는 가슴으로 통증이 밀려오는 듯했다. 가슴이 답답했고, 등골은 오싹하니 추웠다. 취조실은 따뜻했음에도 말이다.

나 홀로 아파트 403호. 자신이 사는 집이자 투신자살한 모녀가 살던 집이다. 시세보다 싸게 나온 것에는 다 이유가 있었다. 사람이 죽어나간 집이라는 건 괜찮았다. 불륜녀 주제에 사준다는 옷을 마다한 여자를 죽이고 싶다고 했던 자신의 말이 떠올랐다. 재상녀, 아니 위층 남자는 그 여자가 죽기를 자신도 바란다며, 하트를 남발했다.

"으아아악!"

유이의 비명은 자동발사다. 유이는 귀를 틀어막았다. 하지만 그날의 말들은 집요하게 귀를 뚫고 유이의 뇌리를 마구 뛰어다녔다. 무릎에서 힘이 빠져나가고 다리는 절로 꺾였다. 유이는 취조실의 찬 바닥에 맥없이 주저앉고 말았다.

"나 때문에 죽인 게 아니라고 말해요, 어서. 그건 그냥 분풀이잖아요, 말로 하는……. 어떻게 진짜로 사람을 죽여요. 그건 아니죠. 아냐, 아니라고!"

넋 놓고 흘러가던 잔잔한 말끝에서 유이는 버럭 성질을 부린다.

"그래요. 702호를 살해한 건 당신 때문이 아닙니다. 그 여자는 아버지가 다른 제 여동생입니다. 나도 몰랐던 일인데, 당신 때문에 동생이 어떻게 사는지 알게 된 겁니다. 충고를 하려던 것뿐인데……, 상황이 내 생각과 내 뜻을 벗어나고 말았습니다. 같은 아파트에 살면서 우린 서로의 생활에 간섭하지 않기로 했습니다. 유이님의 얘기를 듣고는 동생의 생활이 궁금했습니다. 그래서 찾아갔습니다. 동생은 생각보다 위험하게 살고 있었습니다. 그런데도 내게 상관말라며 화를 내더군요. 다툼은 금방이었습니다. 유이님 말처럼 눈동자가 예쁜 아이인데. 그 눈 때문에 남자들이 매혹당한다는 걸 동생은 알고 있었습니다. 유이님이 본 동생의 사생활은 극히 일부분일 뿐이었습니다."

위층 남자는 형사에게 말하듯, 유이에게 모든 것을 털어놓았다.

"내게 부탁할 일이란 건 뭐죠?"

유이는 조금이라도 빨리 그곳에서 벗어나고 싶었다.

"언젠가는 밝혀질 것이라 여겼지만 생각보다 빨리 이곳에 왔습니다. 갑자기 오는 바람에 집안 정리를 못하고 왔습니다. 저 대신, 제 집 정리를 부탁드리고 싶습니다."

"나를 부른 이유가 정말로 그건가요?"

유이는 어이가 없는 표정으로 되물었다.

"하나가 더 있습니다. 제 어머니께 연락해서 여행을 다녀온다는 말도 전해주십시오."

위층 남자는 숫자가 적힌 메모지를 내밀었다.

하나는 전화번호고 또 하나는 현관 비밀번호라는 것은 묻지 않아도 아는 일이었다. 유이는 그것을 들고 도망치듯 취조실을 빠져나왔다.

에필로그

위층 남자의 부탁을 받고 돌아온 지 꼬박 3일 만이다. 유이는 503호 도어록 잠금을 해제하고 빈집에 들어선다. 503호 남자가 살았던 흔적을 시선으로 하나씩 짚는다.

혼자 사는 남자의 집치고는 비교적 정리정돈이 잘되어 있었다. 굳이 남의 손을 빌어 집 정리를 부탁하지 않아도 될 정도로. 그래서였는지 모른다. 남자가 본인도 없는 집의 청소를 부탁한 것은 그 자신의 결벽 강박증 때문이 아닐까. 여동생을 살해하게 된 이유도 어쩌면 말이다.

남자의 집은 유이가 감당할 수 없게 정갈했다. 집주인이 없는 그 집에서 유이는 발소리를 크게 냈다. 아래층에는 아무도 없지만 그러고 싶었다.

남자가 얼마나 깔끔한 성격이었는지를 충분히 짐작할 만했다. 바닥엔 머리카락 하나 떨어져 있지 않았다. 남자의 침대를 점검하고, 싱크대에 있는 컵 하나를 설거지하고 유이는 일없이 청소기를 돌렸다.

남자의 컴퓨터는 베란다 창을 향해 거실 한가운데에 놓여 있었다. 전원이 켜진 컴퓨터는 남자가 거의 매일 상담 댓글을 달던 커뮤니티에 로그인이 된 채로 있었다.

유이는 남자의 컴퓨터 앞에 자리를 잡고 앉았다.

남자의 컴퓨터 안에는 자신과 주고받은 글들이 고스란히 저장되어 있었다. 경찰서에 붙잡혀 갔다는 것을 모르는 회원들은 여전히 재상녀 앞으로 헤아릴 수 없는 게시글들을 남겼다.

재상녀는 당분간 어떤 댓글도 달지 못할 것이다. 어쩌면 아주 오랫동안. 유이는 남자의 키보드에 손을 얹었다.

[첫눈이 오려나 봅니다. 제가 없는 동안, 질문을 폭주해 놓으셨습니다. 폭설을 치우려면 시간이 많이 걸릴 듯합니다.]

게시글에 재상녀의 닉네임이 등장하자 회원들의 반응이 잇달아 올라왔다.

[어디 가셨던 거예요?]

[납치된 줄 알았어요.]

[일주일 만이에요.]

[말투가 바뀌었네요.]

[재상녀님 등장에 활기 부활.]

[나 재상녀의 등장을 반겨주셔서 감사합니다. 새로운 오늘을 시작해볼까 합니다. 다툼의 결과는 다르지만, 다툼의 시작은 대동소이한 것 같습니다.

층간소음 때문에 괴로워하고 고통받고 계신 분들이 이곳에도 있을 것이라 생각됩니다. 소리를 내는 집에도 나름의 연유가 있고, 소리가 잠든 집에도 사연이 있다는 사실입니다. 소리가 잠든 집에 대해 좀 더 말해 볼까 합니다. 조용한 집이라 반길지도 모르겠으나, 그 집에는 엄청난 비밀이 숨겨져 있답니다.

소리가 잠든 잠에 가만히 귀를 기울여 보세요. 주인이 여행을 떠났을 수도 있지만, 소리 대신 죽음의 냄새가 살고 있을지도 모릅니다. 사망자만 아는 사고로 생사를 넘나들고 있을 수도 있고, 당신의 원한이 죽음을 불렀을 수도 있습니다.]

유이가 올린 게시글은 조회수 급상승을 이어간다. 회원들이 재상녀 뒤에 숨은 유이의 글을 읽는 동안 유이는 재상녀 앞으로 온 글을 찾아 답변을 했다. 일없이 돌린 세탁기가 빨래를 끝냈다는 알림을 했지만 유이는 일어나지 않는다. 키보드 위에서 유이의 손이 춤을 추듯 움직인다.

소리는 곧 아래층 유이의 집으로 옮아간다. 주인도 없는 집에 키보드 소리가 경쾌하고 리드미컬하게 쏟아져 내린다.

506호의
요상한 신음
김재희

연우는 옆집에서 들리는 신음에 며칠간 작업을 못했다.

"아… 아… 아… 아…."

여자의 교성 같기도 하고, 고양이 울음소리도 같다. 집이 작업실인 그로서는 난감하다.

오후에는 거의 이런 소리들이 주기적으로 한 시간에 몇 번은 들린다. 작게 내려고 노력하는 것 같기도 해서 더욱 기이했다.

그는 작업을 꼼꼼하고 깔끔하게 하는 스타일이어서 예민한 편인데, 신경을 거슬리는 이런 일이 불편했다.

그러고 보니 이 빌트인 원룸형 빌라 505호에 2주 전에 이사와서 누가 옆집에 사는지조차 모른다. 며칠 전부터 들리는 소음에 불편하기 그지없다가 어느 날 편의점에서 도시락을 사오다가 506호에서 나오는 여자를 보았다.

서른 전후로 보이는 키가 좀 크고, 날렵한 체구에 긴 머리를 가진 여성이었다. 단정하게 생겼다. 여자는 고개를 숙이고 연우를 지나쳐 가면서 엘리베이터로 향했다.

여자가 엘리베이터에 오르자, 연우는 다시 한 번 506호에서 들려오던 소리와 여자의 모습을 떠올렸다.

'그렇게 보이지는 않는데.'

연우는 추리를 하거나 의심이 많아야 하는 직업이라 곰곰이 생각했는데, 그간 신음소리가 연달아 들리자 이에 대해 몇 가지 가설을 세웠다. 먼저 첫 번째.

1. 발정기가 된 반려묘가 있어 신음 같은 소리를 낸다.

연우는 의문을 가졌다. 고양이를 기르면 특유의 냄새가 있는데, 그런 냄새가 나지는 않았다.

집을 워낙 날림으로 지어서 그런지 층간소음도 심하고, 냄새도 잘 난다. 옆집서 된장국만 끓이면 그 냄새가 복도에 가득할 정도다. 그런데 그간 반려묘 냄새는 없었다.

다행히 연우의 왼쪽 집 504호는 아직 임대가 안 나가서 조용하다.

연우는 1번 밑에 물음표를 하고, 고양이가 아니라면 멧비둘기 소리가 아닐까 하고 괄호를 열어 의문점을 추가해 적었다. 사람과 비슷한 소리를 내는 동물은 제법 있다. 앵무새일 수도 있고. 하지만 새라면, 이렇게 방음이 안 되는 상황이라면 푸드덕 날아오르는 소리가 안 들리는 건 이상했다.

일단 다음 추정을 적었다. 연우는 두 번째 가설부터는 도시락을 먹으면서 노트에 메모했다.

2. 여자가 낮에 남친과 섹스를 한다.

연우는 여기에도 의문을 가졌다. 만약 그렇다면 남친이 드나들 때마다 디지털도어락 기계음이 들리고, 사람의 대화나 발소리도 들려야 되는데 그런 기색은 없었다.

하지만 만약 남친이 유부남이어서 그런 소음에 주의하고 낮에 잠깐 왔다 가는 거라면, 그럴 수도 있다. 조심하다 보니 신음만 나고 인기척은 덜 들리는 것이다.

연우는 세 번째 가설을 적었다.

3. 여자가 성매매 일을 한다.

그렇다면 신음이 여러 번 자주 들려야 하고, 여러 남자가 벨을 누르거나 오가야 하는데 아직 그런 기색도 없다.

연우는 고개를 갸웃했다. 자신이 작업에 열중하다 보니 그럴 수 있다고 여겼다. 집중하다 보면 밖에 복도에 누가 왔다 갔다 해도 모를 것이다.

그렇다면, 신음은? 그건 당연히 어느 순간 집중에서 벗어나 주의가 흐트러지면 들릴 수 있다.

연우는 볼펜을 쥐고 3번 가설에 동그라미를 크게 여러 번 쳤다.

1, 2번은 불법은 아니다. 유부남을 사귀건 관심도 없다. 하지만 3번은 불법이고, 큰일이 벌어지기라도 한다면 곤란하다.

현대 사회 도시에서 남이 옆집서 죽어나가든 말든 상관없다고 보면 할 말 없지만, 연우의 이 작업실은 작년에 벌어둔 돈을 쏟아부어 투자 개념으로 사놓은 신축 빌라다. 만약 옆집서 큰 사건이 벌어지거나, 이 신축 빌라가 저런 성매매 장소로 전락하면 집값은 순식간에 떨어져 버린다.

연우는 마지막으로 가장 생각하고 싶지 않은 가설을 세워보았다.

4. 누군가 아픈 아이를 의도적으로 방치하고 있다.

요즘 아이를 방치해 굶어 죽게 만들거나, 뒤늦게 신고돼 경찰이 부모를 구속하고 아이는 병원에 입원하는 사건 등이 몇 건 있었다. 만약 아프거나 학대받은 아이가 있다면 구해야 한다. 그건 사람의 목숨이 달려 있다.

연우는 모든 가설을 세운 뒤, 1차적으로 옆집 여성과 이야기를 나누어 보고자 했다.

그날 저녁 여자가 506호에 들어오는 듯한 도어락 기계음이 들리자 1시간 정도 있다가 옆집으로 가서 벨을 눌렀다. 딩동 벨소리가 여러 번 나고 여자가 인터폰으로 물었다.

"무슨 일이시죠?"

"죄송하지만 505호 사는데요, 좀 드릴 말씀이 있어서요."

여자가 망설이는 듯 1, 2초 있다 문을 열었다.

연우는 경계하는 여자의 시선을 느끼다가 말했다.

"저, 집에서 작업하는 드라마 작가인데 부탁드립니다. 낮에 나는 소음이 좀 거슬려서요. 초면에 정말 죄송하지만 부탁드려요."

여자의 얼굴이 잠시 슬쩍 웃는 듯 입꼬리가 올라갔다. 뭐지 싶었다. 싸한 느낌이 들었다. 연우는 물러날 수 없어 구체적으로 물었다.

"저기요, 고양이를 키우시는 건가요? 소리가 많이 신경 쓰입니다."

연우가 아이라도 있는지 안을 살피려 했지만, 여자는 문을 조금만 열어 안이 절대로 보이지 않게 했다. 다만 현관에 큰 사이즈의 남자 검정 구두가 있었다.

여자는 랩원피스의 벌어진 부분을 손으로 매만지면서 고개를 저었다.

"반려묘는 없는데요. 잘못 들으신 거겠죠?"

여기서 물러날 생각이면 애초에 작정하고 벨을 누를 그도 아니었다.

"그럼, 혹시 가족이 더 있으신가요? 다른 분이 소리를 내는 걸 수도……."

여자의 표정이 싹 변했다.

"좀 불쾌하네요. 사생활 아닌가요? 주의할게요, 소리가 시끄러웠다면요. 더 용건이 없으시면 이만 닫겠습니다."

여자는 연우 면전에서 문을 쾅 닫았다. 연우는 불편했지만, 상대방도 꽤나 불쾌했을 거라 생각하면서 괜하게 일을 만들었나 후회했다.

이틀간은 조용했다. 연우는 작업을 편하게 할 수 있었다. 하지만 3일 후, 어김없이 불쾌한 신경을 거슬리는 신음이 났다.

"아… 아… 아… 아…."

연우는 5번째 가설을 노트에 적었다.

5. 배수관 파이프에서 나는 수압의 차이에 의해 바람 같은 소리가 난다.

연우는 과거 살던 고시원 건물에서 소화전에서 나는 수압차에 의한 쉿, 쉿 하는 소리에 밤에 잠을 못 이루고 고시원 주인에게 전화했던 걸 기억했다. 자신이 예민한 걸까 생각했지만, 다른 세대도 신고를 했다는 걸 듣고 안심했다. 주인은 수압 밸브를 조정해서 소리가 나지 않게 했다. 사실 그 소리가 무척이나 묘한 게 꼭 귀신 소리 같았다.

연우는 5번을 바로 지웠다.

확실했다. 이 요상한 신음은 사람이 내는 거다. 고양이나, 수압 차이에 의한 소리가 아니다. 이건 분명한 사람 목소리였다. 괴이하지만 사람이다.

누군가 죽어가고 있다.

다음날도 여전히 소리가 나서 연우가 저녁에 506호를 찾아가 벨을 눌렀다. 여자는 나오지 않았다. 그런데 느낌으로 인터폰 켜서 연우를 보고는 여자가 숨죽이고 나오지 않는 것 같았다. 인터폰 켜지는 지직, 소리가 난 듯도 했다. 그리고 슬리퍼 신고 스사삭 걷는 발걸음 소리도 났다.

연우는 벨을 더 눌렀지만. 여자는 끝내 나오지 않았다. 그리고 정말 신기하게도 소리가 사라졌다.

연우는 걱정이 되었다. 만약 아이 입을 틀어막아 억지로 소리가 나오지 않게 한 거라면?

아이는 겁에 질려 눈을 데굴 굴리면서 눈치만 보다 아픔도 참고 숨죽이고 있는 거다. 여자가 결혼하지 않고 낳은 아이일 수 있다. 아니, 최악은 아이를 낳고도 출생신고도 하지 않아 아이가 아파도 병원을 찾아갈 수 없는 것이다.

연우는 상상을 계속했다.

요 일주일, 걱정돼서 작업도 전혀 하지 못했다. 옆집에서 죽어갈 사람을 구하기 위한 생각에만 몰두했다. 다음날, 그다음 날도 여자는 문을 열어주지 않고 없는 척했다.

연우는 생각다 못해 관리사무소로 찾아갈까 했지만, 만약 옆집 여자가 궁지에 몰리면 최악의 경우 일이 어떻게 번져 아이의 생명이 위태로울지 모른다. 연우는 이런 방식은 위험한 일을 자초한다고 여겼다. 일단 506호 여자와 친해져 자초지종을 들어보고 좋은 방향으로 가야 한다고 결정을 내렸다.

연우는 집에서 인터폰을 노려보다가, 종일 문가에 귀를 대고 옆집과 마주한 벽에 귀를 대보다가 여자가 들어오는 소리가 나자, 후다닥 뛰쳐나갔다. 옆집 여자가 경계하는 기색이 보였다. 여자가 비밀번호를 누르려다 손을 가리고 망설였다.

"죄송합니다. 어머니가 음식을 너무 많이 갖다 주셔서요."

"네?"

"저어, 우리 집에 오셔서 조금 가져가실래요?"

연우의 제안에 여자는 놀란 눈으로 보다 왼손으로 오른손을 완전히 감싸 비밀번호를 누르고 들어가려 했다.

"저, 불쾌했죠? 죄송해요. 제가 가져다 드릴게요. 카레거든요. 일회용 용기에 담아서 가져다 드릴게요."

여자는 고개를 숙이면서, 죄송합니다 하고 들어가 버렸다.

계획이 실패했다. 미리 사둔 카레 3인분도 그냥 냉장고로 직행했다.

옆집 여자는 교류를 전혀 원하지 않는다. 대화를 통해 사건을 해결할 수 있으리란 기대는 깨졌다. 이러다 경찰이 찾아오게 되고 강력사건이 터진 게 확실하면 연우는 많은 손해를 볼 수 있다. 그럴 일은 없어야 한다.

다음날 낮에 506호에서 소리는 들리지 않았다. 슬리퍼 신고 돌아다니는 소리도 전혀 없었다.

정적과 적막. 옆집은 비었다.

연우는 페이스북 타임라인에서 누군가 올린, 마스터키 삭제 방법을 본 적이 있었다. 혼자 사는 여성이 집안에 집주인이 마스터키 번호를 누르고 들어와 무척 불쾌했다고 올리자, 누군가 댓글에 길게 설명을 적었다.

일단 마스터 번호가 등록돼 있다면 연우는 506호에 들어가 볼 수가 있다. 왜냐면 자신은 마스터 비밀번호를 입주 시에 집주인으로서 받아서 그 번호가 무언지 안다. '3321' 건축업자가 정말 쉽게도 지었다. 마스터 번호를 506호 집주인이 아직도 지우지 않았다면 그 번호로 옆집에 들어가볼 수 있다. 신축

이라 아직 CCTV나 관리사무소가 제대로 일을 하지 않아 마스터 비밀번호로 들어가는 것도 가능한 일이다.

연우는 옆집의 등기부 등본을 떼어본 결과 옆집 주인은 60년생 중년인 것을 확인하고, 옆집 여자는 세입자일 거라 단정했다. 집주인의 딸일 수도 있지만, 이 빌라의 특성상 세입자가 대부분이다.

연우는 문을 열고 나가서 506호 디지털도어락 덮개를 열었다. 먼저 몸체의 건전지 덮개를 열고, 등록 버튼을 눌렀다. 그리고 수동잠금 버튼을 눌렀다. 그리고 # 버튼을 5회 누르고, 등록된 마스터 비밀번호 3321을 다시 눌렀다.

아, 안타깝게도 삑삑 하는 소음이 나지 않았다. 번호가 틀렸다. 이 도어락은 마스터키를 바꾸거나 삭제했다. 연우는 고개를 저었다. 여기서 몇 번 더 틀리면 경고음이 울린다. 그러면 안 된다. 연우는 포기했다.

그날 밤, 연우는 새벽에 잠시 깨서 화장실을 다녀오는데, 미세한 신음이 옆집서 났다. 확실했다. 사람 목소리다. 이제는 밤에도 나는 걸 확인했다. 그간은 자느라 못 들었는데, 밤에도 소리가 난다면 뭔가 일이 벌어지고 있는 것이다.

다음날 506호 여자가 외출하는 모습을 인터폰으로 확인하고 나서, 연우는 슬그머니 집 밖으로 나왔다.

연우는 이번에는 빌라 밖으로 나갔다. 아직 입주자나 세입자가 많지 않았다. 7층 건물에는 사방으로 산과 들이 있어 누군가 보는 사람도 드물다. 신도시에 아파트가 다 들어서려면 1, 2년은 기다려야 한다. 이 건물을 지은 건축업자는 도시가 서길 기다려서 먼저 원룸형 빌라를 지은 것이다.

저 앞 전철역으로 나가는 도로는 차도 사람도 많지 않고 상가도 입주 전이라 한적하다.

연우는 보는 사람이 없는지 주변을 둘러보았다. 없었다. 그는 손에 목장갑을 끼고, 빌라 건물을 올려다보았다. 위, 아래 등산복을 입어서 활동성을 좋게 만들었다. 그는 가스 배관을 붙들고 1층서부터 천천히 올랐다.

예전에 빌라 창에서 밖을 내다보다 손에 든 폰을 떨어뜨려 나뭇가지에 걸렸다. 배관을 타고 올라가 폰을 잡아채 내려왔다. 가스 배관이 제법 두껍고, 중간중간에 이음마디가 있어 올라가기가 그렇게 어렵지는 않았다. 연우는 몸무게가 적게 나가는 편이고, 평소 근력운동을 집에서 해서 제법 체력이 있었다.

"끙차, 끙차."

연우는 배관을 타고 올라, 5층 506호 창이 바로 보이는 지점까지 도달했다. 분명히 이 창은 구조상 화장실의 창이다. 배관에서 가장 가까운 창은 그것밖에 없었다. 연우는 속으로 베란다가 있었다면, 이리 어려운 수고를 하지 않아도 되었는데 하는 생각을 했다.

화장실 창으로 들여다본 집안은 다행히 화장실 문이 열려 있어서, 원룸도 문 사이로 들여다볼 수 있었다.

연우는 두 손으로 창틀을 붙잡고 상체를 내밀어 일단 화장실부터 살폈다. 확실히 고양이를 키운다면, 고양이용 모래 화장실이 있어야 하는데, 보이지 않았다. 그리고 아기 욕조 같은 것도 없었다. '그렇다면 아닌가?' 하는 생각이 들었지만, 아이를 감춰 두고 기른다면 아이 용품은 당연히 없을 거라는 생각이 들었다.

이때 빌라 건물 1층으로 저벅저벅 걸어오는 사람이 있었다. 연우는 화들짝 놀라 몸을 웅크리고 배관 이음마디를 붙잡고 꼼짝하지 않았다. 옆집 여자였다.

집에 들어가는 모양이었다. 연우는 옆집 여자가 공동현관 비밀번호를 누르고 들어갈 때 숨도 쉬지 않았다. 만약 이 모양을 보고 신고한다면 꼼짝없이 경찰 조사를 받을 것이다.

연우는 여자가 들어가자마자 부리나케 1층으로 내려오다가 배관에 손바닥과 옷이 찢겼다. 연우는 1층에 발을 착지하자마자, 편의점으로 빠르게 걸었다. 혹시 누가 보더라도 배관을 타고 내려온 걸 들키면 절대 안 된다.

연우는 빌라에서 10분 거리의 편의점 앞까지 갔다가 지갑을 안 가져왔다는 걸 깨닫고 다시 천천히 집으로 걸었다.

오늘도 허탕을 쳤다. 506호에서 들리는 소음의 정체를 알아내지 못했다. 연우는 불안했다. 최근에 작업도 못하고, 506호와 맞닿은 벽에 귀를 대고 듣고 있었다. 급기야 그는 의료용 청진기를 인터넷으로 주문했다. 소리의 확실한 정체를 알기 위해서는 좀 더 자세하게 들어 판단해야 했다. 연우는 506호 여자가 오후에 3시경에 어디를 일정하게 다녀온다는 일상의 루틴을 간파했다. 그리고 신음은 주로 그 이전에 12시부터 나는 걸 알아냈다.

그렇다면, 일단은 방문객이 확실히 있는지 없는지부터 확실하게 알아야 했다. 연우는 방치된 아이가 있다는 가설을 일단 머리 속에서 지우고, 성매매 가설부터 다시 따지고자 했다. 소거법으로 가설을 하나하나 지워나가는 게 더 빠를 것 같았다.

12시부터 여자가 나가는 3시까지 연우는 인터폰 화면을 줄곧 들여다보았다. 시간이 지나 꺼지면 다시 켜고 다시 켜는 방식으로 외부를 살폈다. 그것도 힘들면 청진기를 옆방 벽과 문에 대고서 무슨 소리가 들리는지 관찰했다. 확실했다. 여자의 집에는 드나드는 방문객은 없었다.

3일간의 관찰 결과도 그렇고 그간도 그런 것 같았다. 연우는 여자의 집을 다시 배관을 타고 올라가 살필까 하다 포기했다. 아무래도 리스크가 너무나 컸다.

다음날, 연우는 여자가 들어오는 5시경 빌라 앞 주차장에서 계속 서성이면서 세차를 했다. 세심하고 꼼꼼한 면봉 세차를 두 시간 넘게 하고서야 506호 여자와 마주쳤다.

연우는 파스텔톤 맨투맨 티를 입은 채 최대한 밝은 미소와 예의를 갖춰서 인사를 정중하게 했다.

"안녕하세요. 지난번에는 제가 귀찮게 해드려서 죄송해요. 일이 잘 안 돼서 그랬나 봅니다. 사과하는 의미로 커피 한잔 사 드리고 싶은데요."

연우는 머릿속으로 식사는 부담될 것이고, 집 안에 들어와 음식을 준다는 것도 무척 싫어할 테니 커피 한 잔 정도가 적당할 것 같다고 여겼다. 여자는 약간 피로한 기색으로 긴 머릴 묶으면서 대답했다.

"그러시죠. 아무래도 저도 말씀드려야겠다 싶어서요. 진실을요."

연우는 이제야 소리의 정체가 판명될까 싶어 긴장했다. 옆집에 아무 일도 없다면 경찰이 찾아오진 않을 것이다. 자신은 그저 맡은 일에 열중하면 된다. 연우는 고개를 끄덕이면서 신축 상가 1층의 자그마한 카페로 안내했다. 차를 마시자면 저기 가야겠다고 미리 염두에 둔 곳이다.

밝은 조명에 아기자기한 인테리어에 세련된 디자인의 간판이 달린 곳이다. 여성들이 안심하고 속 깊은 말도 편하게 하지 싶었다.

연우는 커피를 앞에 두고, 이름을 정확하게 밝혔다. 먼저 자신은 미스터리물을 주로 쓰는 드라마 작가인데 새로 작품을 들어가서 대본 1, 2회분을 다음 달 말까지 뽑아야 한다고 했다. 덧붙여 그 사정으로 예민했다고 죄송하다고 했다.

가만히 듣던 506호 여자는 이름이 김수진이라고 했다.

"그러셨군요. 전 왜 그렇게 예민하신 건가 했어요. 물론 빌라 벽이 워낙 얇아 솔직히 화장실 변기 내리는 소리도 들릴 정도라 그럴 만도 하죠."

연우는 입에 작은 미소를 지어 보였다. 수진이 안심을 해서 무슨 일이 일어나는지 말한다면 더할 나위 없이 맘이 편할 것 같았다.

"사실 소리가 나기는 했죠? 미안하게 생각해요."

"대체 무슨 일인지 여쭤봐도 될까요?"

수진은 얼굴에 약간 홍조를 띠었다. 그리고 연우의 안색을 유심히 보면서 커피를 한 모금 마시고 입을 열었다.

"미스터리 드라마 쓰시는 분이면 촉이 엄청 좋겠네요? 그럼 저희 집에 드나드는 사람이 없다는 걸 알아차리셨겠네요?"

연우는 얼굴이 붉어졌다. 순간 약간 불안했다. 혹시 자신이 배관을 타고 올라 들여다본 거나 인터폰 카메라로 수시로 살핀 걸 아는 걸까? 연우는 묵묵부답으로 있었다.

"들으시면 정말 기이한 일이라고 여기실 거예요."

"기… 이한 일이라뇨?"

"잠을 잘 때마다 뒤척이면서 잠을 못 이뤄요."

연우는 상상의 나래를 펼쳤다. 그렇다면 낮잠을 자다 스스로 신음을 낸 것인가? 수진은 연우의 속내를 눈치챘는지 피식 웃었다.

"후후, 혹시 제가 꿈에서 무슨 일을 겪어서 혼자 소리를 내는 걸로 착각하시는 건가요?"

연우는 고개를 숙이고 커피를 조용히 마셨다.

"그건 아니지만, 시작점은 되었죠."

연우는 수진의 말에 점점 궁금증이 커졌다.

"저는 프리랜서 영상편집 일을 해요. 주로 집에서 일을 하고, 오후에는 사무실로 회의를 하러 다니거든요."

"네에, 뭐 유튜브 편집 같은 건가요?"

"비슷해요."

"그럼 그런 영상 속 소리였나요?"

"그건 아니고……."

수진은 말을 흐렸다. 아, 연우는 깨달았다. 성인 영화를 편집하니까 그런 소리가 들렸던 모양이다.

"혹시 일 관련인가요?"

그렇다면 이어폰을 끼고 작업을 하면 되지 않나?

"더 이상 말하기 곤란해요. 민감한 부분이라서요."

연우는 별 상상이 다 되었다. 앞에 앉은 여자가 작업을 하면서 자위를 하는 장면이 연상되자, 도저히 얼굴을 들 수 없었다. 그런 건가 하는 생각이 드는데, 수진이 일어나서 고개를 숙이고 죄송하다고 짧게 말하고 나갔다.

연우는 그날부터 잠을 이룰 수가 없었다. 상황을 내막을 알기 전까지 숙면은커녕 일도 잘 안 됐다. 불안하고 막연하고 호기심에 숨이 막혔다. 연우는 작업을 하다 말고 눈을 감았다. 곰곰이 생각을 해보았다.

분명히 수진의 얼굴에 떠오르는 기색으로 보아, 부끄러워 차마 말 못 하는 눈치였다. 도저히 말을 못하는 이유는 무엇일까? 일 관련한 것 같았고, 민감한 부분이라……, 성인 영화 영상 편집을 해서인가?

연우는 수진이 알려준 번호로 톡을 보냈다.

- 수진 씨, 혹시 주말에 시간 되시면 요 앞 공원에 산책 가실래요? 혼자 살수록 건강 챙겨야 해요~~♬

연우는 나름대로 친근하게 적어 보냈다. 아직도 소리의 정체를 모르겠지만 확실한 건 신음이 아이의 것은 아니고 여자의 것이다. 그것도 분명히 남녀가 성교를 할 때 나는 신음이 맞다. 그렇다면 수진의 직업상 관련된 일일 확률이 높으니, 그것만 확인하면 모든 미스터리는 풀리고 연우는 안심하고 작업에 몰두하면 된다.

- 좋아요, 그럼 일요일 2시에 봬요. 빌라 공동현관에서 만나요.

일요일 2시 연우는 간밤에 잠을 설친 채, 수진을 만나러 나갔다. 엘리베이터를 기다리는데 수진과 마주쳐서 같이 타고 내려와 15분여를 걸어서 개천에 조성된 공원으로 갔다. 철쭉 등의 봄꽃이 피어 선명한 자주색이 시야를 어지럽혔다.

연우는 트레이닝복, 수진은 레깅스와 스포티한 점퍼 차림으로 1시간 동안 이러저러한 이야기를 나누며 산책했다.

"연우 씨는 유명한 작가인가요? 무슨 작품을 하셨어요?"

"가명으로 활동해서 제 이름 검색해도 안 나올 겁니다. 내성적 성격이라 집에서 일하는 직업을 택했는지도 모르죠. 3년 전에 나온 작품이 하나 있는데, 나중에 말씀드릴게요. 시청률이 좋지는 않아서 좀 부끄럽습니다."

"아니, 작품이 티브이에 나온다는 게 어딘데요? 그런 거 하는 거 무척 어렵잖아요. 제 친구도 소설가 지망생이 있는데 출판사에서 거절당하는 게 일상이던데요?"

"그렇기는 한데, 또 드라마 작가는 누구는 10억도 받지만, 신인 작가는 작품이 잘 안 되고 중간에 중단되는 경우도 무척 많거든요. 저는 다행히 줄거리 구성 작가로 참여할 수 있었지만, 프로젝트가 많이도 엎어지기도 하죠. 그래서 지금 하는 새 작업이 무척 소중합니다."

수진은 밝게 웃었다.

"그렇군요."

연우는 긴장된 얼굴로 물었다.

"수진 씨 일은 잘 되나요? 집에서 일하기 힘들지 않나요?"

수진은 고민하다가 입을 열었다.

"정말 궁금해하시니 저희 집에서 왜 그런 소리가 나오는지 알려드릴게요. 사실 영상 일은 그냥 유튜버 영상 일 받아서 편집하는 거구요. 제가 이 집에 이사 오고 나서 이상한 일들이 일어났어요."

연우는 수진과 벤치에 앉아서 이야기를 심도 깊게 나누었다.

"편집 일로 밤을 샐 때도 있어 낮잠을 자기도 하는데, 잘 때마다 귀찮게 자꾸 누가 건드리는 것 같은 거예요."

수진은 낮잠을 자면, 얼굴을 모르겠는 남자가 나오는데, 큰 덩치의 남자가 자신의 옷을 벗기고 애무를 하고 자꾸 성관계를 가지려 한다는 것이다. 수진은 가위눌린 것처럼 꼼짝 못할 때가 많았는데, 어느 날 꿈에서 남자를 거부하려고 하니 몸이 더 옥죈 경험이 있었다.

그러고 나서 이틀을 된통 아팠는데, 이런 일이 반복되니, 들어오는 편집 일도 잘할 수 없고, 무엇보다 건강이 나빠졌다고 했다.

처음에는 정신과를 가서 수면제를 며칠 처방받았지만 별 소용도 없었는데, 친구한테 하소연하니 아무래도 색정령이 그 집에 있어, 너한테 들린 것 같으니 용한 무당을 찾아가라고 충고를 했다는 것이다.

“색정령이요?”

“네. 저도 처음 듣는 소리인데, 억울하게 죽은 총각귀신이 제 몸을 괴롭히는 것 같다나요? 믿겨요?”

연우는 고개를 갸웃했다.

“서양에는 꿈에서 인간 여성을 탐하는 인큐버스라는 몽마가 있잖아요? 어디 판타지 책에서 읽은 것 같은데요? 근데 상상 아닌가요?”

“그런 건가? 하여간에 신이 들린 지 얼마 안 돼서 용하다는 무당을 찾아갔는데, 제가 증상을 말하지도 않았는데 딱 맞추는 거예요. 얼굴만 보고요.”

“그럼, 그간은 낮잠 자면서 그런 소릴…….”

연우는 여기까지 말하다 입을 딱 다물었다. 자기 입으로 먼저 할 소리는 아니었다.

“그건 아니고, 그 무당이 방법을 알려줬거든요.”

“방법이요? 비책 말이죠?”

“네. 색정령은 색욕이 강해서 그걸 풀어야 되는데 제가 무작정 거부하기만 하니, 제 몸을 꼼짝못하게 가위 누르고 괴롭히는 뭐 그런 거래요. 그래서 저희집에 성인 영화를 틀어놓고 있으라는 거예요. 낮에 일정한 시간 동안요."

"성인 영화요? 그래서 그런 소리가 났군요."

"네, 케이블 티브이에서 성인 채널 하나 신청하니까 영화를 몇 시간이고 틀어놓을 수 있는 거죠. 그렇게 방법을 해봤는데, 가위눌리는 일이 사라진 거예요. 정말로 신기하죠?"

연우는 입맛을 다셨다. 그간의 미스터리가 풀렸는데, 뭔가 수긍을 할 수 없었다. 왜 그럴까.

"그런데 영화 소리를 아예 사운드를 꺼서 틀어놓으면 안 되나요?"

연우는 정말 궁금한 것을 물었다. 수진은 고개를 끄덕였다.

"네, 그 무당이 반드시 신음이 나야 공기가 진동하면서, 귀신의 혼을 달래준다나 그랬어요. 그리고 저도 언제까지 이럴 수 없어서 다시 한 번 무당을 찾아가 언제까지 이러나 물었더니, 49일까지만 틀면 괜찮을 거라 하네요. 이제 한 달 넘게 기간이 남았거든요. 부탁인데, 그동안은 조금 참아주세요. 오늘은 정말 이 말씀을 드리려고 나온 거예요."

연우는 고개를 끄덕였다.

"네, 알겠습니다. 그런 사정이 있으니 잘 알겠습니다."

"제가 그동안 폐를 끼쳐서 집으로 초대하고 차라도 대접하고 싶은데요. 언제 시간 되세요?"

연우는 수진과 시선을 맞추고 잠시 고민했다. 남의 사생활

공간에 발을 들인다는 게 조금은 저어했다.

"그러실 필욘 없는데요?"

"정말 미안해서 그래요. 저 혼자 사니까, 언제라도 괜찮은데 그래도 낮이 좋겠죠. 우후."

연우는 거절했지만 수진의 거듭된 부탁에 일단 알았다고 했다. 그 다음 다음날, 수진은 연우를 오후에 집으로 초대했다.

약속한 시간 수진이 문을 열고 나왔다. 화사한 니트원피스를 입어 한결 경쾌해 보였다. 연우는 들어서려다 현관의 남자 구두에서 멈칫했다.

"아, 그거 아빠 구두예요. 무당이 그렇게 해야 된다고 해서 가져다 뒀어요. 그런데 별일 없음 치우려고요."

"네."

연우는 운동화를 벗고 안으로 들어갔다. 수진은 커튼을 활짝 열었다.

수진의 집은 평범했다. 그냥 책상과 대형 모니터, 그리고 침대, 테이블과 식탁 모두 이케아에서 산 상품들 같은 느낌이었다. 아기자기하기보다는 심플하고 군더더기 없는 살림이었다.

연우는 시간을 보았다.

"오늘은 거, 무당의 방법이라는 거 안 해도 되나요?"

수진이 약간 당황하다 싱긋 웃었다.

“오늘은 쉬어도 될까 해서요.”

“그렇군요.”

연우는 건너뛰어도 되나 의아했지만 그런가 싶었다.

“자, 커피 드세요.”

수진은 콜드브루 커피를 따라 주었다. 귀여운 토끼가 그린 잔이 독특했다.

“무섭지는 않으세요? 만약 그 색정령인가 하는 게 이 방에 있다는 생각이 들면 저도 오싹할 거 같은데요.”

“그럼 벌써 집 내놓고 갔을 텐데요? 그것보다는 이렇게 남자를 집 안에 들인 게 처음인데 ‘타미’가 화나 안 내는지 좀 걸리네요.”

“타미요?”

“네. 제가 그 귀신 이름을 그렇게 정했어요. 색정령이라 부르기 어렵잖아요, 그냥 속으로 타미야, 제발 이 집에서 좋게 떠나주렴 하면서 성인 영화 영상을 트는 거죠.”

연우는 단상 위 자그마한 티브이를 보고 고개를 끄덕였다.

“같이 볼래요? 성인 영화?”

수진이 물었다. 연우는 고개를 저었다.

“아, 아뇨.”

“저도 농담이에요, 이제 방법은 그만 물어봐요. 불편해요.”

“네, 죄송합니다.”

"근데 연우 씨는 집에서 일하는 거 안 불편해요? 저는 작업하다 보니 인터넷 선이 끊길 때가 있어 좀 그래서요. 아직 신축 건물이고 외진 데라서 와이파이가 잘 안 터지나 봐요?"

"글쎄요. 드라마 작가는 인터넷 검색보다는 한글로 문서 작업만 해서 그렇게 불편하지는 않았거든요. 갑자기 잘 안 돼서 통신사에 전화 걸어 AS 요청한 적은 있지만요."

"아, 그렇죠. 난 드라마 작가는 인터넷 환경이 빵빵해야 작업이 가능한 줄 알았는데 그렇지는 않군요? 그럼 뭐, 게임 같은 거는 안 해요? 저는 카트라이더 좀 하는데."

연우는 고개를 저었다.

"별로요. 책을 보죠. 주로."

"그래요? 그럼 나 책 좀 빌려줄 수 있어요? 뭐가 재밌는지 알려주면 좋을 것 같아요. 아직 추리소설 별로 읽어본 적 없는데, 미스터리 드라마 쓰려면 많이 읽지 않나요?"

"저, 저는 전자책이나 웹소설을 봐서 책이 많이 없습니다."

"하긴, 여기 책 쟁여놓고 살면 살림은 어디다 두겠어요. 저, 담번에 연우 씨 집에 놀러가 봐도 되죠? 남들 사는 게 궁금해요. 저는 독립이 처음이라서요."

"그러세요."

연우는 차 대접을 받고 나왔다.

그렇게 며칠이 지나 수진이 주말에 연우네 집에 꼭 와보고 싶다고 했다. 연우는 작업이 밀려 있었지만 일단 한 번은 초대하고 차라도 대접해야 귀찮게 안 하겠다는 생각에 이르러, 오후 4시에 오라고 했다.

그날도 2시경에 신음이 옆방에서 났지만 연우는 신경쓰지 않았다. 층간소음이나 세대 간 소음은 서로 잘 모를 때 불쾌할 것이다. 사이가 안 친할 때 신경이 쓰이고 괴롭지, 아는 사이가 되면 너그러운 마음에 그냥 별 신경 쓰이지 않는 것 같았다. 시간이 되자 수진이 벨을 눌렀다. 연우는 집을 치워 놓고 문을 열었다.

"들어오세요."

"초대해 주셔서 고마워요."

수진의 손에는 수제 쿠키가 들려 있다. 요 앞 상가 건물 1층에 있는 가게 상호가 적혀 있다.

"어, 정말 심플하다. 가구도 거의 없고 책상에 컴퓨터하고 침대만 달랑 있네요? 그런데 컴퓨터 옆 책상 무지막지하게 크다. 저기 꼭 작업대 같아요."

"아, 가끔 그림 같은 거 그려요. 밥도 저기서 먹고요. 그래서 필요해요."

"그림이라, 안 보이는데요?"

"어, 저, 저 그게, 지금은 안 그려요."

"다른 살림살이는 없네요?"

"그렇죠, 뭐. 혼자 사는데요. 밥도 시켜 먹고 그래요. 편의점서 사놓고 먹던가."

수진은 책상 위를 둘러보았다.

"드라마 작가면, 책이나 메모 같은 걸로 어지러울 줄 알았는데요."

"책상 위가 어지러우면 글이 안 나가서요. 웬만한 자료는 컴퓨터에 문서나 폰에 링크로 저장해 놓거든요."

"아하, 그렇군요."

연우는 커피와 과일, 쿠키 등을 내오고, 자그마한 의자에 앉아서 이야기를 나누었다.

"참, 제가 컴퓨터가 말썽이어서 그런데, 이메일 한군데만 보내도 될까요?"

연우는 곤란한 표정을 지었다.

"폰으로 하시죠?"

"그게 폰으로 보낼 수 없어요. 용량 큰 파일을 전달해야 하거든요. 웹하드에서 열어서 메일에 첨부해야 하는데요. 제발 죄송해요. 불편하시면 옆에서 지켜보시면 돼요."

연우는 하는 수 없다는 듯 컴퓨터를 켰다.

"하시죠."

수진은 포털 사이트를 열어서 연우의 아이디를 로그아웃하고, 자신의 메일 아이디와 비밀번호를 입력하려는데, 연우는 못 본 척 뒤로 돌아서 커피잔을 치웠다.

"편하게 작업하세요."

"죄송해요. 제가 이메일만 보내고 모두 로그아웃하고 나올게요."

"천천히 하세요."

연우는 과일과 쿠키가 놓여 있던 접시를 설거지하고 손을 닦고 돌아서는데, 수진이 연우의 기색을 눈치채자 컴퓨터 화면을 닫았다. 그리고 일어났다.

"너무 고마워요. 덕분에 작업을 수월하게 마쳤어요. 이제 저도 슬슬 가봐야죠."

연우는 수진을 내보내고 꺼림칙한 마음에 수진이 들어갔던 포털 사이트를 열어 살폈지만, 로그아웃이 되어 있어 별다른 것은 없었다. 연우는 로그인을 새로 해서 이메일이 온 게 있나 살피고는 다시 작업에 몰두했다.

그날 밤, 연우는 작업을 마치고 피곤해 일찍 잠자리에 들려고 하는데, 톡이 왔다. 수진이었다.

- 잠도 안 오고 해서요. 잠시 놀러가도 돼요?

밤 9시 조금 넘은 시간이었다. 부담스러웠다. 옆집 여자는 관계를 더 진전시키길 원하는 것 같지만, 연우는 그냥 친근한 이웃이 나을 것 같다는 생각이 들었다.

- 지금은 작업을 방금 끝마쳐서 피곤하네요. 내일 어때요? 내일 오후에 오심 됩니다. 연락주시고요. 죄송해요. 그리고 좀 미안해요, 하지만 할 말은 할게요. 이제 저도 작업에 집중하고 싶으니 개인적으로 별 문제 없으면 안 만나는 것도 좋을 것 같습니다.

연우는 이렇게 톡을 보내려다 마지막 몇몇 문장을 지웠다. 아무래도 이건 좀 무례하다. 이웃 간에도 아니었다. 대면하고 말로 조심스레 꺼내는 게 낫다. 톡에 남겨 있으면 옆집 여자가 두고두고 기분 나빠할 것 같았다.

하지만 언제라도 대뜸 이런 식으로 쳐들어올 것 같으면 얼굴을 보고 이 말을 반드시 해주리라 마음먹었다. 내일 반드시 얘기해야겠다 싶었다.

다시 옆방에서 신음이 흘러나왔다. 연우는 편하게 잠에 들었다. 그 무당이 알려준 비방인가 하는 걸 이제는 밤에도 해야 되는 모양이었다. 그런가 했다.

그날 밤 연우는 시험시간에 지각하는 꿈을 꾸었다. 언덕길에 위치한 고등학교에 1시간 내로 가야 하는데, 버스가 오지 않고 막상 버스가 오니 사람이 너무 많아 못 탔다. 연우는 발을 동동거리는데, 갑자기 낡은 차가 한 대 다가와 문이 열렸다. 운전석을 보니 환하게 웃는 젊은 여성이었다. 그런데 얼굴 부분이 하얗게 빛나서 누구인지 못 알아보았다. 그 차에 올라타서 시험장으로 가는 게 마지막이었는데, 시험시간에 늦었는지는 모른 채 그냥 깨고 말았다. 이상한 기분이 들었다.

오전 수진에게서 톡이 왔다.

- 브런치 같이 할래요? 베이컨 샌드위치와 커피 좀 사다 놨거든요. 잠깐 방에 가도 될까요?

연우는 톡을 보는 순간 짜증이 났다. 이제 대면해 관계를 정리할 필요가 있다는 생각이 들었다.

연우는 1시간 뒤에 오라고 톡을 보내고 얼른 세수를 하고 옷을 갈아입었다. 그리고 방을 깨끗하게 치웠다. 관계를 새롭게 정리하고, 다시 오후부터는 작업에 들어가야 했다.

수진이 1시간 후에 벨을 눌렀다. 연우는 문을 열어주고 수진이 들고 온 커피와 샌드위치를 먹었다. 먹기만 하면서 웃지도 않고 진지하게 수진을 살폈다. 커피를 마저 마신 연우가 마침내 마음을 먹었다.

"수진 씨 할 말이 있어요."

연우는 더할 나위 없이 진지하게 말했다.

"어? 나도 그런데. 먼저 말해봐요."

"우리 이제 이렇게 서로 집에 초대하고 오가는 거 그만했으면 좋겠어요."

"네? 정말요? 나는 좋은 친구가 될 수 있다고 여겼는데요."

수진은 차분하게 말했다. 연우는 뭔가 반응이 독특하다고 여겼다.

“제가 작가라서 예민할 수도 있죠, 그렇지만 불편합니다. 여친은 당분간 만들고 그럴 생각 없어요. 여유도 없고, 작업만으로도 벅차요.”

“여친이라. 후후.”

수진이 방그레 웃는 게 이상하게 소름이 끼쳤다. 뭔가 알고 있는 듯한 묘한 미소였다. 뭐지 싶었다.

“나도 그 작업에 좀 끼워주시죠. 연우 씨.”

“네?”

“그 드라마 작업인가 하는 거 줄거리 구성 작가 안 필요해요?”

“지금 무슨 말씀 하시는 거죠?”

“제가 줄거리 하나는 기가 막히게 짜거든요. 친한 사람들 중에 작가가 꽤 있어요.”

“불쾌하니 돌아가 주시죠. 아무나 기술 없이 덤벼드는 작업 아닙니다.”

“그러니까 그 작업하는 기술 좀 알려달라구요.”

기분이 쎄하게 이 상황이 기묘했다. 수진은 능글맞게 웃으면서 손을 내밀었다.

“손 좀 줘봐요.”

연우는 등골에 소름이 돋으면서 수진의 내미는 손을 반사적으로 슬쩍 잡았다. 수진은 검은 정장 바지를 입었는데 허리 뒤에서 뭔가 챙강챙강거리는 걸 꺼냈다. 연우는 순간적으로 손가락을 빼서 뒤로 감췄다.

"너, 너 뭐야?"

"나? 후후."

"떨 사범 잡으러 온 사람."

수진의 손에 수갑이 들려 있었다.

"뭐?"

연우는 눈이 전구만큼 커지면서 뒤로 물러났다. 두 다리가 후덜덜거리면서 온몸이 사시나무 떨듯이 떨려왔다.

"어, 어디까지 알아."

"그냥 직감으로. 맞죠? 연우 씨. 나랑 같이 가요. 곱게, 다치지 말고."

수진은 여유 있는 웃음을 보였다.

연우는 그간 대마초를 상품으로 만들기 위한 작업을 해왔다. 대마초 원료 공급상에게서 대량의 대마초를 받는다. 그걸 담배 모양으로 만들어 클럽 등에서 고객에게 팔기 위해, 최종 작업을 했다.

포커카드만 한 은제 케이스에 다섯 개씩 대마초를 말아서 넣는데, 작업이 꽤 세심한 공정을 요구했다. 손가락 끝을 안 태우면서 깔끔하게 피울 수 있고, 입안으로 떨(대마초 가루)이 들어가는 걸 막기 위해서는 먼저 얇은 부직포로 된 담배 롤링페이퍼에 준비해놓은 떨을 일정 용량을 올리고 평평하게 폈다. 이때 부드러운 부분이 떨을 감싸야 잘 안 떨어진다.

그리고 두 번째 공정, 굴리기 작업이 중요했는데, 롤링페이퍼가 잘 말리도록 눌러주는 작업은 손에 고른 힘이 충분히 들어가고, 천천히 조물거리면서 굴려주어야 잘 말린다. 고른 두께에 어느 한 곳 떨이 치우치지 않게 만드는 게 중요했다.

마지막 공정은 롤링페이퍼를 잘 덮어주고 나서 미세한 떨 가루를 불어 날리고, 접착제를 면봉에 묻혀서 고정시켜 주면 된다.

이 수작업이 대마초를 손쉽고 떨이 날리지 않고, 간편하게 피울 수 있게 만드는 핵심이었다.

다만 아무에게 시킬 수도 없고 손이 많이 가는 작업인 데다 비밀리에 대량의 작업을 할 수 있는 인력과 장소가 필요하다.

연우는 드라마 작가로 10년을 일했지만, 청춘을 날리고 경력직에 지원할 어떤 기술도 익히지 못하고 허송세월했다. 보조작가나 구성 작가만 하다 입봉할 기회를 놓친 것이다. 이제는 아이디어도 없고 보조작가 자리도 없는데, 엉뚱한 데서 기회가 왔다.

예전에 작품 관련 취재를 하다 알게 된 마약상이 뜬금없이 연락이 와서 밥도 사고 명품도 사주었다. 그리고 마지막에 돈

봉투를 찔러주면서 같이 일해보자고 했다. 연우는 거절하고 돈과 선물을 돌려주었지만, 그는 포기하지 않았다.

유통과 수입 그리고 판매는 하는 사람이 따로 있는데, 중간에 물건만 만들어주면 한 달에 알바 시급의 열 배나 되는 시간당 페이를 주겠다고 제안했다. 월요일부터 금요일까지 5일간 하루 8시간 일했을 때, 세금이나 보험료를 떼면 160만 원이 나오는데, 자그마치 그의 10배나 되는 1600만 원을 준다는 것이다. 대신 일을 다 해오는 조건으로. 그리고 그 작업을 위해 달방으로 방을 빌릴 테니 거기 들어가 작업을 하란 것이었다. 연우는 갈 곳 없어 고시원을 전전하는 마당에 고민을 일주일 하다 덥석 제안을 물었다. 10킬로그램이나 되는 대마초 떨이 들어왔고, 연우는 하루 종일 마약상이 얻어준 원룸에서 일을 했다. 말로는 하루 8시간 근무라지만, 그래서는 한 달 내 끝낸다는 보장이 없었다. 물건은 계속 들어왔으니까.

이런 식으로 한 달에 1600만 원을 받았다. 거의 밤새서 만들다시피 했다. 손끝이 야무져 잘 만들어주니 나중엔 물건 질이 좋다는 칭찬도 받았다. 일도 꾸준히 들어와 돈도 꽤 모았다.

3개월마다 달방을 옮기면서 작업을 해오다 이 집에 정착하니 마음도 편했다. 돈을 제법 모아서 지금의 이 빌라는 일단 작업실 개념으로 입주를 했다. 한가한 곳이라 들킬 염려도 거의 없어 보였다. 관리사무소에서 입주 서류 직업란에 작가라고 적고 들어와 작업을 하다 이렇게 된 거다.

"대체 어떻게 알게 된 거죠?"

연우가 떨리는 목소리로 물었다.

"냄새. 대마는 특유의 진한 냄새가 있어요. 쑥 태우는 냄새랑 비슷한데, 미묘하게 다르죠. 경찰 수사연수원 있을 때 수업에서 맡아봤어요."

"왜 경, 경찰이 이곳에 들어와 신음을 내면서 하루 종일 집에 있죠?"

수진은 씩 웃었다.

"코로나바이러스로 재택근무도 하지만, 뭣보다 여기까지 와서 방을 얻은 건 이유가 있죠. 여성청소년과에 접수된 사건 관련해 몰카 피해범죄 영상을 수천 개 검색하고 있었어요. 부모님과 살면서 그러기는 쉽지 않으니까 여기에 방을 얻었지만. 뭣보다 여기 건물 주소 아이피로 몰카 영상을 계속 올리는 헤비 업로더를 잡는 것도 목표입니다."

"헤비 업로더?"

"네. 개인과 개인 파일 거래 사이트에서 불법 영상물을 올리는 사람이요. 그 용의자는 모텔에 카메라를 설치해 찍은 영상을 수백 곳 파일 사이트에 업로드해요. '타미'라는 아이디로요. 그 사람을 추적 중입니다."

연우는 떨리는 시선으로 이야기를 들었다.

"낮에 주로 일을 했죠. 영상을 틀고 매의 눈으로 세세하게 관찰하면서, 사람들이 흘리는 말이나 영상 속 가구나 수건 등에 적힌 모텔 상호를 살펴서 장소를 특정하는 일을 제가 맡았어요. 충청도 지역의 모텔촌 모텔 등이 주로 많이 나왔고, 음성을 분석해 피해자들의 이름과 직업이나 회사 직급 등을 찾아내 피해자를 특정하고 관련 가해자를 추적하는 일을 맡았어요."

연우는 머리에 스치는 장면이 있었다. 컴퓨터가 고장 난 건 핑계다. 의도하고 이메일을 보낼 수 있냐고 물은 것이다. 그리고 컴퓨터에 들어가 봐서 살폈던 것이다.

"근데 연우 씨 컴퓨터는 괜찮았죠. 헤비 업로더면 죽어도 컴퓨터를 못 열게 했을 거고, 열어보면 각종 관련 프로그램을 제가 알아볼 수 있으니 증거가 단박에 나오죠. 그런데 깨끗했어요. 일반 사람들이 쓰는 프로그램만 깔려 있고요."

"그, 그런데 어떻게……."

"방금 말했잖아요. 냄새로 안다고요."

연우는 무서운 얼굴로 화를 벌컥 냈다.

"난, 대마 안 피워. 만들기만 할 뿐이야!"

"맞아요. 거짓말이에요. 대마 필 때 특유의 쑥 냄새는 안 났어요, 그런데 있죠. 큰 작업대 책상 구석에서 떨 가루를 봤거든요. 처음에는 담뱃가루인가 싶었어요. 담배를 말아피우는 사람도 있으니까. 그런데 좀 의심스러웠죠."

아무리 연우가 작업을 하고 가루를 치워도 그래도 워낙 많은 작업을 하다 보니 어딘가에 흘리기 마련이었다.

"담배용 롤링페이퍼를 발견했죠. 그건 대마초 전용으로 많이 쓰지요. 그날 연우 씨가 설거지할 때 몰래 책상 바닥에 떨어진 부직포 종이를 폰으로 찍어 마약수사과 선배님한테 물어보니까 충분히 의심이 간다네요. 헤비 업로더가 아니라 마약 제조로 의심을 굳혔죠."

"그, 그럼, 색정령인가 타미인가 그건 다 거짓말입니까?"

연우는 목소리가 떨리면서 격앙됐다.

"네. 몰카 영상을 수사하면서 보고 있었습니다. 타미는 용의자 아이디라니까요. 나도 참, 그렇게 스토리를 지어내다니 제가 더 미스터리 드라마 작가 같네요."

연우는 배신감을 느꼈다. 그간 층간소음을 계기로 친근한 이웃으로 자리 잡은 마음이었고, 썸 타는 듯한 오해는 부담스러워서 그걸 말하려 했는데, 경찰이라니.

"이, 이봐! 이거 다 함정 수사 아냐?"

"아니요. 우린 이웃이고 저는 초대를 받아 간 집에서 의심스러운 증거를 본 겁니다. 그리고 왜 그렇게 옆집서 나는 소음에 예민했나요? 바로 연우 씨가 하는 불법적 마약 제조 일이 걸릴까 봐서 혹시 옆집서 불법 성매매라도 하면, 바로 방 빼고 가려 했던 거 아닌가요? 다 봤어요. 그날 외출하다 돌아왔는데 연우

씨가 배관 타고 올라간 거요. 제 원룸 몰래 훔쳐봤죠? 못 본 척 했지만 봤습니다. 정말로 못 본 척하는 연기에 얼마나 심혈을 기울였게요?”

“이, 이게 감히 날 놀려?”

연우는 책상을 젖히고, 수진에게 덤벼들어 목을 두 손으로 졸랐다. 수진이 캑캑대면서 뒤로 넘어졌다. 연우는 미칠 듯이 타오르는 분노에 수진의 목에 더욱 힘을 주었다.

수진은 필사의 노력으로 그의 두 팔을 붙들었지만, 연우는 팔뚝 핏줄이 밖으로 튀어나오면서 끝없이 힘을 가했다. 수진의 눈이 돌아가고, 얼굴이 창백해지면서 목소리도 나오지 않고 컥컥댔다.

“죽어! 죽엇!”

연우는 수진의 목에 더욱 힘을 주는데, 수진이 발을 들어올려 무릎으로 연우의 샅을 빽 소리 나게 차올렸다.

“으아아아아아아!”

비명을 내면서 연우가 뒤로 나자빠졌다. 수진은 연우에게 와락 달려들면서 바닥에 떨어진 수갑을 집어서 채웠다.

연우는 꼼짝없이 수갑에 차인 채 나뒹굴었다. 고통의 신음을 내면서. 수진은 옷과 머리카락을 가다듬고 진정하면서 거울을 보았다. 목에 붉은 상흔이 가득했다.

“우씨, 이거 오래가겠네. 야!”

수진은 발로 연우의 허벅지를 냅다 찼다.

"대마 말다가 사람까지 죽이게 되는 법이야! 불법적인 일을 하면 꼭 그렇게 된다고! 빵 살고 나오면 정신 차려라. 뭐? 드라마 작가? 니 이름으로 검색해보니 하나는 나오더라. 유명한 작가 이름 뒤에 구성 작가로. 그 일 계속하지, 왜 목숨까지 걸고 나쁜 짓을 해?"

연우는 바락바락 소리를 질렀다.

"살고 싶어서! 살고 싶었어. 작가 일 하면 돈이 나오는 줄 알아? 시청률 30퍼센트 작가 몇몇만 10억이고 나머지는 해도 엎어지고 돈도 못 받아. 그냥 거지야! 난 살고 싶었다고. 고시원 방 말고 제대로 밥 먹으면서 살고 싶었다고!"

"우리나라 청춘들이 힘들다지만, 다 너 같지는 않아. 그리고 무슨 작가가 정말 집에 책이 한 권도 없냐? 돈보다는 그 드라마 쓰는 일이 하기 싫었을 거야."

수진은 폰을 들어서 어디론가 전화를 걸었다.

"선배님, 여기 나 작업하는 방으로 마약수사과 팀장님하고 같이 와주세요. 떨 중간 제조범 잡았어요. 마침 옆집이더라구요. 신기하기만 합니다. 이렇게 또 한 건 올리네요. 뭐? 어떻게 알았냐구요? 층간소음으로 단서 잡았죠, 뭐."

15분 후 경광등을 켠 자동차 두 대와 순찰차 두 대가 빌라 앞에 도착했다. 요란한 소리에 입주자 몇이 나와서 구경을 했다. 형사들은 505호로 달려와 수진에게 걱정하는 말을 했다.

“너 암마! 그러다 죽어! 2인 1조로 수사해야지. 혼자 가서 용의자 캐다가는 그 목에 난 상처로 그치지 않아. 영안실서 만난다니까.”

“죄송합니다, 선배님. 앞으로는 안 그러겠습니다. 그래도 맘이 급해서 얼른 잡아넣고 싶은 걸 어떡해요.”

“박 형사, 어서 미란다 원칙 읊어드려.”

“네, 알겠습니다.”

형사들은 연우의 신원을 파악하고, 미란다 원칙을 알려주고 나서 바로 연행했다. 연우는 끌려나가기 전에 수진을 노려보며 물었다.

“너, 너……, 대체 정체가 뭐야?”

“직업은 알려드렸다시피 여성청소년계 경찰이고요. 본명이 김수진은 아닙니다. 강 경장이라고 불러주세요. 우후.”